侯爵令嬢は手駒を演じる

4

登場人物紹介
キール・メイブリック
ローランズ王国第三近衛師団長
マリー
ジュリアンナの専属侍女
モニカ・アントルーネ
ジュリアンナの専属侍女
エドワード・ローランズ
ローランズ王国第二王子
次期王にしてジュリアンナの婚約者。
ジュリアンナ・ルイス
ルイス侯爵家の『完璧な淑女』
演技の天才で、変装や声帯模写が得意。

テオドール・オルコット
ローランズ王国参謀本部所属
カルディア・レミントン
レミントン男爵家の未亡人
グスターヴ
帝国を裏から操る導師
アヴローラ・ディアギレフ
秘匿された帝国の第四皇女
???
謎に包まれた怪盗

侯爵令嬢は手駒を演じる 4

第三幕

Contents
目次

プロローグ 6

第一話 侯爵令嬢を奪還せよ 13

第二話 ジュリアンナの告白 32

第三話 ふたりの決意 61

第四話 出発前夜 72

第五話 帝国の魔女 80

第六話 逃亡劇 98

第七話 嫉妬のポーカーゲーム 120

第八話 黒幕は喧騒を好む 158

第九話 不吉と厄災の象徴 189

第十話 鈴蘭の因縁 210

第十一話 革命宣言 230

第十二話 最後の作戦会議 238

第十三話 帝都革命戦 250

エピローグ 282

番外編 その頃、冷血補佐官は ※書き下ろし 296

番外編 アスキスの養女 ※書き下ろし 300

番外編 再演は未来で ※書き下ろし 307

巻末資料 人物関係図

プロローグ

エドワード様率いるローランズ使節団は、サモルタ王国との交渉を最良の形で終え、次世代の優秀さを国内外に示すことができる——はずだった。

しかしその話題はディアギレフ帝国のオルコット領侵攻によりかき消え、ローランズ使節団は労《ねぎら》われることもなく、帰国早々にそれぞれの仕事へ奮闘していた。

「……それだと言うのに、わたしは自宅で軟禁されて暇を持て余している。優雅なものよね」

わたし、ジュリアンナ・ルイスはサモルタ王国から帰還後、専属侍女のマリーと引き離され、有《う》無《む》を言わさず自室へと押し込められた。

窓には逃亡防止用にいつの間にか鉄格子が嵌《は》められ、扉の外にはいくつもの鍵がかけられている。

あの手この手を使い、逃亡を謀《はか》ろうとしたが、すべてグレースたちによって潰された。

父は何かを恐れているらしい。

頼りにしていた弟のヴィンセントも今回は父の味方のようで、一度も会いに来てはくれない。

「……まさか、姉弟喧嘩《きょうだいげんか》と親子喧嘩を同時に行うなんて思いもしなかったわ。でも一番許せないのは……」

わたしの脳裏に浮かんだのは、腹黒なエドワード様の笑みだった。

「婚約破棄を望んでいるですって？　わたしを恋に堕《お》としておいて、今更、手のひらを返すなんて。鬼畜で腹黒なだけじゃなくて、クズ野郎だわ！」

力任せに枕を殴ると、白い羽根が宙を舞った。

「わたしは守られるだけの、か弱い女じゃないわ。なんのために強い人間たろうとしてきたと思っているの。大切な人たちと肩を並べて、共に戦いたかったからよ！」

誰もいない部屋で、わたしは自分の不甲斐《ふがい》なさを憤《いきどお》る。

家族もエドワード様も、わたしを遠ざけようとするのは信用がないから。

その事実が、とてつもなく悔しい。

「……絶対にこの部屋を出てやるんだから」

しかし、それはわたし一人では難しいのが現状だ。

隠密行動が得意なマリーがわたしを迎えに来ないということは、彼女もまた、苦境に立たされているということ。

だが、わたしは嘆かない。

この家には、わたしが信を置くもう一人の侍女がいる。

「モニカ、お願いね。王都教会でわたしを牢から救ったように、この部屋から連れ出して」

わたしはそう呟くと、軟禁されてからずっと付けている、黄色の石がついたネックレスを撫《な》でた。

私、モニカ・アントルーネはとても焦《あせ》っていた。

主《あるじ》であるジュリアンナ様が、旦那様の命令で屋敷に軟禁されてもう三週間が経っている。

彼女の専属侍女である私は、いち早く救い出さねばならないのに、未《いま》だ何も行動できずにいた。

「……マリーさん、早く帰って来てください」

思わず弱音が溢れる。

私だって何も行動していない訳ではない。

ジュリアンナ様の部屋に近づくのは禁止され、他の使用人たちを懐柔《かいじゅう》しようとすれば、ひとり庭の草むしりを命じられる。

幼馴染《おさななじみ》のジャンは研究に熱を入れているのか、研究所に篭《こ》もりっぱなしで頼りにならない。

先輩侍女のマリーさんは、王宮で事情聴取を受けているらしく、まだ帰ってこない。

一年もルイス侯爵家で働いていない、ひよっこ侍女の私が孤軍奮闘したところで、侍女長や執事長たちの裏などかけるはずがないのだ。

「ああ、もう！　こんな不甲斐なくて、ジュリアンナ様の専属侍女を名乗れますか！　機会は必ず訪れると信じなければ……ああ、猫の手も借りたい気分です……」

私はそう小さく呟きながら、道端の石を蹴《け》る。

今も厄介払《やっかいばら》いとばかりに侍女長からお遣いを命じられ、ひとり、街に来ていた。

ディアギレフ帝国との戦争が囁《ささや》かれているからか、往来の人々の表情は暗い。

まだ物流や農作に影響は出ていないが、これからの未来に皆、不安の念が絶えないのだろう。

「……早くお遣いを終わらせてしまいましょう」

私は早足で目的地に向かう。

すると突然、肩を叩かれる。

振り返るとそこには、灰色の髪の青年が立っていた。

中肉中背、平凡な顔立ち。どこにでもいるような彼の表情は、不気味なほど明るい。

「……どなたですか？」

警戒心を高め、私は問いかける。

すると青年は、口角を上げた。

「君、とっても可愛いね～。なんというか、普通な感じがキュンとするっ」

「はあ？」

「俺と一緒にお茶でもしない？　それ以上でもいいけどね♪」

「私、仕事がありますので失礼します」

とんだ馬鹿がいたものだ。

私は浮かれた軟派男《なんぱおとこ》を睨《にら》むと、再び歩き出した。

しかし、彼は鈍感なのか、私に付きまとうことを止《や》めない。

「ひどいなぁ～。ちょっとぐらいいいじゃん」

「仕事中ですから！」

「思っていたよりも堅いんだねぇ。もしかして、黒蝶《こくちょう》の堅物さが移ったの？　ねえ、モニカちゃん」

「……え、どうして私の名を……」

私は立ち止まると、動揺をはらんだ目で青年を見る。

彼の表情は明るいままだが、底知れぬ恐怖を感じた。

（……いったい、何者なの……⁉）

ジリジリと後ずさるが、青年は軽いステップで一歩詰めると、私の目の前でパチンッと指を鳴らした。

「ひぃっ」

「酷いなぁ。俺は可愛い君に花をプレゼントしたかっただけなのに」

恐る恐る彼の手を見れば、そこには可憐《かれん》なナデシコの花が握られていた。

「……あ、ありがとうございます……？」

「どういたしまして」

花に罪はない。そう思いながら震える手でナデシコを受け取った。

私を見て、青年は嬉しそうに、くるりとターンをする。

「気に入ってくれたようで良かったよ。君は少しの間だけど、俺の仕事仲間になる訳だしね。会話は大事だよ」

「し、仕事仲間……？」

意味が分からない。

私の疑問を感じとったのか、彼はポンッと手を叩いた。

「そうか、俺のこと黒蝶――マリーから聞いていないんだね。相変わらず、冷たい元同僚だ」

「……マリーさんのお知り合いなのですか？」

「正解だよ。俺の名前は灰猫《はいねこ》。フリーの暗殺者だにゃんっ」

そう言って青年――灰猫は、両手を丸く握ると猫の真似をし始めた。

猫の手も借りたいとは思いましたが、こんな軟派な馬鹿猫は望んでいませんでしたよ！

「ちょっと、モニカちゃん。その疑わしいと言わんばかりの目は何かな～？」

「……信用できませんから」

私は内心げんなりしながら、灰猫を見上げた。

「黒蝶には報酬を貰う契約もしたし、俺は君の味方だと思うけど？」

「……どのような契約内容なのですか」

「それは秘密。ただ手を貸して欲しいって言われただけー」

のらりくらりとはぐらかす灰猫に苛立《いらだ》ちが募る。

しかし、軟派男でも折角《せっかく》現れた光明《こうみょう》だ。冷静に判断しなくてはいけない。

「それって、基準が曖昧《あいまい》ではありませんか？」

「そうだねぇ、俺基準だねぇ」

「契約がどこまで履行《りこう》されるのか、貴方の価値観次第というのは些《いささ》か信用に欠けます」

ズバリと私が言うが、灰猫は笑ったままで眉一つ動かさない。

先ほどまでの恐怖心を忘れ、私は一歩前に踏み出した。

「……灰猫さんは、どこまで手を貸してくれるのですか？」

「んー？　俺の気のままに――って、そんなに怒らないでよ。大丈夫、お嬢様を助けるのは協力するから。元々、会ってみたいと思っていたし」

「……ジュリアンナ様にですか？」

訝《いぶか》しげな視線を送ると、灰猫は笑みを崩さず――しかし、酷く凍《こご》えた声で淡々と話す。

「うん。だって気になるでしょう？　俺と同類だと思っていた黒蝶に首輪を嵌めるなんて、どんな手を使ったのか気になるし。俺さ、忠誠なんて馬鹿らしいと思っているんだよね」

「私はそうは思いません」

ジュリアンナ様は私に、貴族としてアントルーネ家の復讐《ふくしゅう》を遂げさせてくれた。

一生働いても返しきれない恩があると思っている。

(私は首輪なんて嵌められた訳じゃない。ただ、お側にいて役に立ちたいと思っただけ)

忠誠とは、灰猫の思い描くような堅苦しい気持ちではないと、私は思っている。

「それは君が貴族の生まれだからでしょ。貴族は生まれながらに国の僕《しもべ》だ。だけど、暗殺者は忠誠なんて縁遠い世界で生きている。誰かのために死ぬなんて、誰かのために殺す俺らには無縁なことのはずなのに……」

灰猫は初めて表情を崩した。

彼の瞳は、酷く寂しそうな色を灯している。

やっと人間らしい表情を見せたと思ったが、すぐに元の薄気味悪い笑顔に戻ってしまう。

「さて、モニカちゃん。お嬢様奪還作戦のお話をしようか」

その後、私の前で灰猫が表情を変えることはなかった。

第一話　侯爵令嬢を奪還せよ

灰猫との話し合いの結果、彼がルイス家へと侵入しやすいように私が取り計らい、その後、夜の闇にまぎれてジュリアンナ様を奪還するという作戦になった。

灰猫の暗殺者としての能力を活かした、堅実な作戦だろう。

しかし、私は無事にルイス家へと侵入した灰猫へジトッとした視線を向ける。

「……なんで侍女服なんですか」

灰猫は何故か侍女服を身に纏《まと》っていた。

作戦には一切関係がないはずである。……たぶん。

(……紛《まご》うことなき変態ですね)

灰猫を侵入させるために、私は何事もなかったかのようにお遣いを済ませ、仕事をしながらさりげなく使用人棟の窓の鍵を開けたり、見張りの巡回時間を調べたりしたのだ。

それは断じて、この軟派な暗殺者に女装させるためじゃない。

彼は侵入した後、リネン室から一番大きな侍女服を盗みだし、私の部屋でそれを喜んで着ているのだ。もうやだ、この軟派野郎。

「俺って、形から入る性質《たち》なんだよね。君のお嬢様だってそうだろう？」

「答えになっていませんし、ジュリアンナ様を貴方と一緒にしないでください！」

灰猫の侍女服姿はどう見ても、男が酒の席の余興で女装したようにしか見えない。

肩幅があり、服もぱつぱつでボタンが弾けそうだ。

ジュリアンナ様とは完成度が違いすぎる。

「侍女服の構造って気になっていたんだよね。……もしかして、俺のこと変態だと思った？」

「……そう思わないでいられるとでも？」

「失礼だなぁ～。実際に侍女服を着ることによって、どの位置に武器を忍ばせれば攻撃しやすいかを調べるんだよ！」

灰猫は口を尖《とが》らせながら、くねくねと身を捩《よじ》らせた。

靡《なび》くスカートからチラチラと下着が見えて、ますます私を不快にさせる。

「……なんで鏡の前でポーズをとっているのですか？」

「俺って、なかなか可愛いと思わない？」

「思いませんっ！」

そう叫ぶと、猫がジャンプするように一足で灰猫が私との距離を詰める。

人差し指を口元に当てて静かにするように彼が促《うなが》すと、廊下から人の足音がいくつも聞こえた。

「……さすがはルイス侯爵家。もう、俺が侵入したことに気がついたみたいだね」

「え⁉　それでは闇に紛《まぎ》れてジュリアンナ様の部屋に潜《もぐ》り込む作戦が……」

「正面突破にしようか！」

焦る私に微笑むと、灰猫はくるりと指を回しながら歌うように言った。

「ちょっと、貴方は暗殺者でしょう⁉　少しは忍んだらどうなんですか……！」

「やだなぁー。目的を果たすのに、過程は重要視しないんだよ。結果がすべて。殺しちゃえば、証拠隠滅は後でもできるし」

そう言うと灰猫は勢いよく扉を開け放つ。

廊下には見慣れた使用人仲間たちが、武器を手に待ち構えていた。

「みんな仕事熱心だね～」

灰猫が呟くのを合図に、一斉に使用人たちが襲いかかる。

しかし、彼がパチンと指を鳴らすと頭上から大きな網が降ってきて、使用人たちに絡《から》みつく。

どうやら、事前に罠をしかけていたらしい。

そして彼らがもがいている間に廊下を進み、ジュリアンナ様の部屋へと走り出す。

「こういう狭い場所は俺の得意な戦場なんだよねぇ～」

「ちょっと、何してくれてるんですか！　これでは明日から、先輩たちの私への当たりが強くなってしまいます！」

「ええー。モニカちゃんはお嬢様を助け出すことよりも、保身が大事なのぉ？」

「ううっ……分かりました！」

私は覚悟を決めて懐《ふところ》から痺《しび》れ爆弾を取り出すと、それを追いかけてくる使用人たちへ投げつけた。

爆竹が弾けるような爆発音と共に、使用人たちが次々と倒れていく。

痺れが効き過ぎているようで、彼らは目を見開き舌を出しながら硬直し、こちらを恨《うら》めしそうに見ていた。

「うわぁ……。モニカちゃんって意外とえげつないね」

「貴方には言われたくありません……！」

（あ、あんなに効くとは思わなかったんです……！　ごめんなさい！　でも、効果抜群でしたし……今回だけは良しとしましょう）

私は涙目になりながら、ひたすら走った。

立ちふさがる使用人たちは、灰猫が糸のような武器で絡め取り行動不能にしていく。

軽い口調とは裏腹に、灰猫は強かった。

ジュリアンナ様の部屋の前にいた護衛を蹴散らすと、私は倉庫から持ち出したハンマーで錠前を叩き壊し、扉を開ける。

「ジュ、リアンナさまっ！」

息も絶え絶えに主の名前を叫ぶ。

汗で額《ひたい》に張り付く前髪を払い、部屋を見渡す。

「あら、モニカ。やっぱり来てくれたのね。……あともう少しだけ待っててくれる？」

ジュリアンナ様はぷるぷると手を震えさせながら、今、まさにトランプタワーの最上部を作り終えようとしていた。


書類仕事もない、御茶会もない、ドレスの採寸も、マナーレッスンも、慈善事業の視察も、王妃教育もない。

逃亡の手立てがなく、モニカの頑張りに賭《か》けるしかなかったので、わたしは潔く暇つぶしを始めた。

軟禁という環境だが、こんなにも『時間』を与えられたのは生まれて初めてかもしれない。

それ故にわたしは持て余した。

もう、それはそれは暇で暇で仕方がなかったのである。

刺繍《ししゅう》に読書、チェスなどで遊んでみたり、偶《たま》にエドワード様やヴィンセント、そして父へ怒りの念をぶつけていたが、それも飽きてしまった。

ポーカーもブラックジャックも一人でやってもつまらない。

そしてもっと一人で楽しめる遊びはないかと考え抜いた結果、子どもが積み木で遊ぶようにトランプを重ねてみた。

それがなかなか難しく楽しい。

少しでも手を抜くと、トランプはすぐに崩れ落ちてしまうのだ。集中力のいる、奥深い遊びである。

わたしはそれにすっかりハマってしまった。

（あと少し……あと少しでこのトランプタワーが完成するわ……！）

僅《わず》かな刺激も与えないように、わたしは息すら止めてトランプタワーを作り上げていく。

土台は完璧。等間隔に並ぶトランプを見て、わたしは愉悦《ゆえつ》の笑みを浮かべる。

途中、廊下の方から人の声と武器が交錯する金属音が聞こえたが、一瞬で頭からそれらを排除し、トランプタワーの上層部へと取りかかる。

「……ふぅ。四段目が完成だわ。次は最上部の五段目ね」

緊張で溢れ出る唾液を嚥下《えんげ》し、わたしは深く息を吸った。

大丈夫。わたしならできる。

そう心に念じながらトランプを手に取った。

――バキッ、メキッ

扉を誰かが叩き壊そうとしているらしい。

まるで賊《ぞく》のように容赦のない攻撃である。

（……賊だったとしても、グレースたちがなんとかするわよね。今はこっちに集中よ）

ゆっくりとトランプを重ねようとしていると、扉が破られる音がした。

「ジュ、リアンナさまっ！」

久方ぶりにモニカの声を聞いて、わたしの指先がぴくりと動いた。

（あ、危ないわ。もう少しでトランプを落とすところだった）

折角モニカが助けに来てくれたが、今だけは……このトランプタワーが完成するまでわたしはここを動かない。積み上げた努力を形にしたい。あと十秒もかからないだろう。

「あら、モニカ。やっぱり来てくれたのね。……もう少しだけ待ってくれる？」

わたしはそう言うと、トランプを重ねる。

角度は完璧。あとは衝撃を最低限にして、そっと手を離せば完成する。

（あと少し……あと少し……）

震えそうになる手を必死に動かし、トランプから手を離していく。

（ああ、ついにこれで……）

ここまでくるのに、三時間もかかった。

喜びの涙を目尻に溜めながら、手が完全に離されたその瞬間――

銀色に鈍く光る物体――ハンマーがトランプタワーへと激突し、一瞬にしてただの紙切れの山と化した。

「いやぁぁあああ！　酷い、酷すぎるわ！」

喉が震え、わたしの悲痛な叫びが木霊《こだま》する。

わたしは憎き破壊者へと鋭い視線を向けた。

……そして破壊者――モニカはわたし以上に鋭く氷のように冷たい視線でこちらを見つめる。

「……ジュリアンナ様、この緊急事態に何をしているのですか？」

「あ、え……その……ごめんなさい、モニカ」

あまりの殺気にわたしは涙目で謝った。

なんだかモニカが益々マリーに似てきたような気がする。……とっても恐ろしい。

「ぶふっ、あははははっ」

わたしがモニカの成長に怯えていると、男の笑い声が聞こえた。

初めて声の方へと視線を向ければ、侍女服を着た灰色の髪の青年が立っている。

（……エドワード様とは別種の変態だわ）

思わず引いてしまうが、すぐにわたしは立ち上がると、彼に真っ直ぐ向き合う。

おかしな格好はしているが、彼が笑うまでわたしは存在に気づかなかった。こんな目立つ格好をしているのに、だ。ただ者ではない。

ルイス家の者でもないだろうし、そうなると警戒心を抱かずにはいられなかった。

「……貴方は誰？　初めて見る侍女だけど」

わたしは令嬢らしい完璧な微笑みを浮かべ、青年の出方を見る。

彼は軽く手を上げると、わたしをあざ笑うかのように、にんまりと口角を上げた。

「俺は灰猫。ごきげんよう、お嬢様」

「……灰猫。ああ、マリーの昔の同僚の……」

王都教会に潜入していたとき、エドワード様側の隠密として同僚の男が雇われていたとマリーが言っていた。

マリーと灰猫が共に所属していた暗殺ギルドは、ディアギレフ帝国の依頼を受けていたため、ルイス家が潰した。彼の様子を見るに、そのことに対して、わたしへの恨みがあるようには見えない。

だが、自ら喜んで助けたようにも見えなかった。

「……貴方の今の契約者はエドワード様なの？」

「もうとっくに契約は終わっているよ。今は黒蝶に協力しているところさ」

「そう、マリーにね」

わざとらしくマリーを『黒蝶』と呼ぶ灰猫を見て、わたしは苦笑する。

おそらく、灰猫にとって『黒蝶』は特別な仲間だったのだろう。だから彼女を根本から変えて、『マリー』という名前で縛るわたしが気に入らないのかもしれない。

（……信用できないわ。でも、マリーのことを灰猫は裏切らない）

その一点だけは信じることができるだろう。

「黒蝶は、お嬢様に協力して欲しいって言っていた。お嬢様の望みはなんだ？」

「……わたしをエドワード様の元へ連れて行って」

灰猫に多くは望めない。

だからわたしは、ただ一番優先したいことを口にした。

「それは構わないけど。行ってどうするんだ。お嬢様とはもう、婚約を破棄するんだろう？　会ったって意味なんてないじゃないか。たかが侯爵令嬢にできることなんてあるのか？」

「あるわよ」

嫌みと事実の込められた灰猫の言葉に、わたしは強い意志を持って答える。

ローランズ王国の内部で今、何が起こっているのかは分からない。

皆がわたしに教えず、遠ざけようとするということは、ルイス侯爵令嬢にはできることはないと思われているらしい。

それならばルイス侯爵令嬢としてではなく、ただのジュリアンナとしてできることを――否《いな》、したいことを考えた。

時間は十分にあった。

結論は、もう出ている。

「あの鬼畜腹黒王子め。一発殴らないと気が済まない。わたしを弄《もてあそ》んだことを後悔させてやるわ……！」

わたしは怒りにまかせて左薬指から婚約指輪を抜き取ると、それをテーブルに叩きつけた。

今はもう、この指輪をはめるつもりは毛頭ない。

「ジュ、ジュリアンナ様……！　第二王子殿下から贈られた指輪を……」

「いいのよ、モニカ。だって、エドワード様はわたしとの婚約を破棄するおつもりだもの。わたしが付けるのはお気に召さないでしょう？　付けたくもないですし」

そう言って微笑むと、何故かモニカと灰猫が頬を引きつらせた。

「……えっと、お嬢様。目が笑っていないけど？」

「あ、あー。早くしないと、他の人たちが来ちゃいますね。ジュリアンナ様、脱出を急ぎましょう」

「それもそうね」

わたしは頷《うなず》くと、三週間ぶりに部屋から出た。

灰猫とモニカが頑張ったおかげで、まだ使用人たちは集まっていない。

もしかすると別の場所で待ち構えているかもしれないが。

「侵入はできたけど、ぶっちゃけお嬢様をこの屋敷から出す作戦は考えていなかったんだよねー」

「心配ないわ、灰猫。マリーが専属になるまで、わたしが家を抜け出せなかったことなんてないんだから」

「頼もしいですね！」

幼い日の思い出を懐かしみながら、わたしは物置部屋に入った。

そして手近にあった椅子を持ち上げると、それを窓に叩きつける。

「ジュ、ジュリアンナ様⁉」

動揺するモニカの声とガラスの割れる音が響き渡る。

これを聞いて、使用人たちが一目散に集まってくるに違いない。

「どの入り口にも使用人が待ち構えているでしょうし、最短距離で逃げるわよ！」

わたしはそう言うと、風の吹き抜ける窓から飛び降りた。

そして、灰猫とモニカがわたしの後に続く。

二階の高さからだったが、演技のために修練を重ねているわたしからすれば、造作《ぞうさ》もないことだ。

わたしは危なげなく地面に降り立つ。

「し、死ぬかと思いました……」

モニカも無事に着地したというのに、青い顔で蹲《うずくま》りながら胸を押さえた。

「まったく、モニカは小心者ね。マリー直々に鍛えられているっていうのに」

「へえ、それは興味あるな。ねえ、モニカちゃん。俺と一戦交えてみる？」

「断固拒否します！」

からかうわたしと灰猫に、モニカは顔を真っ赤にさせた。

和やかに話すのも程々にして、わたしたちは走り出した。

使用人たちの声は遠くから聞こえるが、まだわたしたちを見つけてはいないようだ。

しかし、安心はできない。

物置小屋の近くや木々の影など、なるべく人目につかないように慎重に移動する。

「この後、どうするの？　正門からは離れているみたいだけど。裏口とかあるのかな？」

訝しんだ灰猫がわたしに問いかける。

するとモニカが、うーんと唸《うな》りながら続けた。

「業者や使用人専用の出入り口は、ジュリアンナ様が捕らわれているときから警備は厳しかったですよ」

「今回は今までと違って、使用人たちの隙《すき》を見て逃げ出す訳じゃないから、裏口に回っても捕まるだけでしょうね」

「それって、かなり難しい状況にいるってことですか⁉」

モニカは目を大きく見開き、驚愕《きょうがく》の表情を浮かべる。

「でも、警備している使用人を俺が倒せばいいんじゃないの？」

「ルイス家の使用人たちを嘗《な》めないで欲しいわ。貴方の戦い方はもう知られている。対策を練ってくるでしょうね。その状態で大勢を相手に、わたしとモニカを連れながら脱出できるほどの技量と熱意が、灰猫にあるのかしら？」

「あははっ、どっちもないねー。俺、本職は暗殺者だしぃ」

灰猫は歌うように言った。

それを聞いてモニカは眉を吊り上げる。どうやら適当な灰猫の態度が、真面目なモニカは気に入らないらしい。

「軽いですよ！」

そうモニカが言ったが、灰猫は面倒だと思ったのか無視をして、わたしを見るとこてんと首を傾《かし》げた。

モニカは益々腹が立ったようで、「この軽薄軟派男！」と罵《ののし》っている。

「で、結局お嬢様はどうするの？」

名前の通り、猫のように灰猫は気まぐれだ。

（……先が思いやられるわ）

一応、エドワード様に会うまでは協力してくれるようだが、いつ気まぐれにいなくなるか分からない。

わたしは小さく溜息を吐くと、目的地へと目を向ける。

「王宮まで向かう足を確保し、グレースたちが攻撃できないようにしながら、正面突破するわ」

見えてきたのは、ルイス家の厩舎《きゅうしゃ》。そこには十数頭の馬と数台の馬車がある。

あれらを強奪し、ルイス家を出て一気に王宮まで向かうのが、わたしの計画だ。

「……いいときに来たわね。馬車が準備されているわ」

「へえ、考えたね」

厩舎にあったのは、買い付け用の馬車ではなく、ルイス家の紋章があしらわれた二頭立て馬車だった。

御者《ぎょしゃ》や他の使用人たちの姿は見えない。

準備万端だなんて怪しい……怪しすぎる。しかし、この馬車を利用しないのはあまりにも勿体《もったい》ないため、わたしたちは警戒を強めつつ近づいた。

案の定、わたしが近づいた途端《とたん》、厩舎から使用人が数名出てきた。

厩舎を任されている使用人たちのようで、手に武器は持っていない。どうやら、わたしたちが現れるのは想定外だったようだ。

「ジュリアンナお嬢様、お戯《たわむ》れはもう……お止めください」

年嵩《としかさ》の使用人が代表して、わたしへ苦言を呈《てい》す。

それは心からわたしを思って言っているようだったが、もはや止める気はない。

「戯れじゃなくて、本気よ。ごめんなさいね」

「だってさ。失礼しまーす」

わたしが目で合図したのと同時に灰猫が動く。

彼は獰猛《どうもう》な笑みを浮かべると、あっという間に使用人たちを縄で縛りあげる。

僅かに罪悪感が胸を刺激するが、わたしは気にしない振りをした。

「馬車が準備されているなんて……ジュリアンナ様が逃げ出したことを、旦那様に報告するつもりだったのでしょうか？」

「何にせよ、都合がいいわ」

馬車に細工がないか確認すると、わたしは扉を開けた。

すると、馬車を強奪しようとするわたしたちに気がついたのか、複数の足音が近づいてくる。

「……もう気がついたのね。モニカ、灰猫、乗って！　急ぐわよ」

わたしは御者台に乗り込むと、手綱を操り、馬を走らせる。

「御者なら私が……」

馬車に乗り込んだモニカが扉を開けたまま、おずおずと申し出た。

もう馬車はかなりの速度を出しているし、途中で御者を変えるには一度止まらなくてはならない。

そんなことをすれば、すぐにグレースたちに捕まってしまう。

そして何より……

「わたしがやることに意味があるのよ！」

馬車は慣れた敷地を順調に走り、庭を抜けて正門を目指す。

途中、使用人たちが目に入ったが、彼らは一切攻撃をしてこない。

それもそのはず。

動く馬車に衝撃を与えて、脱輪したり、馬が錯乱したりしたら大変だ。

まして、御者は無防備で一番深い怪我を負うに違いない。

だから、彼らは攻撃できない。

わたしを害することは絶対にしない。その信頼につけ込んだのだ。

（……卑怯《ひきょう》だったかしら）

そう思いつつ、正門を抜けてから後ろを振り返った。

使用人たちは整列し、こちらへ深々と頭を下げている。

その姿は、普段わたしが出かけるときの見送りの風景と同じで、酷く泣きたい気分になった。

彼らは父に絶対的に従う敵ではなく、わたしの味方でもあったのだ。


王宮へと向かう途中、追っ手が来ないことを確認し、わたしはモニカと場所を交換した。

馬車は順調に王都を抜け、城壁近くまで進んだ。

ディアギレフ帝国と緊張状態にあるためか、そこでは検問が敷かれていて、馬車の列ができている。

「……面倒ね」

わたしがそう呟くと、灰猫が悪戯を思いついた子どものように、にんまりと笑みを浮かべる。

「このままじゃ捕まっちゃうかもねー。ああ、良いこと思いついた！」

「え？　はっ……ちょっと！」

「ジュリアンナ様！」

気がついたときには、わたしは灰猫に抱き上げられていた。

そしてあろう事か彼はそのまま外へ出ると検問する騎士の隙を見て、城壁に備え付けられた雨樋《あまどい》に足を引っかけながら、軽い身のこなしで登っていく。

城壁を越え、庭園の隅へすとんと音もなく着地する。

わたしは暴れて灰猫の拘束から逃れると、彼の胸ぐらを掴《つか》んだ。

「灰猫！　何してくれてるのよ！」

「ええー、王宮に潜入できたのにー」

「わたしがなんのために、ルイス家の紋章が付いた馬車を使ったと思っているの！　検問があった場合、穏便《おんびん》に突破するためよ！」

「いいじゃん。侵入できたんだし」

灰猫は反省する様子もなく、口を尖らせた。

額に手を当てながら、わたしは深く溜息を吐く。

「わたしは堂々とルイス侯爵令嬢の身分で入りたかったのよ。これでは、不法侵入した賊と変わりないわ」

「でも、ルイス侯爵令嬢じゃなくて、ただのジュリアンナとして来たんだろ？　それなら、この入り方で問題ないじゃん。正式な手順を踏んだからって、王子様が会ってくれるかも分からないし」

「……屁理屈《へりくつ》よ。まったく、モニカともはぐれてしまったし、どうしたら……」

わたしがこれからどうするべきか考えていると、少し離れた場所から男性の足音と、擦《こす》れるような小さな金属音が聞こえる。

「……見回りの騎士かしら？　もう感づかれたのね」

自分のあまりの運のなさに舌打ちしたい気分だ。

「俺一人なら、気配を察知されることなんてないのになー。お嬢様が足手纏いだからー」

「黙りなさい、馬鹿猫！」

わたしは小さく怒りの声を上げたが、どうやら地獄耳らしい見回りの騎士は感じ取ったらしい。

足音がどんどんこちらへと向かってくる。

（どこかに隠れなきゃ！）

辺りを見渡し、漸《ようや》く隠れられそうな生垣《いけがき》を見つけた。

そこへ走りだそうとするが、それよりも先に見回りの騎士がわたしたちを見つけてしまう。

「お前たち、何をしてい――」

見回りの騎士は紺色の瞳を大きく見開き、呆然《ぼうぜん》とわたしを見る。

「……ジュリアンナ様が何故ここに……」

（この人はわたしを知っている……？）

彼と夜会で踊ったことがあっただろうか。

わたしは失礼になることも構わず、ジッと見回りの騎士を見つめる。

そして、漸く彼の正体に気がつく。

最後に会ったとき、彼は拷問を受けてボロボロの状態だった。

だから、騎士服を着た彼に気づくのが遅れてしまった。

「久しぶりね、アルフレッド」

第二話　ジュリアンナの告白

彼の名はアルフレッド・マーシャル。

教会派に囚《とら》われた妹を救うために、王都教会へ単身で乗り込んだ勇敢な騎士であり、わたしと復讐を共に遂げた者である。

「ぐ、偶然ね、アルフレッド」

わたしは淑女らしく頬に手をあてて、おっとりとした笑みを浮かべた。

そしてさりげなく辺りを見渡すと、いつの間にか灰猫が姿を消していることに気づく。

（あんの馬鹿猫！　面倒になって逃げ出しやがった……！）

灰猫はわたしの指示も考えも察せず、楽しむだけ楽しんで姿を消した。

名前の通り、猫のように気まぐれで周囲の迷惑など考えない仕事ぶりだ。……ルイス家を抜け出し、最短で王宮へと侵入し、エドワード様へ会う道筋を作ったという点で、最低限の結果が伴っているのがさらに腹立たしい。

あんな馬鹿猫を一時期とはいえ、飼っていたエドワード様の手腕には舌を巻く。

「……俺は貴女の本性を知っている。今更取り繕《つくろ》っても仕方ないと思いますが？」

明らかに不自然なわたしの出現に、アルフレッドは顔を顰《しか》めた。

やはり、簡単には騙されてくれないらしい。

「ヴィンセントに会いにここへ来たの。でも、会うのに少し時間がかかるらしくて、庭園を散策していたのよ」

「この非常事態に庭園の散策ですか。優雅なものですね」

「……くっ」

アルフレッドは鼻で笑った。

そして追撃の手を緩めない。

「それにヴィンセント・ルイス特務師団副団長は、任務で王宮におりません。仲睦まじいと有名なご姉弟なのに、そのことを知らないのですね」

「それは……」

「どうしてここにいるのですか？　諦めてキリキリ吐いてください」

「……容赦がないわね」

わたしが淑女の仮面を脱ぎ捨ててアルフレッドを睨む。

すると彼は嬉しそうに目を煌《きら》めかせる。

「それが仕事ですから」

「可愛くないわ」

「男に可愛さなんて求めないでください」

逃げ出すことも考えたが、呆気《あっけ》なくアルフレッドに捕まるのがオチだ。

王宮へ無許可で侵入することは、たとえ侯爵令嬢のわたしでもお咎《とが》めがある。彼に捕縛《ほばく》されることはやむを得ないだろう。

今は非常事態で王宮全体がピリピリしている。そのことが、わたしの汚点となるのは確実だ。

(……まあ、良い形ではないけれど、お父様やエドワード様に会える確率が上がるわ)

無理矢理明るい方向へと思考し、わたしは無抵抗で立ち続ける。

しかし、いくら時間が経ってもアルフレッドは動かず、うろんな瞳で空を見上げていた。

「……俺は出世なんて、どうでもいいと思っていたんです。男爵家の嫡男《ちゃくなん》だから、ゆくゆくは小さな領地を、それなりに治めればいいと……。だけど、どうしても仕えたい王族がいらっしゃったので、その方をお守りするために、俺は慣れない努力をしました」

「……そう、なの」

わたしは訝しみながらも相づちを打つ。

「その結果、末端ではありますが、近衛騎士に昇進することができました」

「おめでとう。その仕えたい王族とは誰か聞いてもいいのかしら?」

アルフレッドを探るための一言だった。

しかし彼はわたしの前に立つと、熱意の篭もった視線で射貫《いぬ》く。

「貴女ですよ、ジュリアンナ様」

「……わたし?」

困惑するわたしなどお構いなしに、アルフレッドは語り出す。

「貴女はエドワード殿下と結婚し、王太子妃になる方だ。俺にとって、ジュリアンナ様は命を賭けて守りたい王族なんですよ。……王都教会で死にかけていたところを助けられ、生け贄となった妹の――ニーナの無念を、約束を違《たが》わず晴らしてくれたときから……」

「……でも、わたしはエドワード様から婚約破棄される予定なのよ？　この国の王族にはならないわ」

「それなんですが……俺はエドワード殿下とジュリアンナ様の婚約が破談になることに反対です。いくら、殿下の望みであろうとも」

アルフレッドは苦悶の表情を浮かべる。

彼は何か知っている。そう確信したわたしは、アルフレッドへと一歩を踏み出した。

「アルフレッド、エドワード様が何をしようとしているか知っているの？」

「噂ですが」

「構わないわ」

アルフレッドは緊張からか、小さく息を吐いた。

「現在、ディアギレフ帝国軍が、元教会派貴族の領地二つとオルコット領の一部を占領していることは知っていますか？」

「ええ。でも、わたしが知っているのはそれだけだわ。サモルタ王国から帰還後、すぐにルイス家で軟禁されていたから……」

「続きの話があるんです。どうやら帝国は占領後、ローランズへ秘密裏に使者を送ってきたそうです」

「……使者、ね。どんな書状を携《たずさ》えてきたのかしら？」

わたしは嫌な予感を抱きながら、アルフレッドに話の続きを促した。

「どうやら、和睦《わぼく》会議のお誘いらしいです」

「ローランズの領地を占領しておいて、和睦ですって？　随分《ずいぶん》と虫がいい話ね」

わたしが怒りを滲《にじ》ませた声で言えば、アルフレッドも同意するように頷いた。

「ええ、まったく。そしてさらに信じられないのが、エドワード殿下をその和睦会議の使者にご指名だということですよ。面《つら》の皮の厚い奴らだ」

「……エドワード様はまさか……その和睦会議に出席するおつもりなの!?」

「……そうらしいです」

「そんな……だって、あり得ないわ！　罠に決まっているじゃない！」

わたしは爪の跡が残るのも構わず、手を握りしめた。

(どうして自ら死にに行くような愚かな選択をするの!?　それは、わたしを捨ててもやらなくてはいけないこと……？)

脳裏に浮かんだのは、エドワード様との思い出だ。

彼は自分をこけにした少女を、七年の歳月をかけて探しだすほどに執念深い。優秀であれば、身分の高い侯爵令嬢ですら、手駒にして容赦なくこき使うほどに鬼畜。そして可愛げのない女を優しさで包み込み、計画的に恋へ堕とした腹黒だ。

(……そんなエドワード様が、今更ディアギレフ帝国の稚拙《ちせつ》な罠に引っかかってくれるほどのお人好しになったの？　……いいえ、あり得ないわ)

表に出ていないだけで、この話には絶対裏がある。

わたしはそう確信すると、城を見上げた。

「……ここに来た、最初の目的を思い出したわ」

「それを叶えるために、俺はどのような行動を取ればいいですか？」

「……近衛騎士の職を失うわよ」

「構いませんよ。貴女に仕えるために得たものですから。貴女のために捨てられるのなら、本望だ」

わたしはアルフレッドに見逃してもらうことを望んでいたが、彼は思っていたよりもわたしへの忠節に本気らしい。

アルフレッドは跪《ひざまず》くと、懇願するようにわたしからの命令を待つ。

「わたしの未来の騎士。エドワード様のところへ、連れて行って。……わたしを惚れさせたことを後悔させてやるわ」

「仰《おお》せのままに」

即席の主従は、そろってニヤリと口元を歪めた。

ピリピリと緊張感の漂う王宮を、わたしとアルフレッドは堂々と歩いて行く。

近衛騎士を連れているからか、不法侵入した令嬢のわたしを咎める者はいない。

「なんだか注目されているみたいね」

「まあ、当然でしょう。王宮に勤める者の間で、エドワード殿下とジュリアンナ様の婚約破棄の噂は有名ですから」

「あら、嫌だわ。まだ決定していないことなのに。でも、エドワード様の頬に真っ赤な手のひらの跡が残れば、益々噂の信憑性《しんぴょうせい》は増すかしら?」

「……目が怖いですよ」

アルフレッドと軽口を叩いているうちに、エドワード様の執務室の前に到着する。

前に来たときは、エドワード様に召喚状《しょうかんじょう》を使って嫌々呼び出され、彼に対して悪感情しかなかった。あれから一年も経っていないのに、扉の前に立ったときの気持ちは真逆だ。……もちろん、怒りの感情もあるが。

「エドワード様にお会いできるかしら?」

執務室の前に控えていた侍女に、わたしは淑女らしく微笑んだ。

侍女は目を大きく見開き、「しょ、少々お待ちください」と上ずった声で言いながら執務室へと入っていく。

そして再び扉が開き、現れたのはエドワード様ではなく、第二王子補佐官のサイラス様だった。

「ジュリアンナ嬢、どうしてここにいるのです⁉　ルイス家にいるはずでは……」

「何やら良からぬ噂も流れているようですし、直接真偽《しんぎ》を問いに来ました。お忙しいかと思いますが、お時間を取っていただけると嬉しいです」

「……どうやって忍び込んだのですか？」

「まあ、なんのことでしょう？　ローランズ王国の王宮よりも警備の厳しい場所はないではありませんか」

わたしは有無を言わさない笑みを浮かべ、口早に言いつのる。

今までの経験でわたしが折れないことを察したのか、サイラス様はアルフレッドを睨みつけた。

「……アルフレッド・マーシャル。どういうことか説明しなさい」

冷血補佐官の名に恥じぬ鋭い眼光を受けても、アルフレッドは怯《ひる》まない。

「はっ。検問にてジュリアンナ・ルイス侯爵令嬢を発見。彼女の要望通りに、エドワード殿下の元へとお連れした次第であります」

「今は大事な時だ。関係者以外の面会の要望は断れと命令したはずですが？」

「現時点において、王位継承権第一位のエドワード殿下の婚約者であるジュリアンナ様は、部外者とは言い切れない……むしろ、中心的人物だと判断してお連れしました」

職務に忠実な騎士らしく、いけしゃあしゃあと言ったアルフレッドを見て、サイラス様は深く溜息を吐くと、悩ましげに額へ手をあてた。

そしてわたしへと再び視線を移す。

「……エドワード様が今一番会いたくないのは、ジュリアンナ嬢です」

「エドワード様が今一番会わなくてはいけないのは、わたしではないのですか？」

わたしが切り返すと、サイラス様は沈黙する。

それがわたしとエドワード様を会わせるべきか悩んでいることを、如実《にょじつ》に表していた。

「私はエドワード様に忠誠を誓っています。ですので、主の望み通りに貴女を追い返すことが正しい選択なのでしょう。……しかし、私はエドの幼馴染でもあります」

サイラス様は普段口にしないエドワード様の愛称を呼んだ。

そして苦笑を浮かべるとわたしへ背を向け、ドアノブへ手を掛ける。

「婚約者を心配してわざわざ来てくださった令嬢を追い返すなんて、外聞が悪いです。少し話すぐらいの時間は必要でしょう」

「感謝いたします」

「まったく、問題児たちの世話は大変ですよ」

サイラス様はゆっくりと扉を開く。


木漏れ日が降り注ぐ執務室は以前よりも荒れていて、書類や物が乱雑に積み上げられていた。執務机には少しやつれたエドワード様が座っていて、こちらも見ず一心不乱に書き物をしていた。

「それで、面会者とは誰だったんだ？　当然断ったんだろうな」

「いいえ、お連れしました」

エドワード様は深く眉間に皺を寄せると、漸く顔を上げた。

そして、ここにいるはずのないわたしの姿を見ると、驚愕の表情を浮かべる。

「……ジュリアンナ、何故……」

「お久しぶりですね、エドワード様」

わたしは完璧な淑女の礼をとった。

すると事態を呑み込んだエドワード様が、剣呑《けんのん》な視線を向ける。

「……ジュリアンナ、今すぐルイス侯爵家へ帰れ。俺は忙しいんだ」

「知っています。それでもわたしは貴方と話がしたいのです。今はまだ、わたしにその権利があると思いますが」

婚約者であることを遠回しに強調すれば、エドワード様は渋々だが頷いた。

わたしは後ろを振り返ると、サイラス様とアルフレッドにとびっきりの笑顔を見せた。

「今からとても大事な話をしますので、二人きりにしていただけますか？」

「……エドワード様もジュリアンナ嬢も程々に」

サイラス様は一瞬疑うかのような目を向けたが、諦めて扉を閉めてくれた。

（……これで舞台は整ったわ）

わたしはすっと貼り付けていた笑みを消し、エドワード様へ向き直る。

陽に照らされ、胸のペンダントがキラリと輝いた。しかしそれに、彼は気づかない。

「王宮で、わたしとエドワード様の婚約破棄が噂になっているようですね。でもそんなことよりも、先に話すべきことがあります」

「……婚約破棄がそんなこと、か」

エドワード様は困ったように息をついたが、すぐにいつものように不敵な笑みを浮かべて、わたしを迎え撃つ。

「それで、話とはなんだ。私も時間が惜しいので、手短に頼む」

「……ディアギレフ帝国との和睦会議に出席するとお聞きしましたが、本当でしょうか？」

「ああ、本当だ。向こうは俺を指定しているからな。親書によると、身の安全は保証してくれるらしい」

自分のことなのに、エドワード様は淡々と話した。自分が死ぬことで誰かが……わたしが悲しむことなんて考えてもいないのだろう。腹の底から怒りが湧いてくる。

しかしわたしはそれを必死に押し殺し、いつも通りの冷静なジュリアンナ・ルイス侯爵令嬢を演じる。

「今やエドワード様は、誰もがローランズ王国の次期王と認めている方。大切な御身《おんみ》を前にして、飢えた帝国が約束を守るとはとても思えません。歴史がそれを証明しています」

「お前は俺を買いかぶりすぎだ。俺の代わりはいる。ミシェルだって王子として真っ直ぐに成長しているし、姉上の腹の子を王家に迎えるのもいいだろう。……だから、俺が行くのが正しい」

エドワード様は次期王に相応《ふさわ》しい、国を守る王族の顔をしている。

何か重大なことを隠しているのは確かだ。それのためならば、わたしとの婚約を破棄しても、命を捨て去っても良いらしい。

国に忠実なルイス侯爵令嬢ならば、エドワード様の決断を応援するべきなのだろう。

だが、わたしはただのジュリアンナとしてここに来た。応援なんてできるはずがない。

（……なんて勝手な男なの！）

もう限界だった。

わたしは煮えたぎる怒りのまま拳を振りかぶる。

「ふざけないでよ……！」

「ジュ、ジュリアンナ⁉」

憎らしくも、わたしの拳はエドワード様に届くことはなかった。

彼は困惑した表情を浮かべながら、興奮するわたしの手首を掴んだ。

「ジュリアンナ、やめろ！　いくらお前でも、第二王子に怪我をさせたとなれば、もみ消すのが面倒だ！」

「もみ消さなくて結構よ！　それで貴方がわたしの想いを理解してくれるのなら。同情して、和睦会議に出席することをやめてくれたら、なお喜ばしいわ！」

わたしは敬語を話すのも忘れ、ただ気持ちをぶつけた。

「国と家のためにお父様の決めた人に嫁《とつ》いでも、生まれた子どもだけは愛し尽くそうと思って、わたしは未来を諦めていた。それなのに、エドワード様はわたしの心を土足で踏み荒らしたあげく、一生忘れない恋を教えてくれる、なんて不確かで一番求めていた約束を交わしてくれたわ」

視界が歪み、涙が頬を伝う。

怒りか哀しみか、それとも別の感情か。心の中がぐちゃぐちゃにかき乱され、子どものように泣いてしまう。

「約束が守られることなんてないと思っていた。だけど、貴方から注がれる愛は優しくて、真っ直ぐで……とても怖かった」

「……ジュリアンナ、それではまるで……お前が俺に恋しているみたいじゃないか」

エドワード様は探るような眼差しを向けながら、わたしを恐る恐る抱きしめた。

苛立ったわたしは、彼の胸をぽかぽかと殴り始める。

「この鈍感！　貴方に恋をしているから、こんな押しかけるような……侯爵令嬢にあるまじき、身勝手な真似をしているんじゃない。未来を諦めていた頃のわたしなら、簡単に婚約破棄を受け入れたわ。わたしをこんな面倒な女にしたのは、エドワード様よ！」

息を荒げながら言い切ると、わたしは彼を見上げた。

その拍子《ひょうし》にまた一筋涙がこぼれ落ちる。

「お願い、わたしの知らないところで死んだりしないで。貴方が死んだらわたしは……」

きっとわたしは酷い顔をしている。

だけどエドワード様は柔らかな顔で目を細め、そっとわたしの涙を拭《ぬぐ》った。

「お前はどうするんだ？」

「この身に流れる血を利用してディアギレフ帝国に潜入して、寵姫《ちょうき》にでもなろうかしら。国を裏から動かして、わたしから貴方を奪った奴らに、必ず復讐してみせる」

「それは嫌だな。ジュリアンナが俺でない、誰かの隣にいるなど考えたくもない。たとえ、俺のためであっても」

エドワード様は噴き出すと、わたしの肩に顔を埋めて忍び笑いを漏らした。

わたしは本気で言ったのに、なんと失礼な人だろう。

「確認してもいいか」

「何を？」

「お前が俺に恋をしているかどうかを」

そう言ってエドワード様は、わたしの胸元で光るペンダントを手に取ると、そっと口づけを落とす。

（ああ、やっと気づいてくれた）

このペンダントは王都教会に潜入していたとき、茶番のように行われたデートでプレゼントされたものだ。高価なものではない。だけどわたしにとっては、エドワード様との思い出が詰まったかけがえのないもの。

婚約指輪を外してきたのだって、決意の表れ。言葉や態度で表す前から、わたしは彼への想いを告げていた。

「王子じゃなくても、腹黒で鬼畜でもいい。わたしはエドワード様に一生冷めない恋をしているわ」

吐息が触れ合いそうなぐらいの距離に、エドワード様がいる。

胸がうるさいぐらいに高鳴り、恥ずかしさで顔が赤くなるが、わたしは目を逸らさずに心の内を曝《さら》け出す。

それはあまりにも幸せなことで、自然と頬が緩む。

「……俺のことなど忘れて、幸せになって欲しかった。ローランズ王国の悲願を果たすためならば、婚約破棄も仕方のないことだと。でも本当は……お前が隣にいる未来を諦めたくなかった」

服越しに、エドワード様の心臓がドクドクと鼓動を速めるのが分かった。

熱の篭もった視線に見下ろされ、わたしはそっと目を閉じる。

そして吐息は重なり合い、甘い痺れが全身を駆け巡る。

溶け合うような口づけに、愛しさがこみ上げた。

「好きだ、ジュリアンナ。……お前と歩む未来のために、俺と共に戦ってくれるか？」

名残惜しそうに唇を離すと、懇願するようにエドワード様は言った。

わたしは彼の首に腕を回し、背伸びをする。

「貴方と一緒なら、何者にも負ける気がしないわ」

決意を伝えるように、今度はわたしから唇を重ねた。

覚えたてでまだ拙《つたな》いが、必死に愛情を表した。するとエドワード様はわたしに応《こた》えるように、唇を食《は》み、口づけを深くする。

（……このまま、時が止まってしまえばいいのに）

ぼんやりしていく意識の端でそんなことを考えていると、背後からガチャリと扉の開く音がした。

「いつまで話をしているので――――し、執務室で何をやっているのですか、この問題児たちは⁉　は、破廉恥ですよ！」

サイラス様は素っ頓狂《すとんきょう》な声を上げると、手に持った書類をバラバラと床に落とした。

「……見つかったのが、サイラスで良かったな」

「ええ、本当に」

「まったくもって良くないですよ……！」

サイラス様は慌てて書類をかき集めると、こちらを睨み上げる。

さすがに怒らせすぎたと思ったわたしとエドワード様は、大人しく身体を離した。

「エドワード様！　この大変な時に未婚の令嬢と逢い引きしていたなんて噂が流れたら、どうなると思っているんですか。少しは自覚を持ってください！」

「火消しはサイラスの得意分野だろう？」

「反省してくださいと言っているのです、この馬鹿王子！」

サイラス様は涙声で叫ぶがエドワード様に反省の色は見えない。

すると諦めたのか、今度はキッとわたしに厳しい視線を向ける。

「ジュリアンナ嬢も、淑女が真っ昼間から何をしているんですか！　慎《つつし》みを持ってください！」

「恋が成就して気持ちが高ぶっていたのです。次からは気をつけるので、許してくださいませ」

わたしは瞳を潤ませ、伏し目がちに反省の言葉を告げた。

「そうですか。恋が成就したのなら、仕方ありませんね。今回だけは見逃しま——恋が成就した⁉

エドワード様と、ジュリアンナ嬢が⁉」

「ああ、両想いだな」

「愛し合っていたのを、たった今その目で見たではありませんか」

サイラス様はわたしとエドワード様を交互に見ると、驚きのあまり口をポカンと開けた。

「……私はてっきり、二人は立場と心情を呑み込んで別れるのかと思っていました。特にジュリアンナ嬢は、恋などしないと思っていましたから……」

「わたしが何故、屋敷に軟禁されていたと思います？　今思えば、お父様とヴィンセントに、わたしがエドワード様に恋していたのを悟られたからですわ。……まあ、こんな行動に出るとは思っていなかったでしょうけど」

父とヴィンセントは、エドワード様側の事情を知った。だから、わたしの心を守り傷つけないため、軟禁を強要したのだろう。

わたしがそっと溜息を吐くと、隣にいたエドワード様の眉間に皺が寄った。

「……俺たちは婚約者兼恋人同士となったのだろう？　いい加減、様付けで呼ぶのはやめろ、ジュリアンナ」

「で、ですが……」

「いいから。さっきのように崩した言葉を使ってくれると、さらにいいな。俺とお前の心は対等でいたい」

「……分かったわ、エドワード。でも、私的な時間だけよ？」

「十分だ」

「エドワード様、ジュリアンナ嬢、そこまでです……！」

どちらともなく手を握り見つめ合っていると、サイラス様が無理矢理わたしたちの間に入ってきた。

「何をまたいちゃコラしているんですか！　お二人とも、色気を垂れ流すのはやめてください！」

「嫉妬するな、サイラス。確かにお前と姉上は一緒にいても色気の欠片《かけら》もないが……」

「私とシェリーのことは、今関係ないでしょう⁉」

入室したときに見た、エドワードとサイラス様の気難しげな表情が消えたことにわたしは安堵《あんど》した。

そして、やっと落ち着いて辺りを見回すと、扉の前に困惑したアルフレッドが立っている。わたしが微笑んで手招きすると、アルフレッドは露骨に顔を顰める。

「アルフレッド、来なさい」

「職務に戻りたいのですが……」

「今だって職務の真っ最中じゃない。ここまで来たのなら、最後まで巻き込まれましょう？　わたしの未来の騎士様」

「……承知しました」

アルフレッドは執務室に入ると、そっと扉を閉めた。

エドワードはわたしをエスコートし、来客用のソファーへと座らせる。そして彼はわたしの向かいに座り、サイラス様はその隣に腰を下ろす。

アルフレッドはわたしの後ろに控えた。どうやら護衛をしてくれるようだ。

「ジュリアンナ、さっそく近衛騎士を手懐《てなず》けたのか?」

「そうよ、エドワード。貴方の妃《きさき》となることができたら、アルフレッドにはわたしの守護の要《かなめ》となってもらうつもり。彼は有能だわ」

「ならばこの場に同席することを許そう。茶の一つも出せないが、寛《くつろ》いでくれたまえ」

「……お、お気遣いなく、殿下」

アルフレッドは緊張した面持《おもも》ちで言った。

これから話されることは、国家機密に等しい。まだ彼には荷が重いかもしれないが、慣れて貰わなくては困る。わたしは本気でアルフレッドを騎士にするつもりなのだから。

「……エドワード様、ジュリアンナ嬢にすべてをお話しするつもりですか?」

「無論だ。そして、協力してもらう」

「ジュリアンナ嬢にもしものことがあったら……!」

「何を焦る必要がある、サイラス。ジュリアンナを脅して、王都教会へ潜入させる手駒にした時と何が違う? むしろ、あの時の方が酷かったと思うが?」

「そう言えばそうでした……!」

サイラス様は頭を抱えた。

今日も保護者は大変なようである。

「ジュリアンナ嬢は良いのですか？　エドワード様と婚約破棄をすれば、危険に巻き込まれることはありません。それではいけないのですか？」

サイラス様は心配げな口調で……しかし、主と共に歩む覚悟があるのかと真剣に問うた。

わたしは一度深呼吸すると、胸に手を当てて微笑んだ。

「わたしは知らずに守られて生きるよりも、共に苦しみを分かち合い、戦いたいです。綺麗な死なんて望まない。最後までエドワードと生きることを諦めたりしません。それがわたしの覚悟です」

「……私は……エドワード様がジュリアンナ嬢に出会えた奇跡を、女神に感謝したい気分です」

わたしはエドワードのために生まれた。だからこの出会いは必然。だが、サイラス様が言いたい奇跡はそれではなく、きっとわたしとエドワードが想いを通わせたことなのだろう。

「……もういいだろう、サイラス。ジュリアンナにあれを渡してやってくれ」

「かしこまりました」

僅かに顔を赤くしたエドワードを見て、サイラス様はくすりと笑う。

しかしすぐに冷徹補佐官の顔に戻り、わたしへ一枚の紙を差し出した。

「こちらはディアギレフ帝国から送られてきた、親書の写しです」

「拝見いたします」

親書の写しには、このたびのローランズ王国侵攻へのディアギレフ帝国側の正当性や、和睦会議を開いてやるという上から目線の譲歩、さらには会議の使者にエドワードを指名している傲慢《ごうまん》さ。

随分とローランズ王国を馬鹿にした内容だ。

「……あら？　交渉条件の材料にわたしの名前が載っているわ」

写しの後半に、『貴国の秘宝である、ジュリアンナ・ルイス侯爵令嬢を皇帝陛下の花嫁に迎え入れたい』と記されている。

「ジュリアンナ嬢はローランズ王家の血と、サモルタ王家の神眼を宿しています。手に入れれば、とても便利な駒だと思われているのでしょう」

「あとは、俺を最大限に馬鹿にする意味も込められていると思うが？　婚約者を手土産にする使者なんて、愚劣《ぐれつ》極まりない見世物になるだろう」

「皇帝は、わたしよりも五つ以上歳下だったわよね？　あまり良い政略結婚の組み合わせには思えないわ」

くだらないとうんざりしながら、わたしはテーブルの上に親書の写しを投げた。

「こんな陳腐《ちんぷ》な挑発と誘いに、わたしの王子様は真っ正面から乗らないと思うのだけど、間違いはない？」

「それは期待していい。ああ、これは親書と一緒に書簡に挟《はさ》まっていた物なんだが……」

エドワードはニヤリと口角を上げると、わたしへ一枚の手紙を渡す。

手紙は上質な紙でできており、宝石が練り込まれているのか、キラキラと美しく輝き、青いリボンで可愛らしく飾られていた。まるで女性主催の御茶会や夜会の招待状のようにセンスがある。

わたしは訝しみながらもリボンを解き、手紙に目を通す。

そこには一編の詩が書かれていた。

混沌の闇に包まれた国の中、我らは光を求める
我らは欲に塗《まみ》れた争いを嫌う
女神ルーウェルの導きの元、永久の平和を乞《こ》い願う
我らの大義は魔女にあり
さりとて、魔女は混沌の呪縛に囚われる
我らを救うは魔女の光
魔女を救うは王の覚悟
成し遂げるは革命なり

詩を読み終わると、わたしはじっとりと背中が冷えるのを感じながら目を瞑《つぶ》った。

（……この詩はディアギレフ帝国の親書なんかじゃない）

手紙には絵が詩と共に書き記されていた。

鮮やかな鱗《うろこ》を持つ双頭《そうとう》の大蛇が剣に刺されて絶命する、おぞましく美しい絵。それが意味するのは、ディアギレフ帝国への宣戦布告だろう。

また、ディアギレフ帝国は女神ルーウェルを信仰していないので、『女神ルーウェルの導きの元』というのは、ローランズ王国の協力を取り付けたいという意味があるのだろう。

おそらくこの手紙は、ある意味、見た目通りの招待状だ。

「……招待状の送り主はどなた？」

「ディアギレフ帝国の反乱分子……確か革命政府と言ったかな」

目を開き、最初に見たエドワードの顔は真っ黒に輝いていた。

「書簡に招待状を潜り込ませられるほど、革命政府はディアギレフ帝国の内部に食い込んでいるということよね？」

「ああ、『政府』と名乗るのは伊達《だて》じゃないらしい。革命は夢物語ではないようだ。ジュリアンナ、リボンを見ろ」

招待状に飾られていたリボンをまじまじと見ると、小さく刺繍で今から半月ほど先の日付と、『帝都三番街で待つ』という文字が縫い付けられていた。

「……なるほど」

わたしもエドワードに釣られて笑みを深くする。

彼が何を考えていたのか、その理由へとたどり着くことができたからだ。

「エドワードはディアギレフ帝国という国そのものを、作り替えるということでいいのよね？」

「俺はその考えだ。しかし、革命政府側はどうかな。跡形もなく、自国をぶち壊したいのかもしれない」

「手の込んだ招待状から見るに、復讐を追い求める鬼でも、富と名声に飢えた獣《けだもの》でもないように見えるわ。理性的で……だけど大胆な策略家。革命政府は容易《たやす》く利用できる相手ではなさそうね」

「だからこそ、俺の出番だろう？　誠意の塊《かたまり》のような男だからな」

「ぬけぬけとよく言うわ。大きな危険と引き替えに、とことん利用し尽くすつもりの腹黒のくせに」

わたしとエドワードが軽口を叩き合っていると、アルフレッドが遠慮がちに手を上げた。

「あの、盛り上がっているところ申し訳ありません。エドワード殿下は一体、何をなさりたいのですか……？」

「ローランズ王国の悲願を果たす」

「エドワード様。それでは説明になりませんよ……」

サイラス様は言葉の少ないエドワードを見て、大きく溜息を吐いた。

そしてサイラス様は、決意の込められた瞳でわたしとアルフレッドを射貫く。

「ディアギレフ帝国は侵略国家です。対するローランズ王国は、その侵略に抗《あらが》い建国された。決して帝国に屈しないことが信念。私たちの安寧《あんねい》は帝国が存在する限り訪れない。ディアギレフ帝国という脅威を消し去ることこそが、ローランズ王国の悲願。私たち王侯貴族の使命なのです」

「サイラスの物言いは堅苦しいが、大体はそういうことだ」

大仰《おおぎょう》に頷いたエドワードに、わたしは呆《あき》れた視線を向けた。

「国の威信を背負った第二王子は和睦会議へ赴《おもむ》く。その道中で革命政府と手を取り、仲良く『悪』を裁き、新しき風を呼び込む。帝国は滅び、ローランズ王国は建国以来の脅威から脱する。それを成し遂げた第二王子は、素晴らしき王となるだろう。ああ、偉大なる第二王子。ローランズ王国に栄光あれ……というのが、エドワードの脚本かしら？」

「いいだろう？」

「まさか。わたしがこの舞台の責任者なら、こんな陳腐な脚本、没《ボツ》にしていたわね」

「何故だ？」

エドワードは疑問を口にしながら、確信めいた表情を浮かべる。

彼もまた、この脚本に穴があるのを理解している。

「分かっているでしょう？　ディアギレフ帝国は、理想通りに踊ってくれるほど甘くないわ。和睦会議へ行く道中に、貴方が暗殺される展開の方が現実的ね」

「……そうだな。まず、駒が圧倒的に足りない。予期される戦争のため、優秀な人材や貴族は国に残さねばならない。片道切符にも等しい条件で、俺が連れて行ける者はゼロに近い」

「……私も次期イングロット公爵として、エドワード様へ付いて行くことはできません」

サイラス様は悔しそうに下を向いた。

本当はエドワードの傍《そば》に付き添っていたいに違いない。

しかし、それはエドワードが望まない。サイラス様はこの国を担《にな》う優秀な貴族で、シェリーお姉様の伴侶《はんりょ》。そして、王族に迎えるかもしれない子の父親。……失う訳にはいかない。

（……元を辿《たど》れば、エドワードが和睦会議へ行かなければいいのだけれど。そうはいかない状況みたいね）

わたしは立ち上がると、窓際へと歩く。

眼下には、手入れされた美しい庭園が広がり、遠くには豊かな王都の町並みが広がっている。

だが、戦争が始まれば庭は荒れ果て、王都は炎に包まれるかもしれない。それは王族が最も回避しなくてはいけない未来の一つだ。

「……オルコット領での戦況は芳《かんば》しくない、ということかしら？」

「鋭いな」

エドワードはわざとらしく肩を竦《すく》ませた。

「地方は荒れ、民の暮らしは苦しく、ディアギレフ帝国が弱体化している……という噂に期待していたのだがな。どうやら軍備に根こそぎ予算をぶち込んでいたらしい。オルコット軍は苦戦を強《し》いられている」

サイラス様はそれを聞いて頷くと、手元にあった資料を読み上げる。

「民間人に紛れた工作員も暗躍し、戦場をかき乱されているようです。また、敵将に卓越した武力と統率力を持つ者がいて、純粋なぶつかり合いも均衡《きんこう》状態が続いてる、との報告が上がっています」

「サイラス様、ローランズ軍並びに騎士団の援軍の状況は？」

「援軍、物資共に到着済みでこの報告です」

「……それは厳しいわね」

ローランズ王国随一の武の名門オルコット公爵家。当然、領土を守る軍も国軍に匹敵——もしくはそれ以上の力を持つ。もしも、オルコット軍の守りを突破されることがあれば、戦局は大きくローランズ王国の敗北と消滅に動く。

そういった事態に陥《おちい》らないためにも、革命政府との協力態勢は是が非でも築きたい。

すべては、ローランズ王国のために。

「だからこそ、戦争が泥沼になる前に色々な道を作りたい。活路とは神から授けられるものではない。様々な者たちの行動の果てに差してくる光だ。王族の俺が一番に動かなくてどうする」

「ですが、エドワード様自ら動かなくとも……」

サイラス様は心配した目でエドワードを見た。

しかし彼は眉を吊り上げ、怒りを露《あら》わにする。

「くどいぞ！　貴族や文官……まだ幼いミシェルを使者にするか？　それでは国を左右する決断は下せない。革命政府は侮《あなど》られたと思うはずだ。和睦会議に行ったとしても、身分が軽い者と交わした約束など、ディアギレフ帝国ならば容易く反故《ほご》にしてしまう。ミシェルでも駄目だ。俺を使者に指名しているからな。ローランズ王国は腰抜けだと、侮られるだけだ……！」

「では、私たちにエドを失えと言うのですか！」

サイラス様は負けじとエドワードを睨んだ。

「私たちが次期王と認めたエドワード第二王子の代わりなど、この世のどこにもいないのです！ディアギレフ帝国は、交渉など望んではいない。貴方の命が目的です。革命政府からの招待状にしても、罠の可能性は捨てきれない！」

「だが、俺は王族だ。ローランズ王国の悲願を成し遂げられる可能性の糸が目の前にあるのなら、どれほどか細いものでも掴み取らずにはいられない」

「……王族の中でも意見は割れています。もうすぐ始まる王会議では、私は次期イングロット公爵として反対の立場に回りますからね」

「……この石頭！」

「石頭で結構。無謀を働く愚か者になるよりマシですから」

エドワードとサイラス様は怒りをぶつけ合うと、子どものように顔を逸《そ》らした。

わたしはそれを見てくすりと笑うと、そっと手を上げる。

「では、わたしは賛成に回りましょう」

「ジュリアンナ嬢⁉　エドワード様を失ってもいいと言うのですか……！」

「あら、サイラス様。勘違いしないでくださる？」

わたしはエドワード様の側まで行き、彼の右手を取り、騎士のように手に口づけを落とす。

「勝率が低いのならば、わたしが助けましょう。わたしが持てるすべての駒を使って、貴方を勝利へと導きます。最期の時も、わたしとエドワードは共にある。そうでしょう？」

「熱烈な口説き文句だな、ジュリアンナ」

「だって、貴方に恋をしているもの」

「嬉しいことを言ってくれる」

エドワードは立ち上がり、握った手でわたしを軽く引き寄せる。

「では、ジュリアンナ。このまま王会議に行こうか」

「あら、婚約破棄寸前のルイス侯爵令嬢に出席する資格はあるのかしら？」

「あるさ。婚約破棄などただの噂だからな。俺がジュリアンナを離す訳ないだろう」

「よく言うわ」

エドワードは嘘っぽい紳士的な笑みを浮かべると、そのままわたしをエスコートしながら歩き出した――

第三話　ふたりの決意

王会議は以前出席したときと同じ離宮で開かれるようだ。

わたしとエドワードは悪巧《わるだく》みを囁きながら仲良く手を繋いで離宮へと向かい、その後ろをサイラス様がブスッとした顔をしながら付いてくる。

ちなみにアルフレッドも王会議に付いてくるように言ったが、全力で拒否されてしまった。

(今回は見逃したけれど、バシバシ使ってあげるわ。わたしの騎士になりたいと言ったのは、貴方なんだからね、アルフレッド)

わたしがほくそ笑んでいると、表情が見えないはずのサイラス様がボソリと呟く。

「……嫌な予感しかしません」

「その予感通りにしてやろう。なあ、ジュリアンナ」

「そうね、エドワード」

「この問題児たちはぁああ！　人の心配も気にしないんですから！」

サイラス様の悲痛な叫びが聞こえるが、わたしとエドワードは意地悪く無視をする。

王会議が行われる部屋の扉が見えると、そこには爽やかな笑顔で手を上げるキール様がいた。

「よっ、エド！　それにお嬢もいるのか。久しぶりだな！」

「お久しぶりです、キール様」

毒気を抜かれたわたしと打って変わり、キール様の登場にエドワードは眉を顰《ひそ》めて機嫌を降下させる。

「まったく、団長の仕事はどうした？」

「オレは事務処理とか苦手だし。今の状況では足手纏《まと》いだから追い出されたぜ。邪魔だからエドの側に行けってな。あははっ！」

キール様は豪快に笑うと、エドワードの背中を思い切り叩いた。

「ぐはっ、少しは手加減しろ。……お前は本当に脳筋だな」

「書類仕事から逃げられるのなら、筋肉に感謝だな！　エドのことは、オレが責任を持って守ってやるぜ」

「……好きにしろ」

エドワードは冷たい口調でそう言うが、横から見た彼の顔は僅かに口角が上がっていた。

本当に素直じゃない。キール様が来てくれて嬉しいくせに。

「……ジュリアンナ。なんだその目は」

ジトッとした目でわたしがエドワードを見ていたことに気がついたのか、怪訝な顔で彼はこちらを見る。

「別に。エドワードにも案外可愛いところがあったと思っただけよ」

「……撤回しろ」

「嫌よ。貴方を想う気持ちは、わたしだけのものよ」

わたしは誤魔化すように笑みを返すと、扉をそっと開ける。

部屋の中には、陛下とダリア正妃、ライナス、それに父がいた。以前よりも少ないが、わたしたちを合わせて、今回の出席者が揃《そろ》ったことになる。

「ジュリアンナ⁉　それに殿下も……」

屋敷を抜け出したことをまだ知らなかったのか、父がわたしを見て目を大きく見開いた。

わたしは嫌みも込めて、にっこりと笑みを返す。

「ごきげんよう、お父様。娘を軟禁するのは楽しかったですか？　わたしは退屈すぎて、飛び出してしまいましたわ」

「その……あ……いや……何故、エドワード殿下と一緒にいる？」

「わたしに興味があるのですか？　軟禁していたのに？　もう顔も見たくないのかと思っていました」

「そ、それは……お前を守るために」

「知っています。ですが、わたしがいつ守ってくださいと言いましたか？　お父様とヴィーに信頼されていないということが、嫌と言うほど分かりました」

わたしを遠ざけたのは親としての愛情だったのかもしれない。

だけど、わたしを信じて欲しかった。そして、信じさせるほどの実力を父に見せられなかったということだろう。

（……仲直りは少し先にしましょう）

わたしは父から陛下とダリア正妃へと視線を移し、淑女の礼をとる。

「陛下、妃殿下。王会議へいきなり押しかけてしまい、大変申し訳ありません」

「……よい、ジュリアンナ。其方《そなた》も王家の三柱の一員だからな。参加資格は満たしておる」

「わたくしも異論ありません」

「ありがとうございます」

わたしはエドワードと隣同士に座り、キール様はその後ろに護衛として控える。サイラス様はまだ怒っているのか、わたしたちとは反対側へと腰を下ろした。

全員が席に着いたことを確認したダリア正妃が、すっと手を上げた。

「では、王会議を始めます。議題は、ディアギレフ帝国の和睦会議と革命政府との交渉について。皆忙しい身ですので、自分の意見は簡潔に述べるようにしましょう」

「妃よ！　それは余《よ》の台詞《せりふ》だ……！」

「陛下は前口上が無駄に長いので、わたくしなりの気遣いです」

「酷い……！」

「お気に召したようで何よりです」

陛下は落ち込むが、ダリア正妃は気にかけた様子もない。

そしてそのままエドワードを、感情の読めない目で見つめる。

「今回の会議は、エドワードのためのものと言っても過言ではありません。まずは、貴方の意思表示をしなさい」

「勿論です」

エドワードはそう言って立ち上がると、空色の双眸《そうぼう》を鋭く光らせ、覇気《はき》を纏った声を張り上げる。

「私はローランズ王国の悲願を成し遂げたい。革命政府と手を組んでディアギレフ帝国との和睦会議に臨み、国そのものを根本から変えてみせます。ですから、私……エドワード・ローランズ自らディアギレフ帝国へ赴くことを、承認していただきたい」

一言一句漏らさぬように目を瞑って陛下はエドワードの言葉を聞くが、再び目を開くと国王らしい強く鋭い目を光らせた。

「ならん。余は反対だ」

「……父上、何故ですか？」

「確かにディアギレフ帝国を内から変えることができるのは、魅力的な話だ。しかし、お前が死ぬ確率もまた高い。第二王子が次期王になることは決定事項として政《まつりごと》は動いている。エドワードが死ねば、再び派閥争いが激化するだろう。それは避けねばならん」

陛下の言うことも一理ある。

エドワードが死ねば、次は第三王子のミシェル殿下が擁立《ようりつ》されるだろう。しかし、男爵家出身の側妃《そくひ》を母に持つミシェル殿下は後ろ盾が弱い。

そうすれば、幽閉されている第一王子のダグラス殿下を再び御輿《みこし》にかつごうとする輩《やから》が現れるはずだ。

「わたくしも……正妃として、それを許容できません。ですので、反対とさせてもらいましょう」

続いてダリア正妃が淡々と述べる。

陛下とダリア正妃は派閥争いで苦労をした。それ故、反対の立場に回ることもおかしくはない。

(……陛下とダリア正妃が反対となると、エドワードの望み通りの展開になるのは難しいわ)

わたしが思考していると、ずっと黙っていたライナスが手を上げた。

「私は現在戦っているオルコット公爵家の代表として、エドワード殿下の意思に賛成します。確かに自国の未来を憂えることは重要です。しかし、目先の案件を片付けなければ、未来は見通せない。殿下の王族としての覚悟に、私は敬意を抱きます。今最も勝たなければならない戦いは、王宮にありませんから」

オルコット公爵家側から見た厳しい意見に、陛下は沈黙する。

風向きがこちらへやって来たかと思ったが、すぐにサイラス様がそれを止めに入った。

「革命政府がどの程度信用できるのか未知数です。それに、革命政府そのものが罠であるかもしれない。そんな状況でエドワード様を送るのは時期尚早《しょうそう》。ですので、私は次期イングロット公爵として反対いたします」

「やはり、エドワードは失えぬ」

陛下は頷き、強い口調で言った。

すると、今度は父が手を上げる。

「ジュリアンナ。お前の意見を言いなさい」

父が忠誠を誓っているのは陛下だ。

だからてっきり、父はそのまま陛下の意見に恭順するのかと思っていた。どんな意図があるのか分からないが、わたしへと話を振ってきたのだ。

（……もしかして、試されているのかしら？）

ルイス侯爵令嬢としてか、娘としてか、それとも……エドワードの婚約者としてなのかは分からない。

わたしはすっと深呼吸をすると、恐れず真っ直ぐに自分の心を言葉に乗せる。

「わたしはエドワード殿下の賛成に回ります。彼がディアギレフ帝国へと赴く暁には、わたしも付いて行く所存です」

「エドワードに付いて行くだと⁉」

「はい、陛下。わたしは彼を心の底から愛していますので」

「あ、あ、あああ、愛しているだとぉぉおお⁉」

陛下が驚きの声を上げたが、わたしは気にせず淑女らしい微笑みを浮かべる。

「もちろん、ディアギレフ帝国側が、都合のいい血筋を持つわたしを所望していることは知っています。……ですので、わたしのルイス侯爵令嬢としての身分を剥奪《はくだつ》してくださいませ」

「……本気で言っておるのか、ジュリアンナ」

陛下が咎めるような声で言った。

しかし、決意は変わらない。わたしは第二王子ではなく、ただのエドワードを支えると決めたのだから。

(……わたしにとって、恋は命を賭けるもの。そうでなければ、この身に宿る血に翻弄《ほんろう》され、想いを遂げることはできないのよ)

緊張で身体が強《こわ》ばっているのを察したのか、エドワードが陛下たちから見えない位置でわたしの手を握った。

脳裏に、サモルタ王国へ派遣される前に出席した王会議のことが思い出される。あの時も、エドワードはこうやって優しい温もりと共にわたしへ勇気をくれた。

「父上、私の第二王子の身分も剥奪してください。ディアギレフ帝国で人質になったとき、ローランズ王国が私を容易く切り離せるように」

「エドワード殿下と婚姻できないのであれば、ディアギレフ帝国に欲されるわたしは、王家や他の貴族家にとって扱いづらい駒となります。それならば、わたしという存在を消せばいいのです」

「ただのエドワードとジュリアンナになって和睦会議に出席するのですか？　それではディアギレフ帝国はもちろん、他国からの信用は得られませんよ」

押し黙る陛下の代わりに、ダリア正妃から厳しい意見がぶつけられる。

だがエドワードは不敵に笑った。

「ならば母上。私とジュリアンナを、都合のいい駒にしてしまえばいい。革命政府を手懐け、和睦会議に臨めるのであれば、第二王子とルイス侯爵令嬢の身分のまま。失敗し、人質になるなどして国の不利益になるのであれば、ローランズ王国とはなんの関係もない人間として扱えばいいでしょう」

「そのような悪辣《あくらつ》な真似……！」

「……妃、もうよい」

怒りを露わにしたダリア正妃を、陛下は手で制した。

そして冷静で恐ろしい、執政者としての顔を覗《のぞ》かせる。

「王族に生まれたからには、身勝手な行動は控えねばならぬ。そして、先の未来も見据えねばならん。自分が志《こころざし》を遂げずに死んだときはどうするのだ。ミシェルを次期王と定めても、派閥争いが起き、今度こそディアギレフ帝国に食い荒らされるぞ」

「……その時は、我がルイス侯爵家がミシェル王子の後ろ盾となりましょう。教会派の残党を結束などさせません」

父はわたしを一瞬見ると、後押しするようにそう言った。

父は愛国者で、復讐のためにわたしを王都教会へと送ることも良しとする性格だ。わたしとエドワードの提案がローランズ王国にとって利になると判断したに違いない。

「オルコット公爵家もミシェル殿下の後ろ盾になりますよ。マクミラン公爵家が取りつぶされた今、王家の三柱が味方する王子に表立って逆らう貴族はいない。そうですよね、サイラス？」

ライナスは穏やかに微笑み、サイラス様へ含みを持たせた視線を向ける。

サイラス様は眉間に皺を寄せながらも、それに答えた。

「……そうですね、ライナス殿。イングロット公爵家も、その時は……ミシェル殿下を支えるでしょう」

オルコット公爵家は積極的に政へ参加はしない。教会派と国王派の争いだって、一歩引いた立場にいた。それなのに、ライナスは積極的な介入をほのめかしている。

（……これはライナスが何かを隠している？　もしくは、わたしとエドワードをディアギレフ帝国へ行かせたがっている、ということかしら？）

ライナスの――オルコット公爵家の真意は分からないが、わたしとエドワードにとっては追い風となっている。ならば、このまま利用させてもらおう。

「同行者として、わたしの侍女を連れて行きます。彼女の実力は折り紙付きですし、ディアギレフ帝国の内情にも詳しい。大きな戦力になると断言いたします」

わたしがそう言うと、護衛に徹していたキール様が元気よく手を上げた。

「はい！　オレもエドとお嬢の護衛で付いて行くぜ。マリーと一緒なら、百人力だ！」

「……おい、キール。仮にも伯爵家令息だろう。それに団長の仕事はどうする」

「何を言ってるんだよ、エド！　オレは伯爵家の三男だから、爵位なんて継がない。身分だって捨ても良いぜ？　オレは第三近衛師団長である前に、エドの騎士だ。忠誠を誓った主を守るためなら、仕事なんてほっぽり出すぞ！」

「……偉そうに言うな、馬鹿」

キール様が豪快に笑うと、エドワードは不機嫌そうに顔を顰めた。

（……本当は嬉しいくせに）

わたしが生温かい目で見ると、エドワードは僅かに顔を赤く染めてそっぽを向いた。

珍しく分かりやすい反応だ。

緩んだ場の空気を締めるように、父がゴホンッと大きく咳払いをする。

「殿下とジュリアンナは自分の身を最低限守ることができます。護衛もローランズ王国随一の実力者となれば、暗殺の危険も少しは下がるでしょう。……それに、ディアギレフ帝国には工作員を送り込んでいます。彼らと協力すれば、殿下の構想も夢物語ではなくなります」

「……ジェラルド」

「陛下、決断を」

「……そうだな。エドワードがいなくとも……ローランズ王国は倒れぬ。そうであるならば、余は悲願を果たしたい。エドワードをディアギレフ帝国に喜んで送り出そう。異論のある者はおるか？」

父に促され、陛下はついに決断した。

サイラス様とダリア正妃は俯《うつむ》きながらも反論はしない。陛下の決定に異を唱える者はいなかった。

「では明朝、エドワードとジュリアンナをディアギレフ帝国へと送る。……お前たちはローランズ王国の誇りだ。必ず生きて目的を果たすのだぞ」

「「承知しました」」

わたしとエドワードは、案じてくれる陛下たちに最上級の礼をとった――

第四話

出発前夜

王会議後の夜。

美しい星空には目もくれず、俺とサイラスとキールは執務室で、酒を酌《く》み交わしていた。

明日からは一段と忙しくなるのだから、今夜ぐらいは羽目《はめ》を外してもいいだろう。

「ぶぁっか！　エドのぶぁあぁっかっ！　ついでにキールのあほぉっ！」

「おい、サイラス。この部屋が完全防音になっていなかったら、不敬罪で牢獄行きだぞ」

「みぃーんな、私のことなんてどうでもいいんですよ……。誰も私の気持ちなんて分かってくれない……胃が爆発したらどうしてくれるんですかぁ！」

「……聞いていないな、この酔っ払いは」

俺は酒乱と化したサイラスに呆れた目を向けながら、グラスに残ったワインを流し込む。芳醇《ほうじゅん》な香りが鼻を抜け、程よい酸味と渋みがアルコールと一緒に喉を嚥下する。

「……うまいな」

最後に飲むワインになるかもしれない。

俺はゆっくりとワインの味を楽しんだ。

「くっあっー！　うまいな。どんどん開けるぜ！」

キールは情緒もなく、近衛師団から拝借してきたジョッキに追加のワインを無造作に注ぎ入れた。

そしてゴクゴクと喉を鳴らしながら飲み干していく。

「……お前は本当に酒の味が分かっているのか？」

「酒はみんなうまいよな！　でもたくさん飲まないと酔えないのは面倒だ！」

「……馬鹿舌の大酒飲みとは最悪だな。まあ、酒乱よりはマシだが」

そう呟くと、涙と鼻水でぐちゃぐちゃの顔になったサイラスが、俺の襟《えり》を掴んで思い切り揺すった。

「酒乱とは私のことですかぁ!?　どう見ても、ひぃっく……酔ってまへんよぉぉお」

「汁を飛ばすな、汚い。これだから自覚のない酒乱は嫌なんだ」

「ホント、サイラスはぐずぐずに酒が弱いよなー」

「あにゃたは黙っていなさい、キール！」

「ひでぇ！」

「くくっ」

ふたりとの昔から変わらないやり取りに、俺は思わず笑ってしまった。

するとサイラスは机に突っ伏しながら、真っ赤に腫《は》れた目で俺を見上げる。

「……約束、したじゃないですか。私たちで、ローランズ王国を世界一の国にしようって……それなのに……」

「約束は破っていない。俺がディアギレフ帝国で成さねばならないことは、世界一の国になるために必要なことだ」

「オレもエドと一緒にディアギレフ帝国へ行くのは、世界一の騎士になるために必要なことだしな！」

昔、自分の置かれた立場を自覚し始めた頃。

世界一の王、宰相《さいしょう》、騎士となり、ローランズ王国を美しく平和な、世界一豊かな国にしてみせると、俺たちは約束した。あの年頃の男子特有の壮大で……荒唐無稽《こうとうむけい》な夢だ。

だがその夢のおかげで俺は兄上と争ってでも王となる決意を固められたし、王族としての不自由も重責もすべて受け入れ、己《おのれ》の一部として肯定《こうてい》することができた。

腹黒だ、鬼畜だ、と言われている俺だが、真の意味で曲がらないでいられたのはその約束のおかげだ。

「私だってぇぇえ、世界一のぉー、宰相になるんですからぁー！」

「泣かしたー！　エドがサイラスを泣かしたぜー！」

「黙れ、キール」

ケラケラと笑うキールを放置し、俺は自分のグラスにワインを注いだ。

そしてまたワインの味を堪能《たんのう》していると、酒乱サイラスの馬鹿みたいな呻《うめ》き声が止んでいるのに気づく。

「すぅー、すぅー」

「……散々喚《わめ》いた挙げ句、寝ているのか」

「いつものことだろ？」

俺は適当にサイラスの肩にブランケットをかける。

するとキールが感心したように頷いた。

「うんうん。なんだかんだで、エドは優しいところがあるよなー」

「抜かせ。姉上がいれば、いつも通り押しつけたものを」

「ハイハイ。んじゃ、オレも帰るな。明日も早いし」

「ああ」

キールはちゃっかり懐にワインを数本抱えると、そのまま近衛の寮へと帰って行った。

サイラスは起きる気配もなく、眉間に深く皺を寄せながら呻いている。

「信頼しているぞ。……俺の宰相」

机の引き出しからディアギレフ帝国の資料を取り出すと、残った仕事を片付け始めた。

俺がいなくなったとき、少しでも世界一の宰相が苦労しないように――――

わたしは王会議の後、ディアギレフ帝国へ出立する準備のためにルイス家へと戻っていた。準備しなくてはならないことが山ほどあるが、わたしは忠誠を誓ってくれているマリーとモニカへ話をするために呼び出した。

「マリー、無事で良かったわ。ずっと事情聴取を受けていて大変だったでしょう?」

「いいえ。侍女たるもの、あれしきの尋問を耐えられずにどうします」

「頼もしいかぎりだわ」

わたしは労うようにマリーと抱擁《ほうよう》を交わすと、モニカへと視線を移した。

「モニカもありがとう。わたしを助けてくれたこともだけど、灰猫とわたしが突然いなくなって混乱したでしょう?」

「いいえ。あの駄猫《だねこ》――じゃなくて、灰猫さんは……いつか絶対何かやらかすと思っていたので、焦らず対処できました」

「……まったく、あの馬鹿猫は。お嬢様とモニカの意も汲《く》まずに行動するとは、なんたる不出来。仕事で遊ぶ癖が直っていないとは。報酬も減額せねばなりませんね」

マリーは苛立たしげにそう言うと、わたしへ頭を垂れた。

「お嬢様、この度《たび》はご期待に添えず申し訳ありませんでした」

「マリーは十分によくやってくれたわ。遠く離れていたのに、わたしの意に沿って助けを送ってくれた。さすがはわたしのマリーよ」

「恐悦至極に存じます」

「灰猫の報酬のことも、わたしが対応できることはするから。遠慮なく言ってちょうだい」

マリーは顎に手を当てて、少し考えるように小首を傾げた。

「……正直、アレの望む報酬は分かりません。金には困っていないでしょうし」

「灰猫は何も言っていなかったの？」

「お嬢様を救出した後、灰猫は私の元へ報告に来ました。報酬について聞こうとしましたが、『今は新しい雇い主と遊ぶので忙しくなりそうだから、報酬は後でいい』と言って、どこかへ消えてしまいました」

「新しい雇い主……？　わたしと別れたばかりで……？」

灰猫とは、無理矢理王宮に侵入してから会っていない。だがそれは今日の出来事だ。いくらなんでも早すぎるだろう。

（……あの灰猫を半日足らずで手懐けるなんて、いったい何者なのかしら……？）

考えても答えはでない。わたしは灰猫を雇おうとは思わないし、彼だってわたしに雇われるのは願い下げのはずだ。

「あの気まぐれな灰猫さんのことなんて、考えたって無駄ですよ」

「そうね、モニカの言う通りだわ」

わたしは灰猫のことは思考の隅に追いやり、ふたりに本題を話すことにした。

「マリー、モニカ。疲れているところ悪いのだけど、わたしの話を聞いてくれる？」

「はい、何なりと」

「遠慮なくどうぞ！」

「分かったわ」

わたしは一呼吸置くと、エドワードと想いを通わせたこと、王会議で彼と共にディアギレフ帝国へ赴くことが決まったことをつまびらかに話した。

ふたりは神妙な顔でそれを聞くと、静かにわたしの次の言葉を待った。

「マリーとモニカは、わたしの忠実な侍女。だけど一人の人間だわ。だから、ふたりには選択をしてもらいたい。ただのジュリアンナとして行動するわたしと、ディアギレフ帝国へ共に赴いてくれるのかを。断っても罰したりしないわ。正直な気持ちを言ってちょうだい」

わたしはドキドキしながら、ふたりの回答を待つ。

忠誠を誓ってくれているとはいえ、それぞれに大切にしたいことがあるだろう。特にモニカは、恋人がいる。わたしと死ぬかもしれない舞台へ行かずに、平凡な幸せを得ることだってできるのだ。

モニカはポカンと口を開けていたが、わたしの言葉の意味を解すると、目に大粒の涙を浮かべた。

「ちょ、ちょっとモニカ……なんで泣いているの!?」

「だって、嬉しくて……。また、サモルタ王国へ行ったときみたいに……私だけ、留守番になるかと思って……」

「大袈裟《おおげさ》ね」

わたしはモニカの目尻の涙を拭うと、彼女は日だまりのような笑顔を見せる。

「私、行きます！　まだまだ半人前ですけど……それでも、ジュリアンナ様が私を求めてくれるのなら——いいえ、求めてくれなくてもついて行きます」

「……ありがとう、モニカ」

どうして、なんて言葉は投げかけなかった。

モニカの目を見て、言葉を聞けば、彼女の望みは自《おの》ずと分かる。彼女はもう、一流の侍女になっていた。

「……マリーの気持ちも聞かせてちょうだい」

「お嬢様の仰せのままに。私のすべては既に捧げておりますので」

マリーはスカートの裾《すそ》を摘《つ》まむと、侍女らしく礼をとる。

「そうね。マリーのすべてはわたしのもの。背負う覚悟はとうの昔にできているもの」

わたしはクスクスと笑うと、ふたりと向き合った。

「明朝にはディアギレフ帝国へと出立するわ。それまでに各自、準備を済ませておくこと」

「かしこまりました、ジュリアンナ様。ジャンの所へ行って、薬や爆薬、それにちょっとした毒物を調達してきます！」

「私も旅支度を調えてきます」

動揺もせず、ふたりは準備に取りかかる。

その姿が頼もしくて、わたしは敵国へ赴くというのに恐れを感じない。

「優秀な侍女を持ったわね。だから、絶対に大丈夫。エドワードを死なせたりしないわ」

わたしは一人になった部屋でそう呟くと、窓を開けた。

ローランズ王国の星空は、旅人の道しるべのように鮮明な煌きを放ち、わたしを照らしていく

第五話　帝国の魔女

圧政に苦しみ、貧困に喘《あえ》ぐ地方都市とは違い、ディアギレフ帝国の帝都は賑《にぎ》わいを見せていた。

帝都に住む者たちは、自分たちの繁栄の下に、同じディアギレフの民たちの苦しみがあることなど気にも留めない。

王家の後ろ暗い噂が聞こえようとも、穀物が以前より値上がりしようとも、荒くれ者の旅人たちが我が物顔で帝都を闊歩《かっぽ》しようとも……軍が隣国を攻撃しようとも、彼らは見て見ぬ振りをする。

そうしなければ、彼らは生きてはいけない。

王家の政策に反抗する態度を見せたら最後。

一族郎党、女も、子どもも関係なく処刑される。

力こそすべて。支配こそが安寧。弱者こそが悪。

それがこの国――侵略国家ディアギレフ帝国の当たり前だった。

宮殿の端の端にある、先々代皇帝が気まぐれに造り上げた古い塔の中に、一人の魔女が幽閉されていた。

魔女はほつれたドレスを身に纏い、靴も履かずに立っている。腰より長い黒髪を一本に編み込んで前に垂らし、すべてを諦めたかのように光のない銀灰色の瞳を宿す彼女は、確かに魔女と呼んでも差し支えない容貌《ようぼう》だった。

「……可哀想な民草《たみくさ》たち。そして罪深い……わたくし」

魔女は錆びてボロボロになった鉄格子越しに、遠く離れた帝都の町並みを見る。

真夜中だというのに、街はいつもより明るい。まるで不安を押し隠すような輝きに疑問を持ったが、魔女は空に輝く帯状の光を見て納得した。

「今日は極光が降りる日なのね。寒くなると、特に多くなる気がする」

極光《アヴローラ》は不吉と災厄の予兆だと、ディアギレフ帝国では恐れられている。

だから人々は極光が浮かび上がると夜に灯《あか》りを点け、少しでも降り注ぐ光を弱めようとするのだ。

冷たい夜風に吹かれながら、飽きることなく帝都を見つめていると、窓の欄干《らんかん》に黒い影が舞い降りる。

「こんばんは、私の魔女」

現れたのは、魔女より少し年下の青年だった。

黒いマントを靡かせ、闇夜に紛れるように彼は薄く笑う。

「今宵《こよい》こそは、私に盗まれる覚悟を持ってくれましたか？」

「……何故、貴方がここにいるの。警備の者がいたはず」

「彼らは快く通してくださいました」

「嘘をおっしゃい」

魔女が睨むと、彼は戯《おど》けるように肩を竦ませた。

「では、もう少し気合いを入れて警備するように彼らを躾《しつ》けてください。私も気が気でないんですよ。大切な私の魔女を傷つける者がいないかとね。職務怠慢は減俸に処すべきです」

鉄格子越しに、青年は魔女の頬へと触れる。

しかし魔女は顔色一つ変えずに、パシンッとその手を叩き落とした。

「泥棒風情が、わたくしに触らないで」

「私は泥棒ではなく怪盗だよ」

「どこが違うというの。泥棒も怪盗も一緒でしょう」

魔女がそう言うと、青年は忍び笑いをした。

「違うよ。泥棒は自分のために盗むだけ。怪盗は他人に幸せを配りながら、あらゆる手段を使ってすべてを必ず手に入れる。泥棒なんかよりも……とても強欲で質《たち》が悪い」

「……最悪の害獣ね」

「目を付けられたら、ご愁傷様としか言い様がない。だからいい加減、私の手を取って。見張りの兵も、オンボロの鉄格子だって、この塔を出る障害になんてならない。……昔のようにね」

「泥棒風情が、わたくしに勝手なことを言わないで」

頑なに拒み、睨み続ける魔女を見て、青年は鉄格子から一歩引いた。

「ディアギレフ帝国がついにローランズ王国へ攻撃をしかけたらしいよ。国内の不満の捌《は》け口にしたいんだろうけど」

「……そう」

魔女は見張りの兵士たちの会話を盗み聞いていたため、ディアギレフ帝国のローランズ王国侵攻を知っていた。

青年はそれを察すると、にんまりと口角を上げる。

「じゃあ、これは知っているかな。あの男――導師主導で和睦会議を開くらしいよ。お伺《うかが》いの親書には挑発的な文章が書かれていたみたいで、使者には次期王のエドワード王子をご指名だそうだ」

「ま、まさか……貴方……！」

魔女は鉄格子に掴みかかる。

するとボロボロと錆びた鉄がこぼれ落ち、魔女はハッとした表情を浮かべ、鉄格子から離れた。

「あと少しで私の胸に飛び込んでくれると思ったのに。残念だ」

「……何をするつもり」

「言ったでしょう？　目を付けられたら、ご愁傷様としか言い様がないって」

「……わたくしのせい？」

無機質だった魔女の瞳が揺らめく。

それは確かに彼女の動揺を表していた。

「そう、君のせい。止めて欲しいなら、私の手を取って」

今度は魔女が青年へ手を伸ばすが、それが鉄格子を越えることはなかった。

「……駄目よ。わたくしはここで責任を果たさなければならない」

「魔女なのに？」

「魔女でも……それが残された者の役目だから。わたくしの最後の……望み」

魔女が手を引いて自分の胸に当てると、青年は目を細め怒りを露わにする。

「……そう。だとしたら、君に私を止める権利はないね。愛しているよ、アヴローラ。だから君の望まないことをする。……またね」

「ま、待ちなさい！　待ちなさ――」

塔から飛び降りた青年の名を魔女は叫ぼうとするが、それはすんでのところで呑み込んだ。

彼の名を呼ぶ資格は、今の自分にはないのだ。

「……本当に、わたくしは不吉と災厄の予兆ね」

そう呟くと、魔女は未だ揺らめく極光を見上げる。

彼女の名はアヴローラ。

不吉と災厄の名を持つディアギレフ帝国の魔女――


まだ日が昇りきらず、空はまだ暁に染まったまま。

城勤めの人たちもまだ起きていないこの時間に、わたしとエドワードたちはディアギレフ帝国へと出立する。

ローランズ王国の紋章が描かれた二頭立ての馬車に、マリーとモニカが荷物を運ぶ。キール様は御者台に座り、馬の体調を確かめていた。

「……行ってしまうのですね、殿下、アンナ」

「何よ、それ。わたしたちをディアギレフ帝国へ行かせるように後押しをしたのは、ライナスじゃない」

見送りに来てくれたのは、ライナスと不機嫌そうなサイラス様の二人だけだった。

王子と侯爵令嬢の見送りにしては、随分と質素な光景だろう。

「公人としての振る舞いと、個人の感情は違うんですよ」

「……知っているわ」

見送りに来れば引き留めてしまう。

だから、父はわたしを見送りに来てくれないのだろう。

（……寂しいって思ってしまうのは、我が儘なのかしら。任務に就いているから仕方ないとはいえ、ヴィーとも会えないままだし）

わたしが感傷的になっていると、いち早くそれに気づいたエドワードがギュッと手を握ってくれた。

「父上も母上も、ルイス侯爵も俺たちの意思を尊重するため見送りに来なかった。それだけの話だ。ライナスは納得して来てくれたんだろうが。ああ、勿論サイラスもそうだろう？」

「…………」

サイラス様は今までに見たことがないほど、剣呑な視線でわたしとエドワードを睨み付けた。強面《こわもて》のサイラス様に睨まれると、さすがのわたしも心穏やかでいられない。正直に言って、すごく怖い。

（サイラス様……ものすごく怒っているわよ、エドワード！　全然納得なんてしていないじゃない）

わたしが目でどういうことかとエドワードに問いかけるが、彼は腹黒そうな笑みを浮かべるだけだ。エドワードとサイラス様の間に、一触即発の空気が流れる。

「ほら、サイラス。納得していないのか、しているのかハッキリ言ったらどうだ？」

「……るさい」

「ん？　なんだ聞こえないな。ほら、もっと大きな声で！　今の俺のように！」

「うるさいんですよ、エドワード様！　頭に響――うぉぉおおえっ」

二日酔いだっただけかよ！

恐ろしい形相《ぎょうそう》で嘔吐《おうと》に耐えるサイラス様を見て、わたしは内心で呆れた。もちろん、子どもみたいなことをするエドワードにもだ。

「……仲がよろしいようで」

「なんだ嫉妬か、ジュリアンナ」

「いいえ、まったく、これっぽっちも。……早く行きますよ」

わたしはエドワードを無理矢理馬車に押し込めた。

そしてわたしも馬車に乗ろうとすると、サイラス様に呼び止められる。

「ジュリアンナ嬢、エドワード様を頼みます」

「ええ、頼まれました」

「おい、俺をお荷物のように言うな」

エドワードが不服そうにそう言うと、サイラス様の目がギラリと光った。

「荷物じゃなくて、貴方が一番の問題児なんですよ……！」

「問題児なら、ジュリアンナもだろう」

「た、確かにそうですが……キールに頼むよりマシです！」

力強くサイラス様が言うと、キール様がブンブンと笑顔で手を振り始める。

「サイラス、大船に乗ったつもりで、オレに任せてくれていいんだぜ！」

「貴方は黙っていなさい、この泥船！」

「ひでぇ」

気心の知れた、いつも通りのエドワードたちの会話に、わたしは頬を緩めて安堵する。

（……良かった。仲直りしたみたい）

昨日はエドワードとサイラス様が対立していたので、幼馴染の関係が崩れてしまうのではないかと、わたしは少し心配していた。

しかし、どうやらたった一晩で関係は修復したらしく、サイラス様も形相はともかくとして、心情的にはわたしたちを見送ってくれることに異存ないらしい。……諦めとも言うが。

「エドワード様、ジュリアンナ嬢、こちらのことは私に任せてください」

「オルコット領のことも、安心していいですよ。存分にディアギレフ帝国で暴れてきなさい」

サイラス様とライナスに、わたしとエドワードは小さく手を振った。

「……任せた」

「行って参ります」

名残惜しくも、馬車は王宮を出立した。

馬車は順調に進み、一週間後にわたしたちはディアギレフ帝国へ入国した。

とは言っても、関所はもう少し先にあるため、今はまだ実感が湧かない。しかし、わたしたちは今のうちに旅路の最終確認をすることにした。

ディアギレフ帝国の地図を広げ、わたしは現在地を指さした。

「今はまだローランズ王国と近い、ディアギレフ帝国の山道を進んでいる。もう少しすれば町も見えてくるはずだわ」

「順調な旅路とは行かないだろうな」

「不測の事態……たとえば馬車が襲われたりね」

わたしはエドワードの瞳を見て頷いた。

隣に座るモニカが、人差し指を顎に当てながら唸り声を上げる。

「うーん。馬車が襲われる確率の方が、断然高いですよね？」

「そうね。わたしたちを殺すにしても、生け捕りにして利用するにしても、馬車を襲わなくては始まらない」

エドワードの隣に座るマリーが控えめに手を上げた。

「それではお嬢様、基本方針を定めることにいたしますか？　優先することが決められていれば、私共も動きやすくなります」

「……そうね。エドワード、馬車が襲われたらどうするの？」

「迎撃……が、理想ではあるが難しいだろう。だから、第一優先は逃げることだ。交戦となった場合も応戦しつつ逃げる。戦力を分断されたときは、できるだけ近くにいる者と手を取り合って逃げる」

「逃げてばかりね」

「最終的には革命政府の指定する場所と時間に、誰かが到着すればいい。そこへ至ることが、今は何よりも大事だ」

エドワードはそう言うと、向かい合わせに座っているわたしの髪を一房とって、クルクルと指に巻き付けて遊び始めた。

「……かしこまりました、第二王子殿下」

マリーは目にも止まらぬ早さでエドワードの手を叩き落とした。

「おい、マリー。仮にも、俺はジュリアンナの婚約者だぞ」

「まだ、婚約者です。未婚の淑女に男性が触れるなど言語道断。お嬢様に群がろうとする虫を駆除することも侍女の役目です」

「言ってくれるな」

「……ふたりとも、何をやっているの」

わたしが呆れた目を向けるが、エドワードとマリーの険悪な雰囲気は変わらぬままだ。

この空気に耐えられなくなったのか、モニカが目をキョロキョロと動かしながらパンッと手を叩いた。

「あ、えーっと……つまり、帝都三番街を目指すってことですね！　わ、わっかりやすーい！」

「そうだな」

「そうね」

「そうですね」

「えっと、皆さん冷たいですね。そ、そうだ！　この辺りで少し休憩にしませんか？　キールさんも疲れているでしょうし」

モニカが明るく提案する。

朝からずっと馬車は走りっぱなしだし、少し休みたいと思っていたところだ。わたしはモニカの提案に乗ろうと声を上げようとする。

しかしマリーがそれを手で制した。

「……休憩は先になりそうです。お嬢様、敵襲です」

マリーは馬車の扉を開けると、そのまま屋根に乗った。

わたしは扉から顔を出し、後ろを確認する。すると、五十メートルほど先から十数頭の馬に乗った人たちが追い上げてくるのが見えた。十中八九、ディアギレフ帝国の刺客だ。

（まだ帝国領に入ったばかりなのに、随分と行動の早いこと……！）

なるべく人目に付かないように旅をしていたが、ディアギレフ帝国側の情報網は侮れない。帝国は工作員を民間人に装わせてローランズ王国へ潜入させているので、その辺りからわたしたちが入国したことを掴んだのかもしれない。

刺客たちの速度は馬車よりも速く、このままではすぐに追いつかれてしまう。

「キール、馬車の速度を上げろ！」

「了解！」

エドワードの指示で、キール様が馬車の速度を上げる。

しかし、でこぼこした山道のため、思ったよりも加速しない。追いつかれるのも時間の問題だろう。

「……数を減らします」

マリーは小さな黒いナイフを取り出すと、それを刺客たちの騎乗している馬へと投擲《とうてき》する。

かなり速度に乗っていたため、ナイフの当たった馬は嘶《いなな》き勢いよく仰《の》け反《ぞ》り倒れていく。数人の刺客が馬に飛ばされ、踏みつけられ、脱落していった。

「ひゅうー、さっすがマリーだな！」

「余所見《よそみ》をしないで運転に集中しなさい」

「おう！」

キール様は馬に鞭《むち》を打ち、限界まで加速させる。

マリーは再びナイフを投擲するが、それを警戒した刺客たちが少し距離を取り、剣で弾いていく。

付かず離れずの距離で追走しながら、刺客たちはジワジワとわたしたちを追い詰めていった。

「……お嬢様、このまま攻撃を続けても、無駄に武器を消費するだけになってしまいます」

「そうね。でも、攻撃が止めば彼らは距離を詰めて、わたしたちを確実に包囲するでしょうね。どうするの、エドワード」

わたしが問うと、エドワードは即座に対応策を導き出した。

「馬車は捨てるぞ。ただし、最大限利用して……奴らの半数は潰したい」

「おい、エド！　馬は急には止まれねーぜ」

「あ、それなら……ジュリアンナ様、エドワード殿下、私に良い考えがあります！」

そう言ってモニカは、手のひら大のかんしゃく玉のようなものを掲げた。

「ピリピリ塩辛煙幕弾です！　これで煙幕を張った後に飛び降りれば、賊に不意打ちで馬車をぶつけられます。それにこの煙はとっても塩辛いので、馬は驚いて暴れますし、賊も悶《もだ》え苦しみますよ」

「モニカ……えげつないわね」

わたしは内心で引きながら、マリーを見上げた。

モニカの教育係はマリーだ。こんな鬼畜な策を考えるように育て上げたなんて、わたしは報告を受けていない。

「お嬢様、濡《ぬ》れ衣《ぎぬ》です。私の教えではありません」

マリーはわたしから目を逸らし、首を振る。

……モニカの鬼畜さは、悲しいことに天性のものらしい。

「ジュリアンナ様、マリーさん……一生懸命考えたのに酷いです」

「煙幕とか楽しそうだな！」

「相手を小馬鹿にし、屈辱を味わわせて最大の攻撃を食らわすなんて素晴らしいな。実に俺好みの作戦だ。ジュリアンナの侍女は優秀だな」

「皆さん、私を馬鹿にしているんですか⁉」

よほど衝撃的だったのか、モニカは涙目になりながら叫んだ。

エドワードは不敵に笑うと、刺客たちの方を指さす。

「褒めているんだ、モニカ。さあ、やれ」

「もう、自棄《やけ》ですぅぅううう！」

モニカはピリピリ塩辛煙幕弾を地面へと叩きつけた。

すると瞬《またた》く間に煙幕が広がり、視界が完全に白に染まる。

「今だ、飛び降りろ！」

エドワードの合図に従い、わたしたちは馬車から飛び降りる。

それから数秒後、乗り捨てた馬車と刺客たちが衝突する音が山道に響き渡った。

「――くっ」

不自由な視界の中でどうにか受け身を取り、わたしはじっと煙幕が晴れるのを待つ。

そして視界が開けると、横転し破損した馬車が見えた。馬は一頭も姿が見えず、振り落とされたであろう刺客たちが呻きながら山道に転がっていた。

（……とりあえず、作戦は成功ね）

わたしは立ち上がると、彼らに背を向けて山道から外れるように林の中へ走り出す。気配を辿ればエドワードたちも同じ方向へと向かっていた。

「クソッ……おい、待ちやがれ！」

ピリピリ塩辛煙幕弾の効果が切れたのか、回復した十名ほどの刺客たちが追いかけてきた。

わたしはがむしゃらに走るが、背後で甲高《かんだか》い金属音が断続的に響いた。

「オレたちが食い止めるから、先に行け！」

キール様の叫び声の後に、幾重にも剣が交わる音が再びわたしの耳朶《じだ》を打つ。

それに小規模な爆発が続いた。

（……キール様にマリー、それにモニカも残ったの⁉）

どうやら予想よりも敵の力を削げなかったらしい。

だが、わたしの優先行動はただ一つ。エドワードの言った通り『逃げる』ことだけだ。

立ち止まりたい気持ちをぐっと抑え、わたしは一度も振り返らずに駆けた。

林を抜けると、わたしと同じように少し離れた場所からエドワードが現れる。

「――ジュリアンナ！」

「エドワード！」

漸く会えたが、再会を喜ぶ暇はない。

何故なら、わたしたちの前には切り立った崖が広がっているからだ。

「……追い詰められたわね」

崖の下には川が流れていて、激しい水音が響いている。

ぐっと拳を握って川を見下ろしていると、エドワードがわたしの肩を叩いた。

「覚悟を決めるのは早いぞ、ジュリアンナ。あれを見ろ」

「……あれは吊り橋？」

エドワードの指さした場所には細い吊り橋が架かっていた。

わたしたちは、すぐさまそこへと駆けだした。

吊り橋は人一人通れるぐらいの幅で、縄と木でできた簡素なものだった。

縄は毛羽立ちすり減っていて、木は薄くて変色している箇所が多々ある。本当に人が渡るために作られた橋なのだろうか？

「……ボロボロね」

「しかし、これを渡らなければ刺客に追いつかれる可能性がある。俺が先に行こう」

エドワードはそう言うと、迷わず吊り橋を渡り始めた。

縄が大きくたわみ、ギシギシと鈍い音を鳴らす。

「ああもう！　わたしも行くわよ。渡りきったら、この吊り橋を落としてやるんだから！」

わたしもエドワードに続き、吊り橋を渡り始める。

体重を掛けた瞬間に沈み、危うく落ちそうになった。両手でチクチクする縄を持ち、バランスを取りながら一枚一枚板を踏みしめる。

「――ひゃっ！」

カクンと片足が沈んだかと思ったら、板が一枚外れた。

吊り橋が左右に揺れ動き、わたしは冷や汗をかきながら揺れが収まるのを待った。

（……死ぬかと思った。というか、エドワードが早すぎるんだけど！）

もうエドワードは吊り橋を渡りきりそうだ。

対するわたしはまだ、半分を過ぎたところである。

「早く行かなくちゃ」

わたしは震える足に鞭を打ち、ひたすら前に進む。

残り十メートルほどになったとき、複数の足音が後ろから聞こえてきた。

「いたぞ！」

振り向けば、数人の刺客たちが吊り橋の前に集まっているのが見える。

ドッと冷や汗が噴き出した。

「ジュリアンナ、早く！」

エドワードは既に吊り橋を渡り終えていた。

わたしは彼に答える余裕も持てず、懸命に足を動かす。

「男の方はいい。せめて、女を橋から落とせ！」

ギコギコと吊り橋の縄を切断する音が後ろから響く。

焦る気持ちを抑えて歩を進め、わたしは残り数メートルのところまでたどり着く。

先に渡り終えたエドワードが手を伸ばし、わたしも彼に応えるように手を伸ばした。


——あと数センチ。

指先が触れ合う直前、ガクンとわたしの視界が揺れ動き、伸ばしても伸ばしても……わたしの手はエドワードには届かない。

「ジュリアンナ……！」

気持ち悪い浮遊感と同時に、足に力が入らなくなる。

身体が傾き、淡い金色の髪が舞い上がった。

（……吊り橋が切り落とされた）

落下する感覚に動揺していると、いつの間にか離れたと思っていたエドワードが近くに見えた。

そして今度こそ指先が触れ合い、やがてがっしりと彼に抱きしめられる。

暖かな温もりを感じたのは一瞬。

わたしとエドワードは冷たい水の中へ落ち、激流に呑み込まれていく――

第六話　逃亡劇

堅くゴツゴツとした感覚がむきだしの肌から伝わり、全身が底冷えするほど寒い。穏やかな水音は心地よいけれど、わたしはすぐに意識を取り戻した。

「……ここ、は……？」

日が暮れ始め、視界が暗くなってきているが自分の状況は把握できた。

身に纏っていたドレスは無残に引き裂かれ、髪も飾りが外れて乱れている。ディアギレフ帝国の刺客に橋から落とされ、川の中を漂っていたがどうにか浅瀬へと逃れることができたらしい。

「エドワードは⁉」

隣にエドワードがいないことに気づくと、わたしは痛む身体に鞭を打って立ち上がる。

水を吸って重みが増したドレスを煩《わずら》わしく思いながらも、わたしは下流へと歩き出した。

そして五十メートルほど歩くと、先ほどのわたしと同じように打ち上げられているエドワードを見つける。

「……エドワード！」

彼に駆け寄ると、わたしは安堵の息を吐く。

しかし、彼の肩から血が流れているのを見て、心臓が凍り付いた。

「エドワード！　起きて！」

顔色は蒼白《そうはく》で、声をかけるが反応もない。

わたしはエドワードの脈を取りながら、彼の口元へ耳を傾ける。

「……良かった、生きている。呼吸もしているし、水を飲んだ訳でもないみたいね」

ドレスを破ると、わたしは絹生地をエドワードの肩に巻き付けて止血をした。

急ごしらえだが、このまま血が流れ続けるよりいいはずだ。

「どの程度流されたのかは分からないけれど、夜のうちに追っ手が来る可能性は低いはず。マリーたちが刺客たちを殲滅《せんめつ》しているはずだわ。……わたしとエドワードが死んでるかもしれないって思っているでしょうし」

わたしとエドワードの無事を伝える手段はないし、現在地が分からないのでマリーたちとの合流は難しいだろう。そうなると、当初の予定通りに帝都三番街で待ち合わせるしかない。

「追っ手がかけられる前に、まずは態勢を立て直さなくてはね」

わたしはエドワードの頬を思い切り叩いた。

意識のない成人男性を運べるほど、わたしの力は強くない。少しでも安全な場所へ逃げるためには、エドワードに協力してもらわなくてはならないのだ。

「エドワード、起きて！　腹黒！　鬼畜！　変態！　それから――」

「……もう、起きている」

エドワードは眉間に深く皺をよせながら瞼《まぶた》を開く。

「……今までの人生の中で一番嫌な起こし方だ」

「嫌みが言えるのなら大丈夫ね。……本当によかった」

「心配をかけたな」

エドワードはわたしの頭を軽く撫でると、よろよろと立ち上がる。

わたしは彼の身体を支えるように肩を抱いた。

「少し身体を休ませましょう。行動を起こすのは夜が明けてからでも遅くないわ」

「すまない、ジュリアンナ」

浅瀬の先には森が広がっている。

ひとまずそこで今日の野宿先を見つける必要があった。

森の中は静かで、不気味さを感じる。

わたしとエドワードが歩いていると、半壊した木造小屋を見つけた。小屋の周りは、人を阻《はば》むように蔦が生い茂っている。

「……我が儘を言うつもりはないですけれど、あそこでは雨風を凌《しの》げそうにないわね。火も焚《た》けないし」

「人が住んでいた形跡があるということは、近くに道が通っている可能性がある。悪いことばかりじゃないな。……ああ、あそこなんてどうだ？」

小屋の裏手に小さな洞窟があった。

それは人工的に作られたもののようで、野生の獣の気配はない。

「物置にでも使っていたのかしら？　でも、一晩泊まるには申し分ないわ」

「洞窟に泊まるのは初めてだな」

「何事も経験よね」

わたしたちは洞窟で夜を明かすことを決めた。


洞窟に入ると、エドワードが上着を脱ぎ始めた。わたしも重苦しいドレスを着ているのが嫌で、彼に倣《なら》って脱ぐ。

「おい、ジュリアンナ――って、中に服を着込んでいたのか」

「……当たり前でしょう。わたしは痴女じゃないのよ」

わたしはドレスの中に、万が一のため平民が着るようなシャツとズボンを着込んでいた。動きやすいブーツを脱いで中に入った水を流すと、再びそれを履く。

「薪《たきぎ》を拾って来るわ」

「それは俺が……」

「貴方は少しでも休んで。明日には動いてもらわなくてはならないんだから」

「……助かる」

わたしは洞窟から出ると、手頃な木や枯れ葉を拾う。

そしてそれを腕一杯に抱えて洞窟に戻った。


「とりあえず、薪を拾ってきたわ。こっちは変わりなかったかしら?」

わたしが横になったエドワードに声をかけたが、彼は一言も返さず、ぴくりとも動かない。

「……エドワード、寝ているの?」

わたしが声をかけるが、エドワードは小さく寝息をたてるだけだ。

彼を起こさないようにそっと隣に腰を下ろし、懐からマッチを取り出す。

「色々準備しておいて良かったわ」

特殊な鉄の容器に入ったマッチは、川の中に入っても濡れていなかった。簡単に火が着き、枯れ葉を燃やしていく。消えないように慎重に薪を選んで、徐々に火を大きくしていった。

やがて火は洞窟全体を照らすほどの強さになり、じんわりと冷えた身体を温めていく。

「……わたしと一緒に落ちるなんて、馬鹿な人」

エドワードはわたしと一緒に川へ落ちる必要なんてなかった。あのままひとり、帝都へ向かうことだってできたはずだ。

いくら着衣水泳の訓練を受けることが軍人や師団、男性王族の義務とはいえ、実地では避けるべきことだろう。まして橋の上から落ちるなんて、死ぬ可能性だってある。

「でも、ありがとう」

わたしのことなんて見捨てればよかったのに……そう言えたらどれほど良かっただろう。わたしは彼が一緒に落ちてくれたことが腹立たしくもあり、嬉しくもあった。

いくらか血色は良くなったが、エドワードの身体はまだ少し冷たい。

わたしはそっと彼に抱きつくかたちで横になり、体温を分かち合った。


パチパチと火の弾ける音が聞こえる。

ぼんやりとした意識を徐々に覚醒させると、わたしは緩慢《かんまん》な動作で起き上がった。すると、スルリと身体に掛けられていた白い上着が落ちる。

「目が覚めたか、ジュリアンナ」

「さ、覚めてるわ」

エドワードは火に薪を追加しながら微笑むと、わたしへ見慣れない熟《う》れた果実を差し出した。

「食べろ。毒はないから大丈夫だ」

「あ、ありがとう」

わたしは少し渋みのある果実に齧《かじ》り付きながら、思考を巡らす。

（……わたし、あれから寝てしまったの⁉）

冷たいエドワードの身体を暖めるためにわたしは寄り添ったが、それは一時的なもので、彼の身体が暖まればすぐに離れるつもりだった。その後は怪我をしたエドワードの代わりに、火の番と外の警戒をするつもりだったが、どうやらわたしは寝てしまったらしい。

（この上着もエドワードのだし、わたしが抱きついていたの気づいてた？　……あ、甘えている子どもみたいじゃない！）

顔に熱が集まるのが嫌でも分かった。

果実を食べ終わると、わたしは居心地が悪くエドワードの上着を握りしめながら縮こまる。

「……いつ頃目が覚めたの？」

「日が昇り始める少し前だったか」

「その……見張りをできなくてごめんなさい。特に変わりはなかった？　襲撃はなかったみたいだけど……」

「襲撃ならあったぞ」

「え⁉」

わたしは驚きで目を見張り、洞窟の外を見る。しかし、争った形跡などないし、エドワードも焦った様子がない。

どういうことだとエドワードを見れば、彼は意地悪く笑った。

「まさか、婚約者に襲われるとはな。目が覚めたら、ジュリアンナが俺にぴったり張り付き誘っていて驚いたぞ」

「誘っても、襲ってもいないわよ！」

「反撃せずに堪え忍んだ俺を褒めて欲しいな。俺ほど慈悲深い男もいない」

「う、うるさい！　この話はもう止めるわよ！」

わたしはそっぽを向くと、昨日着ていたドレスの残骸を引っ張り出す。そしてドレスに縫い付けられている小粒のダイヤを乱暴に千切っていく。

「……何をしているんだ？」

「見ての通りダイヤを取っているの。小粒だけど、売ればそれなりのお金になるわ」

「ふむ。それなら、俺のカフスボタンも売れるか？」

エドワードは無造作《むぞうさ》にワイシャツのカフスボタンを引き千切ると、わたしへ差し出す。

「……奇抜なデザインじゃないから、ディアギレフ帝国でも売れると思うわ。あまり高くはないでしょうけど。ああ、上着のボタンは純銀ね。こっちはそれなりに売れそう」

「では、足が付かないように注意しながら売ろう。逃亡資金は大事だからな」

「そうね」

わたしとエドワードはダイヤとボタンを外し終えると、ドレスと上着を焚き火の中へと放り投げる。すっかり乾いていたそれらは、あっという間に燃え盛り、灰へと変わっていった。

「さて、これからのことを話そう。俺は剣一本と羅針盤《らしんばん》しか持っていないんだが、ジュリアンナはどうだ？」

「ナイフが一本にマッチ、ダイヤが一握り分と……目の虹彩《こうさい》を変える目薬だけね」

「王都教会の潜入時に使っていた目薬か。二人で使ったとして、どのくらい持ちそうだ？」

「……十日が限度かしら？」

わたしがそう答えるとエドワードは腕を組み、こめかみをトントンと叩く。

「それが帝都へ行くまでの期限か」

「やっぱり身分を隠して帝都へ行くのね」

「ああ。やつらは『ローランズ王国第二王子』を殺したくてたまらなかったみたいだしな。身分を隠して変装するのが一番現実的だ」

「瞳の色を変えられても、わたしとエドワードの髪色は目立つわ」

金髪と銀髪は上流階級に多い色合いのため、いくら演技が完璧でも平民の中では浮いてしまう。

エドワードはわたしの懸念を最初から予想していたようで、葉に包まれている茶色の木の実を取り出した。

「一時的な毛染めに使える木の実だ」

「よくこんなこと知っていたわね」

「王子教育は華やかに見えて、泥臭いところがある。敵から逃げて生き延びるための術《すべ》を、頭が痛くなるほど叩き込まれるんだ。怪我を治療するための薬草や、毛を染めるための木の実を調達することもその一環だ」

「せっかく得た知識を実戦で使えて良かったわね。無駄にならなかったわよ」

「ふっ、違いない」

エドワードの肩へ目を向けると、深緑色の汁が染みこんだ布が当てられていた。止血しただけのわたしよりも、怪我の手当が様になっている。

「……怪我は大丈夫?」

わたしはエドワードの側に寄ると、そっと布越しに傷に触れた。

「血は出たようだが、傷自体は深くない。三日も経てば剣を振るえるようになる。お前はどうだ?」

「細かい擦り傷はあるけど、わたしに酷い怪我はないわ。オルコット領で着衣水泳の訓練を受けていて良かったわね」

「そんなこともやっていたのか」

「あら、なかなか筋が良いって御爺様に褒められたんだから」

クスクスとお互いにひとしきり笑うと、わたしたちは帝都へ向かうための準備を始める。

わたしは髪を染めるためにエドワードの取ってきた木の実を石ですり潰し、それを自分とエドワードの髪へ塗っていく。そして仕上げに目薬を差した。

「地毛によって色が変わるのね」

「これならば悪目立ちすることもないな」

わたしは感心したように自分とエドワードの髪を見る。

エドワードの髪は焦げ茶色に変化し、瞳は夜空色だ。対するわたしは赤茶色の髪に碧の瞳。ふたりとも平民に溶け込めるような色彩となった。

「行きましょうか、エドワード」

「そうだな。どれほど下流に流されたのかは分からないが、前に見た地図通りであれば、北西に向かって歩けば王都に着くはずだ」

「徒歩じゃ十日以内は無理よ」

「ならば間に合わせるようにすればいい」

「そう上手くいくかしら」

エドワードは羅針盤を頼りに北西の方角へと歩き出す。わたしも大人しくそれに従った。


そして太陽が高く登った頃、馬の蹄《ひづめ》の音が遠くから聞こえてきた。

「漸く幸運が巡ってきたか。行くぞ、ジュリアンナ!」

エドワードはわたしの腕を掴み、駆けだした。

馬の蹄の音だけではなく、薄らと細い街道が見え始める。どうやら森は無事に抜けられそうだ。

「待って、どうするの？」

「馬車に乗せてもらうに決まっているだろう？」

馬車はどうやら買い付けに行っていた商人のものらしく、積み荷を多く運んでいる。

確かにエドワードの言う通り乗せてもらうにはちょうどいい。

「どんな身分で？」

「駆け落ち中の恋人同士なんてどうだ？」

「いいわね。今までやったことのない役だわ！」

「それは楽しみだな」

そして、わたしとエドワードは手を握り合ったまま、馬車の前に飛び出した。

――キィィイイイッ

車輪が軋《きし》む音が木霊する。

突然現れた、わたしとエドワードに驚いたのか、御者台に乗っていた男が急いで馬車を停めた。

次いで憤怒の形相で怒鳴りつける。

「あぶねぇーだろっ！　俺の大事な商品に傷が付いたらどうしてくれる……！」

馬車に乗っていたのは、中年の男性商人だけ。口調や服装から考えるに、貴族とは取引をしていない一介《いっかい》の商人のようだ。

（……さて、どういう設定で行きましょうか？　駆け落ちした恋人同士といっても、身分や境遇で演技が変わってくるわ）

エドワードと細かな打ち合わせや役づくりをする暇はなかった。

即興で考えるなんて、胸が躍る。悩むわたしよりも先に、エドワードが商人へと一歩を踏み出す。

「す、すみません！　森を抜けられたことに安心してしまって。突然で申し訳ないのですが、私たちを助けてください！」

「はぁ⁉」

エドワードの厚かましい言葉に、商人は困惑の声を上げる。

「実は私たち、駆け落ちの途中なんです。実家の追っ手から逃げて森へ入ったら、遭難したあげく、獣に襲われそうになって荷物もなくしてしまったんです……」

「そりゃ、気の毒だと思うが……」

「もちろん、タダとは言いません。アンナ、彼にダイヤを渡してくれ」

エドワードは気の良さそうな青年を演じながら言った。

商人が一瞬下卑《げび》た笑みを浮かべたのを、わたしは見逃さなかった。

（わたしの役は『アンナ』ね。それなら……）

眉尻を下げ、不安げな表情を浮かべると、わたしはエドワードの服の裾を引っ張った。

「……で、でもエド、これがなくなったら、わたしたちは無一文になるよ？」

「大丈夫。その時は旅芸人にでもなって、路銀《ろぎん》を稼ごう。二人いれば、なんでもできる」

「そうだね！　もう、わたしたちの邪魔をする人たちもいないもの」

わたしは無邪気な笑みを浮かべると、ダイヤの入った袋を商人へ渡した。

彼は慎重にダイヤを数えると、にんまりと口角を上げる。

「服を分けてやる。荷台に積んであるものから好きなのを選びな。あと数時間でそこそこ大きな街に着くから、そこで降ろしてやるよ」

「気前が良くて助かります。実家から適当に盗んできた甲斐があるね、アンナ」

「まあ、エドったら！」

笑い合うわたしとエドワードを見て、商人が見下すような視線を向ける。

（ダイヤの価値も分からない馬鹿だって思っているんでしょうね）

自分より下の人間だと思わせておけば、相手は勝手に油断し、判断を甘くしてくれる。警戒心を削ぎ、彼にはわたしたちを街へ届けてもらわなくてはならないのだ。

（果たして、小粒のダイヤが入った小さな袋が、ローランズ王国第二王子とその婚約者を密入国させる危険に見合っているかしらね？）

エドワードと共に荷台に乗り、服を選び始める。

わたしは黒い思惑を隠しながら、恋に恋する女の子を演じるのだった。


乗り心地の悪い馬車に揺られて数時間。

漸く、街が見えてきた。

街は所々崩れた古い石造りの壁で覆《おお》われていて、中を見通すことはできない。

「わぁー！　やっと街が見えてきた」

「アンナ、はしゃぎすぎだよ。ここまでくればもう、父さんも追ってこないだろう。家を継げって言う、うんざりしたお小言も聞かなくて済むよ」

適当に会話をしながら、わたしとエドワードは険しい目で街の前にある関所を見た。

関所の前には数台の馬車が並んでいて、武装した兵士が検問を行っているようだ。

「……エドワードを探しているのかしら？」

「まあ、そうだろうな」

小声で囁きあいながら、わたしたちは警戒を強める。

関所の前の列に並ぶと、商人の元へ兵士が何かを囁き、わたしたちの方を指さした。

兵士は手元の紙とエドワードを交互に見つめる。

「君たちはこの街の住人じゃないだろう？」

「そうです。旅をしている者です」

エドワードは和やかに答えた。

「……銀髪でも、空色の瞳でもないか……この街へは何をしに？」

「旅芸人をしていまして、帝都へ行く途中に一稼ぎさせていただけると嬉しいですね」

「稼げるといいな。まあ、頑張れ」

適当に兵士はそう言うと、商人に通行の許可を与える。

馬車はゆっくりと関所を越える。

「ドキドキしちゃったね、エド」

「一瞬、私たちを探しているのかと思ったけど、違うようでよかった。まあ、こんなに離れた街まで父の影響力が及ぶとは思っていなかったけど」

「お前さんたち、旅芸人だなんて言っていたが、本当に芸なんてできるのか？　やっぱり、ただの嘘か？」

商人がそう問いかけると、エドワードがわたしにだけ見えるように、腹黒く笑った。

「うん、アンナがね。期待しているよ」

（面白そうだと思って、わたしへ丸投げしやがった……！）

内心でそう罵るが、エドワードの言葉を否定する訳にはいかない。今までの会話から、『アンナ』は従順で商家の息子である『エド』を特別視している。それなのに、反抗したら設定が丸つぶれだ。

「期待していてね！」

わたしはそう言いながらエドワードの手を思い切りつねった。

身じろぎできる隙間もない、狭くジットリとした空間。光が欠片も差すことなく、それがどうしようもなく不安を駆り立てる。挙げ句、不規則にガタンガタンと突き上げるような振動が身体を揺さぶった。

（……最悪の旅路です……！）

私、モニカは身も心もすり減らし、げんなりとした気持ちで樽《たる》の中にいた。

そう、樽の中である。

私がこんな状態になったのには、理由があった。

ローランズ王国からディアギレフ帝国の領土に入った途端、私たちはエドワード殿下を狙った刺客たちからの襲撃を受けた。マリーさんの活躍や私の咄嗟《とっさ》の機転——決して悪辣な策ではない——で事態が好転したかに思えたが、刺客たちの予想以上の強さから、ジュリアンナ様とエドワード殿下と分断されてしまった。

刺客を残らず片付けた後、私たちは無残に縄を切り落とされた吊り橋を見て絶句する。てっきり隠れていると思っていたジュリアンナ様とエドワード殿下は、刺客たちによって川へ落とされていたのだ。

（でも……あのふたりなら、絶対に生きていると思いますけど）

王都教会で自ら先頭に立ち、相手を翻弄し続けたジュリアンナ様とエドワード殿下を見ているからか、私はふたりの生存を信じきることができる。

しかし、常にジュリアンナ様を守ってきたマリーさんは異なるらしく、あれからいつもの無表情に剣呑さが足され、言動に毒が二割増しで上乗せされた。

今だって、暢気《のんき》なキール団長との会話で怒りを滲ませている。

「この予測不能な揺れ、最高だな！」

「何を遊んでいるのです？　舌でも噛んで静かにしてください」

「おいおい、舌を噛んだら死んじまうぞ。マリーも冗談なんて言うんだな！」

「本気ですが？」

（なんで樽越しですら仲良くできないんですかー！）

樽にいるのは私だけでなく、マリーさんとキール団長もそれぞれ樽に入っている。私たちはマリーさんの伝手《つて》のおかげで、裏社会の運び屋によって衆目に晒《さら》されず、帝都へ向かうことができている。

……本当は心配でたまらないけれど、エドワード殿下の方針通りに、帝都三番街で落ち合う選択をしたのだ。

「マリーさん、今更ですが……ジュリアンナ様たちのことを聞き回らなくて良かったんですか？」

私は恐る恐る問いかけた。

「モニカ、聞き込みは無駄です。お嬢様が生存しているのなら、民間人に紛れて帝都を目指すはずです。……第二王子殿下が足を引っ張らなければ、ですが」

「おいおい、エドの変装もなかなかのもんだぜ！　何度変装したエドを逃がして、近衛が泣かされたか分からないしな」

「ふんっ、少しは王子としての自覚を持ってほしいものですね」

「いや、マリーさん。それはジュリアンナ様にも言えることだと思います……」

ジュリアンナ様の趣味は『演技』だ。

ルイス侯爵の侍女となってから、何度ジュリアンナ様が無断で屋敷を抜け出したか分からない。大抵は小一時間で帰ってくるけれど、少しは侯爵令嬢の自覚を持って欲しいと使用人一同が心配していたのだ。

「あの、キール団長はエドワード殿下のことが心配じゃないんですか？　幼馴染で、忠誠を誓った主なのに……」

私は思いきって気になっていたことをキール団長にぶつけてみた。

吊り橋が落ちているのを見たにも拘《かか》わらず、キール団長は動揺した素振りを一切見せない。エドワード殿下は心配する必要がないほど、人間離れした技量の持ち主なのだろうか。

キール様は私の疑問を吹き飛ばすように、明るい声で答える。

「オレの勘が、エドとお嬢は生きていると告げている！」

「「はぁ？」」

私とマリーさんは呆れた口調で言った。

「疑わなくても大丈夫だぜ。オレの勘は野生動物並みだって、エドとサイラスからお墨付きをもらっているしな」

「根拠のないものによく自信が持てますね……と、普段は思うのですが、今だけはその戯れ言を信じましょう。お嬢様と……ついでにあの第二王子殿下は必ず、帝都三番街へとやって来ます」

「そうですね、マリーさん。剣術以外は何をやらせても並以下の、お気楽脳筋のキール団長ですが、今だけは信じましょう」

「そんなに褒められると照れるな！　もっとオレを頼ってくれていいんだぜ」

「貴方の脳味噌には、ゲロ甘のストロベリームースが詰まっているんですか？　特別にぐちゃぐちゃにかき混ぜてあげましょうか？」

マリーさんの不穏な言葉に身を竦めていると、一際激しい揺れが私たちを襲う。だがそれは一度きりで、振動の一切がその後、ピタリと止まった。

しばらくするとガチャガチャと荷台の閂《かんぬき》を外す音がし、男の足音が近づいてくる。

「……到着だ」

酒焼けした男の声が小さく響いた。

私は安堵の息を吐く。

（やっと……この窮屈な樽から解放されます……！）

もうお尻や関節の痛みが限界だった。

樽から出るために、私は頭上にある蓋《ふた》を押そうと力を込める。しかしそれは、樽ごと体勢が崩れたことで叶わない。

（え、何？　もしかして私……転がってる⁉）

ぐらんぐらんと頭がかき混ぜられるみたいな気持ち悪さが私を襲う。

次いで胸の奥が、フワリと嫌な浮遊感を訴える。そして終いには、ガゴンッという鈍い音と共に、堅い何かへと樽ごと叩きつけられた。

「ぐへぇっ！」

元男爵令嬢とは思えない、潰れたカエルのような呻き声を出すと、私は緩慢な動作で今度こそ樽の蓋を開けた。

「さ、最悪です……高いお金を払ったのに、接客がなっていませんよ！」

吐き気と眩暈《めまい》に耐えながら、私は走り去る荷馬車へと悪態をついた。

不満を爆発させる私とは違い、マリーさんとキール団長は身体の不調を一切感じさせない佇《たたず》まいで、辺りを観察している。

「……どうやら、ちゃんと仕事を果たしてくれたようですね」

「ここが帝都三番街か。夜ってこともあるが、思っていたよりも雰囲気が暗いな。ローランズの王都の方が華やかな気がするぜ」

かつて栄華を極めたディアギレフ帝国の首都かと疑うほどに、帝都は暗く重苦しい空気が漂っている。開いている店は酒場だけで、他の店や家々は窓を閉めきり、息を潜めるかのように静まり返っていた。

ディアギレフ帝国という大きな闇に、私は身を震わせる。

「……ジュリアンナ様、エドワード殿下、どうかご無事で」

こうして私たちは帝都三番街へと到着した。

革命政府が指定した交渉日の三日前のことである――

第七話　嫉妬のポーカーゲーム

藍色の民家の屋根の上にわたしとエドワードは立っていた。

屋根の端と端で向かい合うわたしたちの間には、一触即発の空気が漂う。

エドワードは簡素なシャツとスラックスを穿《は》いているだけだが、元の整った顔立ちのおかげで精《せい》悍《かん》な印象を受ける。腰に差している剣も合わせれば、若い軍人に見えなくもない。

対するわたしはフリルのついたシャツに、オレンジ色のリボンを結び、青色のキュロットを着ている。黒いハイソックスと皮の丈夫なショートブーツを合わせ、乗馬をする令嬢のような格好だ。

「今なら間に合う。姫よ、私と手を取り共に行こう」

エドワードは甘く蕩《とろ》けるような笑みを浮かべ、わたしへ手を差し伸べる。

すると、屋根の下からキャーッというあらゆる年齢の女性の歓声が響いた。

チラリと下を見れば、老若男女関係なくギャラリーが集まっている。

（……今日も盛況ね）

わたしとエドワードは今、劇を行っている。最初は舞や剣術を披露して旅をしていたが、こうした劇の方が観客は盛り上がり、チップを弾んでくれることを学んだのだ。

色々な街で公演を行ったが、人々の噂で良い評判が広がり、今では呼び込みを行わずとも大勢の観客に取り囲まれるようになったのである。

（おいしい夕食が食べられるように、頑張らなくてはね！）

わたしはニヤリと口角を上げると、エドワードを馬鹿にしたかのように鼻を鳴らす。

「わたしが貴殿と？　寝言は寝てから言ってくれたまえ。貴殿は我が国の仇《かたき》。なれば、相容れることは天地がひっくり返ってもあり得ぬ！」

勇ましい口調で啖呵《たんか》を切ると、わたしはレッグホルスターからナイフを取り出し、エドワードへ切っ先を向ける。

「……それほどまでに私が憎いか？」

「憎くはないさ。貴殿は政治の意向でわたしの国に攻め入った。それは王族として仕方ないこと。わたしが逆の立場でもそうしただろう」

「其方を愛している。だから、私と共に……二国が融合する道を選んでくれ」

「貴殿の妻となり、我が国の血を存続させろと？　……それはならん。わたしは最後の王族として、散っていった我が同胞に報いるため、己が誇りを守り抜くため、最後まで戦い抗い続ける！」

わたしの叫びに観客たちが息を呑む。

エドワードは鋭く目を細めると、慣れた動作で剣を抜いた。

「……其方の覚悟を認めよう。私の剣で天へ送ってやろう」

「天とは甘いことだ。わたしは貴殿を地獄に送ってやるつもりだというのに」

言葉とは裏腹に、わたしとエドワードは哀しみで顔を歪ませる。

しかしそれは一瞬のことで、すぐに獣のように目を光らせた。そして同時に駆け出す。

――キィンッ
ナイフと剣が大きな軌跡を描いて交わった。

わたしはエドワードの力によろめき、後ろに下がる。そこへすかさずエドワードが斬撃《ざんげき》を繰り出した。

「……終わりだ」

「ふんっ、これしきで奢《おご》られては困るな」

わたしはレッグホルダーから二本目のナイフを素早く取り出し、一本目のナイフとクロスさせてエドワードの斬撃を受け止める。そして身体の柔軟さを活かして彼の足に蹴りを入れた。

「……ぐっ」

痛そうな顔を浮かべながら呻くが、実際はエドワードにそれほど衝撃を与えていないはずだ。

視線を交わし、お互いに問題がないことを確認する。わたしは宙返りを数回して彼から距離を取ると、ナイフを構え直す。

「覚悟してもらおうか！」

わたしは再び駆け出すと、舞うように身体を捻《ひね》りながらエドワードを斬りつける。

だがエドワードは難なくそれを弾き、あっという間に体勢を立て直した。そして、わたしの首を刈り取るかのように大仰な動作で斬撃を放つ。

「姫……私がすべてを終わりにしてやるぞ！」

ハッと目を見開くと、わたしはエドワードの剣をなぞるようにナイフを合わせて斬撃をいなした。

身体も同時に捻り、間一髪避けたかのような演出をする。

次にナイフで刺すようにエドワードの腹の脇を横切らせた。観客から見れば、わたしがエドワードの腹を刺したように見えるだろう。

「な、何故……？　貴殿はわざと……」

わたしは驚愕の表情を浮かべると、数歩後ずさる。

エドワードは血の出ていない腹を押さえながら膝をつく。

「……やはり、私には姫を殺せない」

「ふざけるな！　わたしだって、貴殿を殺すことなど……」

涙を浮かべ、震える声でわたしは叫ぶ。

エドワードは薄く笑みを浮かべると、壊れた人形のようにガクンと前のめりに体勢を崩す。わたしはそれを咄嗟に抱き留める。

「……どうして……」

「王族としての自分ではなく、男とし、ての自分を……優先、させ、てしまった……」

困ったように眉を下げるエドワードを見て、わたしは彼の肩に顔を埋めた。

「わたしは……本当は貴方のことが好きだったのです」

今までの勇ましい口調と打って変わり、わたしは姫らしく柔らかな口調で呟いた。

するとエドワードはわたしの頬へと手を伸ばした。

「死に、際の……夢に、し、ては……美しい、な」

途切れ途切れそう言うと、エドワードはだらりと腕を垂らし、力なく項垂《うなだ》れる。

わたしはエドワードを屋根から転げ落ちないように寝かせると、彼の剣を握った。

「夢になどさせないわ。地獄でまた会いましょう。その時はきっと――」

わたしは剣で腹を刺す演技をすると、そのままエドワードに重なるように倒れた。


数十秒の沈黙の後、盛大な拍手と歓声にわたしたちは包まれる。

「とても面白かったわ！」

「泣けてきちゃう……」

「二人とも格好いい！」

「すげぇ斬り合いだったな！」

口々にわたしたちを賞賛する声が上がる。

わたしとエドワードは立ち上がると、深く頭を下げた。

「本日の『黒猫劇団』の公演はこれで終了となります。最後まで見ていただき、ありがとうございました」

「またのお越しを心よりお待ちしております」

わたしに続きエドワードはそう言うと、またも甘い笑みを浮かべる。すると再び黄色い歓声が響き、屋根の下に置いたチップを入れる箱に、女性たちがどんどん硬貨を投げ入れる。

（……この腹黒が）

そう内心で罵りながらも、わたしも笑みを崩さず手を振った。

わたしとエドワードだけしかいない黒猫劇団は公演を重ねながら、順調に旅を続けている。帝都はもうすぐそこだった。

わたしとエドワードは公演の後、今日の収入を山分けし、それぞれ別行動を取ることにした。エドワードは情報収集へ。わたしは旅に必要な日用品などを買い足しに行く。

（……硬貨の量は多いけれど、やはり金額は少ないわね）

麻袋に入れた硬貨を数えながら、わたしは小さく溜息を吐く。

庶民の生活が苦しいのか、公演で得られるチップはあまり多くない。苦しい生活の中で、わたしたちへ払ってくれたお金に不満がある訳ではないのだが、帝都へ向かう資金としては、やはり心《こころ》許《もと》ないのだ。

（エドワードのカフスボタンも売ってしまったし……）

旅の中で少しずつ銀装飾やカフスボタンを売っていったが、それらはもう底をついている。

この街で何度か公演を行って貯蓄をすることができれば、帝都へ行く資金は十分に用意できるだろう。

しかし、わたしたちにはそうするだけの時間がない。

革命政府との交渉日は目前に迫っていた。

（いざとなったら、エドワードの剣を売らなくてはいけないかしら？　でもそれは最終手段にしたいわね。身を守る術は、一つでも多い方がいいし）

わたしは硬貨を握りしめると、露店へと向かった。

この街では日用品や衣類、食品などの生活必需品は、建物に店を構えず、大通りにテントを張って売るのが主流らしい。店主たちの張り合うような呼び込みの声と、買い物客たちの弾むようなおしゃべりが合わさり、賑やかな風景を作り出していた。

（……この街は比較的豊かね）

今まで訪れた街の中には、店がひとつもなく、生きることもままならない所もあった。

どうやらディアギレフ帝国では、貧富の差が地域で顕著に表れているらしい。もしかすると、領主によって人々に納めさせる税金の額が異なるのかもしれない。

（哀れんだって、わたしには何もできはしないわ。ディアギレフ帝国を変えられるのは、ここに住まう人々だもの）

わたしが露店を覗いていると、恰幅《かっぷく》のいいおば様に声をかけられる。

「あら、姫のお嬢さんじゃないの。良かったら、うちの商品を買っていってよ！　また公演を見に行くからさ」

「そう言われると困っちゃいますー。見るだけですからね？」

わたしはそう言うと、露店に並べられた雑貨を検分する。

良い物を揃えているらしく、その割に価格も普通より安めだ。わたしは満足した笑みを浮かべる。

「針と糸と、この布、それとこれをください」

「はいよ！　まいどあり」

硬貨を渡して商品を受け取ろうとするが、おば様が買い物袋をすっと後ろへずらした。

何事かと彼女を見れば、ニンマリといやらしい噂好きな笑みを浮かべている。

「姫のお嬢さん。質問なんだけど……アンタとあの王子の関係はどうなのさ？　やっぱり恋人なのかい？　それとも兄妹とか……」

「お、王子っ」

わたしは噴き出すのをこらえ、忍び笑いをした。

（王子って、確かに王子だけど……！）

おば様の言う王子は、役のことだと簡単に想像がつく。しかし、エドワードの正体を図らずも見破られていることが、わたしはおかしくて仕方ない。

ふと辺りを見れば、周りにいた人々がこちらへ注目しているのが分かる。特に若い少女たちのギラギラと憎しみの篭もった視線が、さらにわたしを愉快にさせた。

「答えてもいいですけど、タダとはいきませんよ？」

「姫のお嬢さんは抜け目ないねぇ」

おば様はそう言うと、袋に林檎を二つ入れてくれた。

わたしは今度こそ買い物袋を受け取ると、周りの人々にハッキリと聞こえるように声を張り上げる。

「皆さんのご想像通りの関係ですよ」

わたしはポカンと口を開けるおば様に、可愛らしくウィンクをした。

「ではまたご贔屓《ひいき》に。黒猫劇団をよろしくお願いします」

軽くお辞儀をすると、わたしは露店から立ち去る。

エドワードに憧れている少女たちの殺気だった視線を受け流しながら、わたしは合流場所である酒場へと向かった。


酒場に着いた頃には、すっかり日が沈んでいた。

エドワードが待ちくたびれているかもしれないと思いながら、酒場の年若い店主に声をかけると、気まずそうに目を逸らされた。

「あの、無駄に顔の整った兄ちゃんの所だな」

「そうだけど……何かあったんですか？」

「何かあったというか……現在進行形で何かあるというか……」

わたしは訝しみながらも、渋る店主を突っつき、エドワードの元へ案内させる。

エドワードは二階席の奥にある、一番いい席に座っていた。……複数の女性を侍らせて。


「……なっ、な、ななな！」

わたしは驚きに顔を歪め、その光景をただ見つめた。

女性たちは顔を火照らせながら、エドワードの身体にさりげなく触れている。その慣れた手つきと、拒否をしないエドワードの姿勢に唖然としていたが、数十秒経った頃には、それが現実のものだと漸くわたしも認識できた。


この腹黒鬼畜王子の浮気者！


怒りと共にわたしの胸の奥底で、嫉妬の炎がメラメラと燃え上がり爆発した。

わたしはエドワードに柔らかく微笑むと、群がる女たちを力業で引っぺがした。

貴族令嬢が相手なら、エドワードに声をかけたことを後悔させるほど言葉で追い詰めて泣かすが、相手は平民だ。実力行使に勝る牽制《けんせい》はないだろう。

「ちょっと、何するのよ！」

「そうよ、そうよ！」

勝ち気そうな女性たちがそう捲《まく》し立てて、今度はわたしを掴もうとするが、それよりも先にわたしはエドワードの膝の上に横向きに座った。

そして彼の首に両腕を回し、頬にキスをする。

「エドは、身も心もわたしのもの。貴女たちの出る幕はないの。帰ってくれる?」

「なっ!」

挑発的な視線を向ければ、彼女たちは目を血走らせた。

だが、そんなのは怖くもなんともない。魑魅魍魎《ちみもうりょう》の蔓延《はびこ》る王宮での腹の探り合いよりは、直接的で分かりやすい。

「……今日は珍しく積極的だね」

「別に。事実を再確認しただけ。貴方のすべてはわたしのもので、わたしのすべては貴方のもの」

ツンとした口調でそう言うが、絡めた腕に甘えるように力を込める。

すると、エドワードがそっとわたしの頬へ触れた。

「アンナには敵《かな》わないな。……そういうことだから、私のことは諦めてくれないかな。君たちから好意を告げられても困るし……許可はアンナに取ってくれる?」

「話だけは聞いてあげるわ。エドは絶対にあげないけど」

わたしがふんっと鼻を鳴らすと、女性たちは悔しそうに二階から去って行く。

二人きりになると、わたしは素早くエドワードの膝から退《の》いた。

「なんだ？　もっと甘えてくれていいんだぞ」

「ふざけているの？」

エドワードを睨み付けると、彼は好奇心を覗かせる笑みを浮かべた。

「嫉妬か？」

「そうよ。わたしの買い物中に、貴方は一体何をしていたのかしら」

わたしが素直に肯定すると、エドワードはわたしを引き寄せて、すぐ隣の席へと座らせる。

そしてわたしの頭を撫で始めた。

「許せ、情報収集のためだ。あの女たちには俺からは指一本触れていない」

「どうだか。まんざらじゃなかったんじゃないの？」

「俺にはジュリアンナだけでいい。俺のすべてはお前のもので、お前のすべては俺のものだ」

「それならいいわ」

目を瞑り、エドワードの胸にグリグリと頭を押しつける。

すると、エドワードは深い溜息を吐いた。

「……さっきから思っていたが、抱きついたり、キスをしたり、甘えたり……ジュリアンナの行動は無自覚か？」

「いいえ、計算よ。わたしがしたいように振る舞っているだけ。貴方だって、わたしの頭を撫でたでしょう？」

エドワードが計算ずくでわたしを恋に堕としたように、わたしもエドワードにもっと恋をしてもらうために行動している。……後は、ほんの少し彼を虐めてやりたいという乙女心だ。

「つまり、俺のしたいように振る舞ってもいいのか？」

「婚約者として、節度ある行動ならいいわ」

「くっ、結婚したら覚えていろ。必ず泣かしてやる」

「あら、わたしが泣かされるだけの女だとでも？」

エドワードは面白くなさそうに顔を顰めた。

わたしは彼のそんな子どもっぽいところも、可愛くて仕方ない。

クスクスと笑っていると、遠慮がちな声がわたしたちへかけられる。

「あの……ご注文は？」

年若い店主の方へ振り向いたときには、ローランズ王国王子のエドワードとルイス侯爵令嬢のジュリアンナの顔は、旅芸人のエドとアンナの仮面によって隠されていた。

「スープとバゲットサンド、それにエールをくださいな」

「私も彼女と同じで」

「かしこまりました」

店主はそのまま厨房へと向かっていく。

十分後には、テーブルの上に料理とエールが並んでいた。

「それで、情報収集はどうだったの？」

しょっぱいスープを飲みながら、わたしはエドワードに問いかけた。

彼はアルコールの薄いエールを飲み干すと、苦い笑みを浮かべる。

「……どうやら、この街の領主は革命政府の息のかかった者らしい。おかげで税率などが他の街よりは低いそうだ」

「それでも生活は苦しそうね。革命政府の影響力が帝都の近くまで及んでいるというのは、重要な情報だわ」

「ああ、力ない者と協力する余力は、今のローランズにはないからな。革命政府の力が予想よりも大きいのは、嬉しい誤算だ——おや？　どうやらよそ者を歓迎してくれる、心の広い人たちが来たようだ」

エドワードが指さす方向を見れば、柄《がら》の悪い二人組の男たちがこちらへと向かってくるところだった。

わたしたちは小声で会話をしているだけだったが、それすらも気にくわなかったらしい。彼らはわたしたちを威圧するように取り囲んだ。

「よう、旅芸人。良かったら、オレたちと遊ばないか？」

「何、乱暴な遊びじゃねーぞ。楽しくポーカーでもして、親睦を深めようぜ」

男たちはトランプをチラつかせながら言った。

わたしとエドワードは、今日の公演でこの街に多くのファンを作った。その人たちを敵に回すほど愚かではないらしく、彼らは平和的にわたしたちをカモろうとしているのだ。

「いいですね。ポーカーなんて久しぶりだなぁ。ねえ、アンナ」

「そうだね。やり方を忘れていないか、不安だなー」

無邪気にそう言って、わたしたちは立ち上がった。

男たちは、獲物が引っかかったことに下卑た笑みを浮かべた。

……カモになったのは自分たちの方だとも知らずに。

一階へ降りると、そこには大勢のギャラリーが中央にある円卓を囲んでいた。

既に準備は終えているようで、円卓の中央にはご丁寧にカードが置いてある。

(……準備が良すぎるわね。一体、何を考えているの？)

僅かに警戒心を抱き、勝負を仕掛けてきた男たちを窺う。

すると、小声で背の高い男が呟いた。

「……調子に乗れるのも今のうちだぜ。大勢の前でこき下ろして、奴の彼女を奪ってやる」

(あ、実に単純でくだらない動機で安心したわ)

わたしとエドワードは何も知らない振りをしながら椅子に座り、円卓越しに彼らと向かい合う。

席は四つ。わたしとエドワード・背の高い男・恰幅のいい男の順だ。勝負を仕掛けようと鼻息を荒くする彼らに、エドワードは制止をかけた。

「アンナはルールをうろ覚えなので、私の次に勝負してもいいですか？」

「かまわねーよ」

「しっかりとルールを覚えな。まあ、お嬢さんが出る暇もないかもしれないがな」

「私に格好付けさせてくださいよ。どうぞお手柔らかに」

暗に速攻ですかんぴんにすると言っているが、エドワードは嫌みに気づかない振りをしてニコニコと笑っている。逆に怖い。

「ディーラーは店主の私が行いますね。さあ、ギャラリーの皆さん！　勝敗をどちらに賭けるのも結構。ただし、酒と料理を観戦のお供に必ず注文してくださいね。タダで見たら出禁にすんぞ！あ、酒のおかわりは大歓迎なので、どんどんお願いしますねぇ」

店主がそう言うと、ドッと笑いがおきる。「この悪徳店主！」と野次《やじ》を飛ばす人もいて、随分と雰囲気が和やかになった。

「まずは順番を決めますか。ではクジを引いてください」

店主が握った棒を、背の高い男と恰幅のいい男、それにエドワードが引いていく。赤い印が付いた棒を背の高い男が引き当てる。彼はエドワードの左隣で、そこから時計回りに回るため、わたしたちの順番は最後になる。

「では、ゲームを始めましょうか」

店主は円卓の上にあるカードをシャッフルし、勝負を仕掛けてきた男二人とエドワードの三方向へとカードを配った。

そして第一ラウンドが始まる。

「まずは参加料を払おうか」

カードを伏せた状態。エドワードのかけ声で、プレイヤーの三人が銅貨一枚を円卓へ置く。それを確認した後、三人は同時に自分の手札を確認した。

（……ワンペアすらないのね）

イカサマを防ぐためか、手札は周りのギャラリーから見えないようになっている。

しかし、ルールを思い出すためという前提のあるわたしは、エドワードの手札だけはしっかり見えていた。

（ディーラーの店主が、勝負を仕掛けてきた男たちとグルになっている、なんてことは考えたくないわね）

わたしの心配を余所に、エドワードは文字通りのポーカーフェイスで決して手札の弱さを悟らせない。

「ベット！　二枚チェンジ。今日の飯代はいただくぜ？」

一番目の背の高い男が、円卓に硬貨を投げ入れ、ディーラーからカードを二枚もらう。

男の言葉通り、一人分の夕食代ほどの金額だ。最初のラウンドは様子見ということだろうか。

「コール、一枚チェンジ。今日は酒がうまく飲めそうだ」

次いで恰幅のいい男が、一番目と同じだけの賭け金を円卓に置いた。

そしてエドワードの番が回ってくる。

「私もコールで。三枚チェンジかな。食費が浮くのは有り難いね」

エドワードはそう言うと、懐から二人と同じ賭け金を取り出し、円卓に置いた。

（最初だから、エドワードも様子見ということね）

わたしは納得して、勝負の成り行きを見守りつつ、ギャラリーの様子を見た。

皆、酒と料理に夢中で、実際に勝負を真剣に見ているのはごく少数のようだ。

「さて、勝負！」

店主の声かけで、プレイヤーの三人が円卓に役が見えるかたちで手札を置いた。

わたしはエドワードの役に目を見開く。

いつの間にか、すべてのカードが変わっていた。


「「「ロイヤルストレートフラッシュ⁉」」」


ギャラリーと他のプレイヤーが、エドワードの役に驚愕の声を出す。

そしてわたしは「エド、すごーい！」と言って、無邪気にはしゃぐアンナの演技をした。

（先制ロイヤルストレートフラッシュって、何をやっているのよ！　どう見てもイカサマしてますって言っているようなものじゃない！）

わたしは内心で頭を抱えた。

「テメェもグルになっているんだろ、店主！」

「ふざけるなよ！　……オレらの誘いは断ったくせに」

「え、私が疑われるんですかぁ⁉」

勝負を仕掛けてきた男たちが、ディーラーを務めていた店主を掴み上げて、罵声を浴びせ続けている。

どうやら彼らは最初、店主と共謀してわたしたちを嵌める算段だったらしい。しかし、それでは盛り上がらないと思ったのか、店主は彼らの申し出を断り、場所だけ提供したようだ。

（……呆れたわ。わたしたちを嵌めるなら、もっと計画的に動きなさいよ）

小さく溜息を吐くと、わたしのポケットにエドワードが何かを入れた。

不思議に思いつつポケットを確認すると、そこにはゲームで使われているのと同じ銘柄のトランプがあった。どういうことだとエドワードを睨み付けると彼の代わりに、背の高い男が答えてくれた。

「オレのトランプも消えているし、どういう了見だコラァ！」

「はぁ⁉　だから知りませんよぉー」

半泣きになっている店主を横目に、わたしはエドワードの椅子を軽く蹴る。

そして彼の耳元へそっと囁いた。

「エドワード……盗んだのね？」

彼はおそらく、ゲームが始まる前に男の一人からトランプを盗ったのだろう。

しかし彼はそれを認めず、困ったように肩をすくめた。

「さて、なんのことかな。今日の俺は運がいい。ただそれだけだと思うが？」

わたしたちが話をしていると、店主をついに泣かした男たちがエドワードへ詰め寄る。

「テメェ、イカサマしたんだろ！」

「イカサマ？　そんな無粋《ぶすい》なこと、私はしませんよ。ほら……」

エドワードはポケットに何もないことを周囲へ見せ、次に袖口のボタンを外してヒラヒラと手を振る。もちろん、そこにはカードは隠されていない。

エドワードの潔白――偽りだが――を見たギャラリーは、男たちへと野次を飛ばす。

「純粋に勝負で負けただけじゃねーか」

「やーい、負け犬！」

「キャー！　格好いいのに、ポーカーも強いなんて素敵すぎよ！」

完全に自分の味方となったギャラリーを見て、エドワードはわたしにしか見えない角度で、勝ち誇った黒々とした笑みを浮かべる。

（……相当、怒っていたのね。まったく、この人は）

恥をかかせてカモにされようとしたことに怒ったのか、それともわたしを奪ってやると言われたことが腹に据えかねたのか……いいや、そのどちらもがエドワードが圧倒的な勝利を選んだ理由だろう。

エドワードはわたしの想像よりもお怒りだったようで、路銀稼ぎよりも彼らのプライドを踏みつけることを優先したのだ。

「私も一つ質問があるのですが……『オレらの誘いは断ったくせに』とはどういう意味ですか？」

エドワードはあくまで紳士的な笑みを貼り付けて、男たちへ問いかけた。

彼らは不自然に目をキョロキョロと動かすと、しどろもどろに答える。

「へ⁉　いやー、その……」

「オ、オレらの誘いは断ったくせに……ディーラーはやんのかよって話だ」

「へー、そうなんですか」

エドワードは男たちの苦しい言い訳に頷くと席を立ち、私の背中をぽんっと叩いて押し出した。

「私は十分楽しみましたし、今度は彼女の相手をしてくれますか？　初心者なので、お手柔らかにお願いしますね」

「あ、ああ、いいぜ」

「楽しくゲームをしようか」

先ほどの弱腰の態度が一変し、男たちはわたしを見て、狡猾《こうかつ》な笑みを浮かべる。

切り替えが早すぎだ。


コイツ、わたしに全部投げやがったな！


エドワードを一発殴りたい衝動を必死に抑え、わたしはゲームの席に座った。

そしてソワソワと周りを見ながら、僅かに頬を朱に染める。

「緊張するなぁ。わたしも頑張るから見ててね、エド」

「応援しているよ、アンナ」

後で絶対に復讐してやると心に誓ってアンナの演技をしていると、男たちの機嫌が目に見えて悪くなる。ドカッと席に座ると、円卓に置かれたトランプを男たちが交互にシャッフルし始めた。

「次はアンタがシャッフルしてくれ」

「分かりました」

わたしは恰幅のいい男からトランプを受け取ると、手早くシャッフルをする。

そしてすぐにトランプの細工に気がついた。

（……特定のカードにキズが付いているわ。二段構えでイカサマをしようとしていたのね）

ポケットに忍ばせたカードを使う作戦と、ゲームで使うトランプに予《あらかじ》め施された細工。どうやら彼らは悪知恵だけは働くらしい。

「シャッフルが終わりました」

わたしが円卓の中央にトランプを置くと、男たちは大袈裟な口調で相談を始める。

「おう。さっきはディーラーが怪しかったから、今度は自分たちでカードを引くことにしようぜ」

「ああ、賛成だ。公平にいこう」

わたしの意見は聞かれず、次のゲームからはディーラーなしということになった。先ほどのカードを忍ばせる作戦には失敗したが、今度は特定のトランプを引く作戦を彼らは仕掛けてくるらしい。

――まずはそれぞれ五枚カードを引いて、第二ラウンドが始まった。

（うーん。あまり良いカードは来なかったわね）

わたしの手札はワンペアもなく、数字もバラバラ。どうやら今日のわたしは運がないらしい。

ポケットのカードを使えばイカサマができるかもしれないが、今は彼らも警戒している。何より、ポケットに仕込んだカードを手札と交換するなんて高等なイカサマを、今この場で練習もなしにできるとは思えない。

「ベット！　三枚チェンジ。さっきの分を取り戻させてもらうぞ」

背の高い男が、第一ラウンドの二倍の賭け金を円卓に投げ入れた。

次いで恰幅のいい男が同じ額を円卓に置き、コールを宣言してカードを入れ替える。

「コ、コール。四枚チェンジ！」

わたしは緊張した声でそう言うと、彼らと同じ賭け金を出してカードを引く。

そして一斉に手札を見せ合った。

「よっしゃぁー！　スリーカードでオレの勝ちだ」

「ツーペアか……次は勝つぜ」

勝者は背の高い男だった。恰幅のいい男も悔しそうな声を出すが、その顔には笑みが浮かんでいる。どうやら、彼らは後ほど賞金を分配するらしい。

（いいわよね、勝者は愉快で）

わたしは自分の手札を見て、深く溜息を吐いた。

円卓の上に広げられたわたしの手札は、ハイカードという役……つまりは何も揃っていないブタだった。

第三ラウンドもわたしが最下位だった。

賭け金は第二ラウンドと同じだが、対戦相手の男たちを浮かれさせるのには十分だったようだ。口々に己を賞賛する言葉を言い募る。

ギャラリーは心配するように落ち込むわたしを見ている。エドワードもまた、不安げにわたしの顔を覗き込んだ。

「……アンナ、私が代わろうか？」

「ううん……頑張る。次は勝てるかもしれないし」

わたしは健気な女の子を演出するが、内心では冷静に周りを分析していた。

（種は十分蒔《ま》いたし、そろそろ悦に入っている彼らと一緒に刈ってしまいましょうか）

舞い上がっている敵、同情的な恋人とギャラリー、皆がわたしの劣勢を確信している。ここまで丁寧に作り上げた舞台を盛り上げるには、やはり可哀想な女の子の劇的な勝利という演出が必要不可欠だ。

「……最終ラウンドを始めましょう。次こそはわたしが勝ちます……！」

クライマックスへの合図はわたしから。皆がわたしの作り上げた舞台へと注目する。

今までと同じように順番にカードをシャッフルしていく。

わたしの番になると、皆に見えない角度でカードの半分ほどに爪でキズをつけた。そして何食わぬ顔で拙いシャッフルをして円卓の中央へカードを置く。

（どこに目印のキズがついているのかは、もう把握しているわ。せいぜい混乱してちょうだい）

手札を五枚ずつ引き、わたしは眉間に皺を寄せる。

それを見て、背の高い男は口角を上げる。対して恰幅のいい男は自分の手札を見て目を見開き、顔を青ざめさせる。どうやら、カードの印が増えていることに気がついたようだ。

「ベット！　二枚チェンジ。そうだなぁ……敗者に一つ命令を下せる権利を賭けるのはどうだ？

もちろん、命を落とすような真似は駄目だ。たとえば……恋人と別れる、とかな」

ニタリと自信満々に言う味方に安心したのか、恰幅のいい男もそれに賛同した。

「無茶な命令はしないようにな。コール、三枚チェンジ……」

恰幅のいい男はカードを取り替えても良い役が揃わなかったのか、苦い顔をする。

わたしはそれに気づかない振りをして、堂々と声を張り上げた。

「レイズ！　命令権に加えて、有り金全部を賭けさせてもらいます」

「「はぁ!?」」

ここで初めて賭け金の上乗せを宣言すると、男たちはポカンと口を開けた。

それもそうだろう。負け続きの女が急に強気に出たのだから。

「……もう、自棄です。どうせ奪われるのなら、このターンにわたしのすべてを賭ける……」

小さく――しかし、彼らにしっかりと聞き取れるように、わたしは呟いた。

にやける男たちを、わたしはキッと睨み付ける。

「聞こえませんでした？　命令権に加えて、有り金ぜーんぶを賭けさせてもらいます。あ、二枚チェンジしますね。不満があるのなら、どうぞレイズしてくださいね」

下手な挑発をしながら、わたしは軽やかな動作でカードを引く。

この時、複数のカードを同時に引き抜き、不要なカードはシャツの裾にいったん隠し、その後ポケットに移動させた。

「自棄にでもなったのか？　まあ、俺はお嬢さんの提示した賭け金でもいいけどな」

「……俺も」

自信があるのか、彼らはコールを選択。そして不満のない証に、レイズすることはなかった。

「「勝負」」

プレイヤーのわたしたちは同時に声を張り上げると、円卓に手札を並べる。彼らの役はツーペアのフォーカード。そしてわたしの役は……

「じゃーん！　A《エース》のファイブカードですっ」

すべてのAとジョーカーを合わせたファイブカードは、ロイヤルストレートフラッシュよりも強い役だ。場は騒然となり、興奮した声が飛び交う。

「初めて見たぞ……！」

「今まで実力を隠していたのか」

熱狂するギャラリーとは打って変わり、勝負を仕掛けてきた男たちは「騙したのか！」と叫びながら憤怒の形相でわたしとエドワードに掴みかかろうとする。

だがわたしたちは一瞬目配せをすると、それぞれ一人ずつお手本のような綺麗な動作で技をかけて投げ飛ばし、腕を捻り上げて床に押しつけた。

「勝負に負けたから暴力って最低だと思うの」

「悲しいな。私たちの公演を見てくれなかったんだね。見れば……私たちの武術の腕も分かったはずなのに」

「命令権なんて面倒くさいし、適当なことをお願いしようと思っていたけど……これは、考えちゃうなぁ」

「「ひぃ、どうかお慈悲を！」」

懇願する彼らを見て、ギャラリーは「反省しろ！」と野次を飛ばして笑い出す。

険悪な雰囲気にならなかったことに安心したわたしは、彼らにこの店で一日タダ働きをすることを命じ、有り金を巻き上げる。彼らはそこそこの金を持っていたため、所持金が三倍になった。

「やったね、エド！」

「快適な旅になりそうだ」

ホクホクした顔でわたしはエドワードに抱きつき、勝利の喜びを分かち合う。

折角だから飲み直そうと注文を入れようとしたが、突如《とつじょ》、酒場の扉が荒々しく開かれた。

「ディアギレフ帝国軍だ！　中を改めさせてもらう。店主を出せ、客は全員そのまま――おっ、こりゃまた……懐かしい顔だ」

憲兵の登場に、酒場はしんと静まり返る。

彼は遠慮もせずにズカズカと店内に入ると、わたしとエドワードの前で立ち止まった。

（……燃えるような赤い髪。そして、身の丈ほどのハルバードを背負った男。もしかして……）

嫌な予感にわたしはジットリと冷や汗をかく。

そして彼はゆっくりと軍帽を脱いだ。

「久しぶりだな。黒猫のお嬢ちゃん、それに王子さま」

マクミラン公爵の元傭兵、紅焔《こうえん》の狼《おおかみ》ことサムは、戸惑うわたしとエドワードを嘲《あざわら》うかのように凶悪な笑みを浮かべた。

「サムじゃない！　久しぶりね。こんなところで会うとは思わなかった」

「まったくだ。それに王子はやめろと前も言っただろう？」

わたしとエドワードは余計なことを言うなよという念を送りながら、サムへ気さくに話しかけた。

「そうだったな。悪かった、悪かった」

サムは口では謝っているが、彼の顔には『面白そうなことになった』と書いてある。

妙にピリピリとしたわたしたちの間に、復活した店主が肉の盛られた大皿を持って現れた。

「黒猫劇団のお二人とサムさんはお知り合いなんですね。いやーこんな偶然もあるんだな。いつも通り食べていってくださいよ。二階に席を用意しますんで、ゆっくり旧交を温めてください」

「悪いな、店主！」

慣れ親しんだ彼らのやり取りに、わたしとエドワードは疑問符を浮かべる。サムはディアギレフ帝国軍を名乗り店内を改めると言っていたのに、彼の顔を見た客たちは、怯えることも苛立つこともなく、いつも通りに振る舞っている。

「まあ、サムさんにはいつもお世話になっているんでいいですよ。あ、酒類は別料金を取らせていただくので御了承を」

「分かってるよ。今日はコイツらが俺の分も払うから。……なあ、いいだろう？」

そう言ってサムはエドワードに含みを持たせた視線を向ける。

「……いいだろう。ただし、節度は持てよ？」

「今夜は良い酒がたんまり飲めそうだぜ！」

サムはエドワードの言葉を無視して、この店で一番高い酒を注文した。


「それで紅焔の狼。どうしてお前がディアギレフ帝国軍に入っている？」

二階にはわたしとエドワード、それにサム以外の客はいない。

エドワードは素の口調に戻り、不快感を隠そうとせずにサムへ質問した。

「酷ぇ言い方だな。元ご主人様」

「……エドワードが元ご主人様ってどういうことなの？」

「マクミラン公爵家を解体した後、サムを暫《しばら》く俺の元でタダ働きさせていた。奴はあくまで雇われていただけで、王権簒奪《さんだつ》を願っていた訳ではなかった。使えそうだからそういう処罰を下したんだが……不服か、ジュリアンナ？」

「いいえ。ルイス家はエドワードに教会派への処罰を任せた。だから不服に思うことなんてない……と、胸を張って言いたいところだけど、これからのサムの言動次第ね」

「そうだな。俺も事の次第によっては、殺さなかったことを後悔するかもしれん」

サムは串焼きを口いっぱいに頬張ると、呆れた目でエドワードを見た。

「物騒《ぶっそう》だな。そんな心配しなくても、俺はお前たちをディアギレフ帝国の上層部に売ったりしねーぜ？　そんなコネもないし、旨味もない」

「貴方は傭兵よね？　それなのに、どうして憲兵なんてしているの？」

「俺はもちろん、傭兵としてディアギレフ帝国軍に入ったさ。だけど、時期が少しだけ遅くてな。この国がローランズ王国に攻め込んで人手不足になったんで、俺みたいな傭兵が憲兵の下っ端の真似事をさせられているんだよ」

「傭兵に憲兵の仕事をさせるなんて正気か？　見てみろ、職務怠慢も甚《はなは》だしいぞ」

「違いないな。俺は飯を奢られちまうと、怠ける癖がある。まあ、この街が怪盗の縄張りだからな、不真面目じゃないと住民に殺されちまう」

「……怪盗の縄張りとは？」

エドワードがそう問いかけると同時に、店の外から人々の興奮した叫び声が聞こえてくる。

「怪盗は狙った獲物は逃さない。予告状を送られた貴族が怪盗から宝を守れたことなんてないんだぜ。しかも庶民から圧倒的な支持を得ていて、正義の怪盗なんて呼ばれているしな」

「正義の怪盗？　矛盾した呼び名ね」

「正義と讃《たた》えられる理由は……まあ、見た方が早いか」

サムは手近にあった窓を開けた。そこから街を覗けば、住民たちが何かを懸命に拾っている。

「……何を拾っているのかしら？」

「悪徳貴族たちが溜め込んだ、本来は自分たち庶民が稼いだ血税……まあ、単純に金なんだが」

「金をばらまくなんて馬鹿なことを誰が……ああ、そこで先ほどの怪盗が出てくるのか」

「そうだ。怪盗は盗んだ宝の一部をああやって庶民に還元するんだよ。自分の味方をしてくれっていう見返りを求めたものだろうが」

怪盗なんて謳《うた》っても、王侯貴族からすれば盗人《ぬすびと》と同義だろう。もしもこれがローランズ王国で行われていたらと考えると、頭が痛い。

「いくら庶民を味方につけているとは言っても、国が黙っていないでしょう？」

「まあ、そこは怪盗も警戒しているだろうさ。反政府勢力……革命政府とか名乗っている連中の力が強い街でしか金をばらまかねーんだ。おかげで軍の風当たりも強いのなんのって」

「まるで他人事《ひとごと》ね」

「ま、俺はお気楽な傭兵なんで。この国がどうなろうと知ったことじゃない。……酒代の情報は話したぜ。雇い主も待っているし、失礼するわ」

サムはそう言い残すと、あっさりと帰ってしまった。

「……食えない奴ね」

「そうだな。まさか、紅焔の狼に借りを作るとは」

「保身を考えただけでしょう。ローランズ王国から狙われたくないもの」

わたしとエドワードは会計を済ませると、足早に酒場を出た。

通りは静かで先ほどまでの熱狂の影すらない。

「この街は革命政府の手にある。そこに怪盗はつけ込んだのかしら？」

「革命政府の支配を得れば、怪盗が来る。だから革命政府側に付いたという街もあるのではないか？」

「相互利益があるってことね」

少し遅めの速度で歩きながら宿へと向かっていると、エドワードが突然立ち止まった。

「そう言えば……俺がジュリアンナのポケットに入れたトランプはどうしたんだ？」

「あ、いけない。入れたままだったわ。返しに行った方がいいかしら？」

わたしはポケットに手を突っ込み、トランプを取り出す。しかしそれは、記憶にあるよりも薄く
……というか、一枚しか入っていなかった。

「……白いカード？」

おかしい。トランプは裏も表も絵が書いてあるはずだ。白いなんてあり得ない。

わたしは訝しみながらカードを裏返した。

予告状
黒猫が横切る瑞兆《ずいちょう》の午下《ごか》、女神の至宝を頂きに参上します。
正義の怪盗より

結局、予告状が本物なのか、ただの悪戯なのか、わたしには判断がつかなかった。

本物の予告状かを確認するにも、今まで怪盗の被害にあった貴族などに会いに行く訳にもいかないし、街の住民に見せて騒ぎが起こるのも避けたい。

（……でも、『女神の至宝』って何かしら？）

気がかりなのは、ローランズ王国王子と侯爵令嬢に予告状が送られたということだ。狙ってやったのだとしたら、警戒しない訳にはいかない。

わたしとエドワードは、昼前に公演を終わらせた後、この街を出ることに決めた。


昨日と同じ場所で、わたしたちは公演をしている。

同じ公演内容だというのに観客は昨日よりも多く盛況だ。

クライマックスに入って盛り上がりも最高潮。さらに路銀が増えることを期待しながら、わたしは演技に没頭する。

「今なら間に合う。姫よ、私と手を取り共に行こう」

エドワードが昨日と同じように甘く蕩けるような笑みを浮かべ、わたしへ手を差し伸べた。

すると、昨日よりも大きな女性たちの黄色い歓声が上がる。

「わたしが貴殿と？　寝言は寝てから言ってくれたまえ。貴殿は我が国の仇。なれば、相容れることは天地がひっくり返ってもあり得ぬ！」

「……それほどまでに私が憎いか？」

「憎くはないさ。貴殿は政治の意向でわたしの国に攻め入った。それは王族として仕方ないこと。わたしが逆の立場でもそうしただろう」

「其方を愛している。だから、私と共に……二国が融合する道を選んでくれ」

エドワードが懇願するように言った瞬間、わたしとエドワードの間を黒い野良猫が横切った。

それと同時に、正午を知らせる鐘が街全体に響き渡る。

（……黒猫が横切る瑞兆の午下……もしかして、これは予告状の……！）

観客は黒猫にも鐘にも驚いていない。演技に見入っているのだ。

困惑するのは、わたしとエドワードだけ。しかし、それを表に出すことはできない。

わたしはそのまま演技を続けるため、大きく息を吸った。

「貴殿の妻となり、我が国の血を存続させろと？　……それはならん。わたしは――」

突然、目の前に大きな黒い布がなびく。

視線を上に向ければ、目元を仮面で隠し、上等なシルクハットを被った男がわたしの目の前にいた。

わたしは驚きで台詞を途中で止め、彼を見上げる。

「……予告通り、女神の至宝を……姫を頂きに参りました」

「まさか、怪盗……！」

わたしは素早くレッグホルダーからナイフを引き抜こうとするが、その前に腕を掴まれ、怪盗に引き寄せられてしまう。

そしてマントで観客とエドワードから遮《さえぎ》られるように包まれた。

「まさか、エドワード第二王子だけじゃなくて、貴女まで来てくれるなんてね。ジュリアンナ・ルイス侯爵令嬢」

怪盗はわたしにしか聞こえない声で囁いた。

「……貴方、何者？」

わたしは動揺を押し殺し問いかけた。

何故、怪盗がわたしの名前を知っているのか。ディアギレフ帝国からの追っ手にしては、奇抜すぎる登場だ。

「私に攫われてくれない？　革命政府の元へ連れて行ってあげるよ。君たちには魔女を救ってもらわなくてはならないからね」

「君たち……？　それなら、エドワードも一緒に連れていけばいいでしょう」

「嫌だね。それじゃあ、面白くない。脚本家と演出家も許してくれないと思うし。君が手を取ってくれないのなら、革命政府とローランズ王国の話し合いはなしだ」

「随分と上からなのね。ローランズ王国と手を結べなくては、革命政府も困るはず。だから、手の込んだ招待状をくれたのでしょう?」

「ローランズ王国も革命政府と手を結びたいから、招待に乗ってくれたんだろう? 利害は一致している。悪いようにしないから、今は演技を楽しもうじゃないか」

怪盗はマントからわたしを出した。

エドワードは予定よりも早く剣を抜き、殺気を怪盗へ放つ。

「俺と姫の語らいを邪魔するとは、無粋な盗人だ」

エドワードは演技を忘れ、『私』ではなく素の『俺』に戻っている。

怪盗は彼の殺気をものともせず、不敵な笑みを浮かべる。

「盗人は貴方だろう。私こそが姫の望みを叶える協力者。さあ、姫。お手をどうぞ」

怪盗は恭《うやうや》しく跪くとわたしへ手を伸ばす。

わたしは一度目を瞑ると、もう一度舞台の台詞を言い直した。

「……わたしは最後の王族として、散っていった我が同胞に報いるため、己が誇りを守り抜くため、最後まで戦い抗い続ける」

昨日の演技とは異なり、剣も抜かず、わたしは怪盗の手を取る。

そして、エドワードに愁《うれ》いを帯びた目を向けた。

「わたしは……本当は貴方のことが好きだったのです」

怪盗は演技を放棄することを望まない。どうやら協力者もいるらしいし、折角の機会を潰したくはない。

怪盗が何者か知らないが、今は彼の戯れ言に乗ってやる。そしてエドワードならば、必ずわたしの後を追ってきてくれるはずだ。

「……わたしを見つけて。待っているから」

そう言い残すと、怪盗はわたしを抱えたまま屋根から飛び降りる。

去り際に、エドワードがこちらへ手を伸ばしながら叫んでいるのが見えた。

わたしは望んで怪盗に攫われたのだ――

第八話

黒幕は喧騒《けんそう》を好む

――ジュリアンナが怪盗に攫われた。

その事実に胸が掻《か》きむしられる衝動に駆られながらも、俺は剣を鞘《さや》に戻し、旅芸人のエドとして演技を続ける。

「……必ず見つけよう。何年かかろうとも、世界の果てまで追いかけて、君を手に入れてみせる」

ジュリアンナは怪盗と会話を交わし、奴に攫われた方が効率が良いと判断したに違いない。俺から怪盗に心変わりをしたとは思えない。ジュリアンナのような美しく高潔な女の隣に立てるのは、俺ぐらいだからだ。

（……早く迎えに行かなくては。ジュリアンナは興味がなくとも人を惹《ひ》きつける。あの不埒《ふらち》な怪盗が、彼女の魅力に気づく前に取り戻さなければ……！）

昨日とは違う公演内容と、怪盗の登場にギャラリーはどよめいている。

焦る気持ちを抑え、俺は軟派な貴族のように、芝居がかった動作でお辞儀をした。

「本日の黒猫劇団の公演はこれで終了となります。最後まで見ていただき、ありがとうございました。またのお越しを心よりお待ちしております」

盛大な拍手と共に、屋根の下に置かれた木箱の中にチップが入れられていく。

俺が屋根から飛び降りると、一部の女性客が詰め寄ってきた。

「今日も素敵でした！」

「正義の怪盗と、お知り合いだったんですか⁉」

少女と言って差し支えない年齢の彼女たちは、遠慮なく俺に好奇心をぶつける。

煩わしく思うが、彼女たちはチップをくれたお客様だ。俺は王子らしい優しげな笑みを浮かべる。

「今日も見に来てくれてありがとう。彼は正義の怪盗じゃないよ。うちの劇団員。事情があって少しこの街に来るのが遅れていたんだ。楽しんでくれたのなら、彼も喜ぶはずだよ」

「よく似ていたけれど、やっぱり本物じゃないのね」

「正義の怪盗の衣装を作るのは大変だったよ。色々な人に聞き込みをして作り上げたんだ」

正義の怪盗と俺に繋がりがあると、ディアギレフ帝国側に思われたら面倒なことになる。

俺はさりげなく――だが、大勢に聞こえるように、先ほどの怪盗が劇団員だという嘘を浸透させた。

(……もう、この街に長居する用はないな)

ジュリアンナが怪盗によってどこに連れ去られたのかは分からない。この街にいる可能性はあるが、どっちにしろ、俺一人で見つけるのは効率が悪すぎる。

(やはり、怪盗は革命政府と繋がりがある。ジュリアンナを攫ったことにどんな意味があるのかは分からないが、俺が目指す場所は変わらない)

俺は木箱からチップを取り出すと、無造作にポケットに突っ込み、荷物を持って、本来ジュリアンナと乗る予定だった帝都行きの辻馬車へ乗り込む。

本当は馬でも買って、いち早く帝都へと駆け出したかったが、目立つ真似はできない。

(……待っていろ、ジュリアンナ)

俺は寂しがり屋で意地っ張りな可愛い婚約者を想いながら、速度の遅い馬車に揺られる。

結局、俺が帝都に着いたのは、ジュリアンナが攫われて二日後のことだった。


帝都三番街は思っていたよりも治安の悪いところだった。

商業が盛んではないが、それなりに営まれている。しかし、商人たちはどこか目に怯えを滲ませて活気がない。代わりに、街を我が物顔で彷徨《うろつ》く見るからに粗野な連中が目に付く。

（……ローランズ王国へ出兵したことで、帝都を守る軍人が少なくなったのか。普通は国の拠点を疎《おろそ》かにしてまで戦《いくさ》を仕掛けることはないんだがな。皇帝は破滅願望でもあるのか？）

俺はディアギレフ帝国の王家に疑念を抱きながら、目立たないようにフードを被った。

（とりあえず、情報収集をしてキールたちと合流を――――）

「動かないでください」

淡々とした女の声がしたかと思えば、殺気と共に、背中にピタリと堅いものが突きつけられる。おそらく、ナイフの類いだろう。

俺は振り返ることもなく、小さく息を吐いた。

「その声は……マリーか。ご主人様の婚約者に刃を突き立てるなんて、どういう了見だ？　まあ、俺をこんなにも早く見つけられたのは、さすがジュリアンナの侍女といったところだが」

「皮肉は結構。お嬢様はどうしたのですか？」

「キールとモニカも一緒か？　そのことを含めて、全員で相談したい」

「……お嬢様は無事なのですか？」

僅かに声を震わせてマリーは俺に問いかけた。

無事だと言ってやりたいが、生憎《あいにく》、優しい嘘というのは好きではない。だから俺はマリーに目の前で起こった事実と、推測を話すことにする。

「ジュリアンナは……二日前に正義の怪盗に攫われた。おそらく、革命政府のところにいるのだろう」

「貴方がいながら――いいえ、これはわたしがお嬢様のお側を離れたからですね。失態です」

マリーは悔しそうにそう言って、武器を降ろした。

そして俺はゆっくりと振り返る。すると、深い藍色の髪の少女がこちらへ駆け寄ったのが見えた。

「マリーさん、堅パンを片手に持ったりしてどうしたんですか？　そちらの方は……もしかして、エドワード殿下⁉　よくぞご無事で」

モニカは買い物袋を抱えながら、泣きそうな顔で俺との再会を喜んだ。

しかし、俺はモニカに応えることもできず、視線はマリーが持っている、細く長い堅パンに向けられる。

「俺の背中に突き立てたのは……堅パンだったのか？」

「ええ、堅パンです。それ以外に何があるのですか？」

俺は堅パンとナイフを勘違いしていたことに気がつき、羞恥と怒りがフツフツと湧いてきた。

「……さすがジュリアンナの侍女だ。良い性格をしているな……！」

「お褒めに預かり光栄です」

マリーは無表情でそう言うと、侍女らしくスカートを摘まんで小さく礼をとった。

……薄々気づいてはいたが、どうやら俺とマリーの相性は最悪らしい。

俺はマリーとモニカ、そしてキールの泊まっているという宿へと向かった。

宿は流れの商人や旅人の泊まる、標準的な値段のところで、俺はマリーとモニカにキールの部屋へと案内される。

「よう、エド！　遅かったな」

王宮にいるのと変わりない態度のキールを見て、俺は呆れた目を向けた。

「暢気なものだな」

「考えるのはオレの仕事じゃないからな！」

「胸を張って言うことか。……皆、無事で良かった」

俺は少しだけ肩の力を抜いたが、すぐに背筋を伸ばす。

そして一人一人の顔を見て、馬車が襲撃されてから川に落ち、旅芸人を演じながら帝都へ向かったこと、最後に滞在した街で怪盗にジュリアンナが攫われたことを話した。

俺がすべて話し終えてから、マリーは静かに……しかし、ハッキリと呟いた。

「つまり、お嬢様を助けるためには、革命政府に殴り込めばよろしいのですね」

「それは良い考えです、マリーさん。ジュリアンナ様を取り戻せて、話し合いも楽に進められそうな完璧な計画です！」

「分かりやすくていいな！」

（……俺とジュリアンナの護衛たちは、こんなに攻撃的だったか……？　元の性格だった気もしなくはないいんだが……）

窮屈な他国での生活で、キールたちも鬱憤《うっぷん》が溜まっているのかもしれない。

俺は特に反対する理由もなかったので、このまま話を続けることにした。

「革命政府が指定した日付は明後日だ。ここは奴らの領域。俺たちを見つけるのも時間の問題だろう。だが、できれば期日の前に革命政府を見つけ出したい」

「エドワード殿下とジュリアンナ様のことも、怪盗さんは知っていたみたいですし、私たちの顔も向こうは把握しているかもしれませんね」

モニカはそう言うと、手描きの地図を取り出した。

どうやら、俺が来る前にこの三番街を詳細な地図に描き起こしていたらしい。

「三番街の地図を描いてみました。見てください。三番街は大きく四つの区域に分かれています。エドワード殿下が馬車を降りたところが商業区、私たちが今いるのは宿屋通り、その隣に位置するのが帝都の住民が暮らす居住区、そして少し離れたところにあるのがスラムです」

モニカが指を差した区域を見ながら、俺は考えをまとめる。

（……革命政府は必ず三番街のどこかにいて、俺たちとの交渉に備えているはずだ。奴らが隠れるとしたら……スラムか商業区か？）

俺は一番情報を得ていそうなマリーに視線を向けた。

「マリー、スラムと商業区に革命政府の手の者が潜伏していそうな場所はあったか？」

「スラムは入れ替わりが激しい場所なので、革命政府が潜伏していたとしても、見つけるのが困難です。ただ……お嬢様を連れているのだとしたら、商業区に隠れていると思います。人の往来が激しく、人や物を隠すのには打って付け。何より、貴人が紛れていても目立ちにくいですから」

「……なるほどな」

元暗殺ギルド出身とあって、マリーの考えは王家から身を隠す革命政府の理にかなっている。

「革命政府の潜伏先は分かるか？」

「いいえ。それらしい人間は見かけませんでした。変装に長《た》けた、少数精鋭で潜伏しているのかもしれません」

「そうなると……キールの出番だな」

俺が呟くと、キールは目をぱちくりとさせた。

「オレも革命政府の奴らの隠れ家なんて分からねーよ」

「昔からキールの野生の勘だけは信用している。臭いところを嗅ぎ分けるのは得意だろ？　なあ、俺の番犬」

「照れるなぁ！　オレにドンと任せてくれよ」

キールは大きく声を上げながら豪快に笑った。うるさい。

（……実際、キールが適任だしな）

キールの率いていた第三師団は襲撃に特化した部隊で、視察に出向く度に大きな捕り物をして、ローランズ王国の治安維持に大きく貢献していたのだ。

そんなキールの実績を知らないマリーとモニカは、ジトッとした目でキールを見ながら呟いた。

「不安しかありません」

「不安ですね」

どうやら帝都までの旅路の中で、キールは彼女たちの信頼を勝ち取れなかったらしい。……まあ、それはなんとなく俺も理解できた。

こうして、俺たちの革命政府の拠点探しが始まった。


怪盗はわたしを攫った後、道端に停めてあった上等な馬車にわたしを押し込めて姿を消してしまう。

御者は怪盗の息がかかった者で、事務的な言葉しか交わさず、満足な情報を得ることができないまま二日間も馬車に揺られていた。

わたしは怪盗のねぐらと思われる帝都の建物に連れてこられると、これまた無口な侍女たちに風呂に入れられ、ドレスを着せられ、飾り立てられていた。貴族に対するもてなしなのだろう。

(……少しは情報が欲しいところだけど)

帝都に着いてから建物に入るまで目隠しを付けられていたので、わたしはここがどこなのか分からない。わたしが押し込められた部屋は、貴族というよりは裕福な平民の家のような内装だ。

「髪型はゆるく纏まっているものがいいわ。アクセサリーは派手なものよりも華奢なものでお願い」

「……」

染料が落とされてすっかり元に戻った髪を拭く侍女に、わたしは遠慮なく要望を伝える。

わたしを攫ったことが交渉の人質にすることだったとしても、これくらいの我が儘は許されるはず。されるがままでなく、自分で選び飾り立てたのであれば、これから行われるであろう話し合いに挑む気概が持てるというものだ。

「ありがとう。とてもよい腕ね」

「……」

よほど厳しく躾けているのか、侍女はわたしのねぎらいの言葉にも反応することなく、一礼して部屋を去って行く。もちろん、部屋の鍵を締めるのも忘れない。

（……前途多難ね。エドワードがわたしを見つけてくれる前に、少しでも情報を集めて有利な状況を作りたかったのだけど）

わたしは窓際に置かれたソファーに腰掛ける。

窓は曇りガラスになっていて、外の様子を窺うことができない。分かることと言えば、今が日中で天気が晴れだということだけだ。

「本当に淡い金色の髪に、深い紫色の瞳を持っているんだ。お姫様のようだ……って、君は本来姫となってもおかしくない身の上だったか」

「……貴方が怪盗の正体だったの？　わたしも騙されたものね」

「驚いた？」

音もなく鍵を開けて、怪盗――酒場の店主は、己の優位を示すように悠然と微笑む。

わたしは会話の主導権を渡さないため、淑女らしく凛然《りんぜん》と相対する。

「女性のポケットに物を入れるなんて、礼儀がなっていないと思うのだけど？」

「そう？　でも私は平民だから。お姫様の礼儀を説かれてもね。トランプが予告状に変わっているなんて、結構ロマンチックな演出だと思うけど。それに、君とエドワード王子のイカサマを黙っていてあげただろう。私に感謝するところじゃない？」

「あのポーカー勝負で一番得したのは貴方でしょう？　さぞ、あの日の売り上げは良かったでしょうね」

「そりゃもう、新しい怪盗の仮面を買ってしまうほどにね」

怪盗は仮面を見せびらかしながら、わたしと向かい合うかたちで座った。

侍女がテーブルの上にお茶とお菓子を置いていくが、わたしはそれらに一切手を付けず、ただ真っ直ぐに怪盗の瞳を見つめた。

「そんなに熱心に見られると照れてしまうんだけど？」

「嘘つきは目を合わすと逸らすのよ」

「へぇー。でも私は嘘なんてつかないから、お姫様に見つめられると嬉しいね」

怪盗は面白がって、頬杖をつきながらわたしを見る。

茶番に付き合うのも馬鹿らしいので、わたしはさっそく本題に移ることにした。

「知っているようだけど、わたしはルイス侯爵家が長女ジュリアンナよ。けれど、場合によっては、ただのジュリアンナになるわ」

「都合が良いんだね」

「なんとでも。それで、貴方の名前は？」

「私の名前はイヴァン。ただの怪盗さ」

わたしは目をスッと細めた。

「……革命政府と繋がりがあるというのに、貴方が〝ただの怪盗〟ですって……？」

「なんとでも。私は怪盗としての生き方を曲げたことはないし、これからも曲げるつもりもない。革命政府については、今は話す気もないしね」

「話す気がない、ですって？」

「まだ役者が揃わない。君の王子様もそうだし、私の協力者たちもね」

イヴァンはそう言うと、お茶とお菓子を楽しみ始める。

これ以上追及しても、イヴァンはわたしに革命政府のことを話す気がないのだろう。

(手荒な扱いをする気配もないし、ひとまずはエドワードが来るまで待ちましょう。イヴァンもそのつもりみたいだし)

わたしはティーカップを持ち、毒が入っていないか念入りに香りを嗅ぐ。茶葉の爽やかな香りしかしないことを確かめると、少しずつお茶を飲み始めた。

「エドワードはいつ頃こちらへ来るの？」

「彼が街に着いてからだから……数日中だろうね」

「それまで暇ね」

そう呟くと、イヴァンはキラキラした目でわたしを見る。

「だったら私とお話ししようよ。ジュリアンナとはずっと話をしたいと思っていたんだ！」

「話……？」

呆気にとられるわたしを気にすることもなく、イヴァンは続けた。

「今は戻っているみたいだけど、瞳の虹彩はどうやって色を変えていたんだ⁉」

「特別な目薬を開発させたの」

「譲ってくれ！」

イヴァンは捨てられた子犬のような目をしながら、わたしの手を握った。

そしてわたしは、すぐに振り払った。

「嫌よ。わたしも質問があるわ。酒場の店主と怪盗では、雰囲気も仕草も異なっていた。完璧に演じていて、わたしでも騙されてしまったわ。どこかで訓練を受けたの？」

「親父からな。まあ、根っからの演技者の家系ってこともあるけど」

「演技者の家系……わたしは独学で演技を身につけたの。どのような訓練をするのか気になるわ」

「おい、独学であんな完璧に旅芸人を演じていたのかよ。今更教えることもないように思えるが……少し私と演じてみるか？」

「いいわね！」

わたしとイヴァンはソファーから立ち上がると、即興で演技を始めた。

演目はローランズ王国のみならず、ディアギレフ帝国でも有名な騎士物語で、ふたりで何役もこなして演技を楽しんでいく。

そして二時間ほど経ち、物語はついにラストシーンへと突入する。

「姫様……漸く貴女の手を掴むことができた」

イヴァンは蕩けるような笑みを浮かべて、わたしの手を取った。

わたしは目を潤ませて、彼を見上げる。

「わたくしを助けるために、こんなにボロボロになるなんて……貴方は馬鹿です。大馬鹿者です……！」

「大馬鹿者で構いません。俺は世界で一番愛する姫様を救い出すことができたのですから」

「騎士様、わたくしも貴方をお慕い――――」

主人公の騎士とヒロインのお姫様が再会するシーンを演じていると、何やら部屋の外が騒がしくなった。

熱中していたわたしとイヴァンが訝しんでいると、扉が大きく開いた。

それと同時にボロボロになった男が投げ入れられる。

男の顔を見て、わたしは目を見開いた。

「灰猫⁉　なんで、こんなところに……」

灰猫はわたしをローランズの王宮に連れて行った後、新しい雇い主の下へ行ったとマリーが言っていた。彼の雇い主はイヴァン……もしくは、革命政府なのだろうか？

灰猫に疑念を抱いていると、複数の足音がこちらへ近づいてくる。

「ジュリアンナ、無事か⁉」

「お嬢様、ご無事ですか⁉」

現れたのはエドワードとマリーだった。

無事に再会できた喜びが沸き上がるが、エドワードは怪訝な顔でわたしを見る。

「……ジュリアンナ、その手はなんだ……？」

驚きと嬉しさで忘れていたが、わたしはイヴァンと向かい合わせで手を握り合っていた。

「な、なんでもないわ」

わたしは慌ててイヴァンから離れる。

すると、エドワードが何かを恐れるように、わたしを強く抱きしめた。

「……お前を失ってしまうかと思った」

「大袈裟ね。わたしはここにいるわ」

「行動力があるのは素晴らしいが、あまり心配をかけるな」

エドワードはわたしの頬に手を添えると、柔らかな笑みを見せる。

「それで？　何故、見知らぬ男と手を握り合っていた」

一気にエドワードの笑みが氷点下に落ちた。

ばつの悪くなったわたしは彼から目を逸らそうとするが、ガッチリと顔を掴まれて身動きがとれない。わたしは諦めて、エドワードの双眸を見つめる。

「エドワードも彼とは初対面じゃないわ。ポーカーゲームをした酒場の店主よ。……正義の怪盗の正体でもあるけど」

「……目立った特徴がないから、顔なんて覚えていなかったな。……俺の妃と知って、ジュリアンナに手を出そうとしていたのか？」

エドワードはイヴァンを睨み上げた。

だがイヴァンはそれに堪《こた》えた様子はない。

「そんな恐れ多いことはしませんよ。私とジュリアンナ様は演技で遊んでいただけです。いやはや、よい友人になれそうだ」

「……ジュリアンナと友人に、だと？」

「もちろん、エドワード王子ともですよ。貴方がジュリアンナ様を追いかけてくる人で良かった」

イヴァンはひとしきり笑うと、エドワードに一礼した。

「私の名はイヴァン。怪盗業を営んでおりますが、その傍《かたわ》らで革命政府の指導者なんかもやっております。この度は突然の招待に応じていただき、恐悦至極に存じます」

「……怪盗が革命政府の指導者ですって？」

「俺たちをここに来させた理由はなんだ？」

わたしとエドワードがイヴァンに疑問を投げかけた瞬間、部屋の中が暗闇で満ちる。

窓を見ると、いつの間にか外からシャッターを閉められていた。

「敵襲か⁉」

「お嬢様、私の後ろにお隠れください」

「分かったわ、マリー」

暗闇の中だが、ぼんやりと見えるマリーの背中を見てわたしは少しだけ安心した。

廊下からカツンカツンとピンヒールで歩く音が聞こえる。

その音は徐々に近づき、開け放たれた扉から真っ黒い喪服を着た女が、ランタンを持って現れた。

「理由？　人が命を賭けるのは、愛のためと創世記から決まっているだろう。だから私は物語を紡ぎ続けるんだ」

「カ、カルディア⁉　貴女、どうしてディアギレフ帝国にいるの！」

喪服の女は、わたしの親友……カルディア・レミントン前男爵夫人だった。

何故、どうしてと、疑問が尽きないが、カルディアはいつも通りに艶然《えんぜん》とした笑みを浮かべるだけで、わたしの質問には答えてくれない。

「さあ、軍師殿。そろそろ登場のお時間だ」

カルディアがパチンッと指を鳴らすと、今度は天板が外れて大きな人影が降りてくる。

「アンナと殿下が到着したから、やっと私も楽ができそうで安心したよー」

（……このやる気のない言動は、まさか……嫌な予感がするわ）

本能が警告した通り、カルディアのランタンで照らされた人影の顔は、わたしのよく見知った男だった。

「テオドール。お前はオルコット領で戦の指揮を執《と》っているはずだろう！」

「えぇー。そんなに怒らないでよ、殿下。耳がキンキンするよー」

エドワードがテオドールに掴みかかるが、彼は耳を押さえてヘラヘラと笑っているだけだ。

カルディアとテオドールのふざけた態度に怒りの沸点が越えたわたしは、できるだけ穏やかに優しく微笑んだ。

「テオ、カルディア、こんなところで何をしているのかしら？」

「「ちょっと隣国を革命しに」」

「そこに直りなさい！」

「「はいぃぃいい！」」

扇子《せんす》で自分の手のひらを思い切り叩くと、カルディアとテオドールが怯えた目をしながらわたしの前に正座した。

「軍師殿のおかげで、アンナを怒らせてしまったよ。アンナの説教は、うんざりするほど長いんだ」

「そんなの小さい頃から兄妹同然に育ってきた私もよく知っているよー。アンナの説教は長いだけじゃなくて、ネチネチと正論を吐くし……とにかく最悪なんだ」

「確かに軍師殿の言う通りだ。真っ当な意見ほど耳に痛いものはないね」

「そうそう。真っ当に生きるって疲れるし、面倒くさいのにねー」

「退屈だろうに」

テオドールとカルディアは、不服そうにコソコソと囁き合っている。

「何故、説教を受けなければならない事態になったのか、自分の胸に聞いてみることね」

わたしが見下ろしながらそう言うと、テオドールとカルディアは自分の胸に手をあてて、示し合わせたかのように首を傾げた。

「「何故？」」

「どうして分からないのよ……！」

わたしが頭を抱えると、イヴァンがけらけらと笑い出す。

「そんなに怒らないでよ、お姫様。彼らなりの理由がちゃんとある。話を聞いてやってくれ」

「………分かったわ」

「エドワード王子もそれでいいよね？」

「聞かない訳にはいかないだろうな」

エドワードの一言で、テオドールとカルディアは正座から解放される。

そしてわたしたちは部屋のソファーに座り、調子の狂った状態で革命政府との交渉が始まった。イヴァンとテオドール、カルディアが横並びに座り、向かい合うようにわたしとエドワードが座る。窓はイヴァンによって開け放たれ、部屋は元の明るさを取り戻す。

マリーはわたしの後ろに護衛として控え、傷だらけの灰猫もヨロヨロとした動作でイヴァンたちの後ろに回った。

「イテテッ、相変わらず強いね、黒蝶は。罠を張っていたのに、歯が立たなかったよ」

灰猫がそう言った瞬間、彼の顔の脇を銀色の影が掠《かす》める。灰猫の後ろの壁にフォークが刺さっていた。

「次にその名前を口にしたら、貴方の臓物を引きずり出してパスタにします。味はミートソースでいいですか？　もちろん、具だくさんにします」

「……ごめん」

灰猫はカルディアの後ろに隠れて呟いた。

わたしは灰猫の行動を見て、カルディアにうろんな目を向ける。

「……灰猫の新しい雇い主はイヴァンではなく、カルディアなの？」

「そうだね。護衛もちょうど雇いたかったし、何より彼は経歴も性格も面白い。いいネタになると思ったんだ」

「カルディアの行動原理は面白い、ネタになる以外にないの？」

「安心していい。私の一番のネタはアンナだからね。君の周りは騒がしくて、退屈しない。さあ、第二王子殿下との逃避行での出来事を包み隠さず話しておくれ！　私が面白おかしく脚色して、最高の物語にしてあげるから！」

「どうして貴女はネタが絡むと話が通じないのよ！」

わたしは興奮するカルディアに向かって叫んだ。

すると隣に座っていたエドワードが、訝しむようにわたしとカルディアを交互に見た。

「ジュリアンナとレミントン前男爵夫人は、随分と打ち解けているようだが友人なのか？　……王都教会の潜入で、レミントン前男爵夫人の身分を借りていたのは知っていたが、親しくなるほどの共通点を見いだせない」

エドワードの言いたいことも分かる。

わたしはルイス侯爵令嬢として、社交界の中心であり続けてきた。片やカルディアは、家督争いを嫌って貴族社会から遠ざかって修道女となった後に、年の離れた男爵と結婚。男爵が死んでからは莫大《ばくだい》な遺産を相続した未亡人として、社交界で酷い噂を流されていた。

あまりに異なる境遇。

わたしとカルディアが貴族として心を通わすことなんて、普通に考えたら不可能だ。

エドワードも、王都教会でカルディアの身分を借りることができたのは、何かしらの取引があったからだと思っているに違いない。

「カルディアは、わたしの……かけがえのない親友よ」

「そうだね。身分なんて、私とアンナの間に意味をなさない。昔も今もこれからも」

カルディアは何があっても、わたしを裏切ったりしない。そしてわたしもカルディアを裏切らない。誰もが分厚い仮面を被った社交界の恐ろしさを知っているわたしたちは、血の繋がりも派閥による制約もない状態でできた友の尊さをよく知っている。

「そこまで言うのなら、俺もレミントン前男爵夫人を信じよう」

「私も第二王子殿下を信じるよ。あれだけ頑なだったアンナの心を溶かした人だからね。是非とも良い関係を築きたいものだよ」

カルディアはそう言うと、妖艶な笑みを浮かべた。

わたしにはどう見ても、面白いネタの供給源が増えたとほくそ笑んでいるようにしか見えない。

「それでカルディア。どうして貴女がディアギレフ帝国にいるの？　王家に黙って革命政府に協力しているなんて、ローランズ王国への反逆と見なされてもおかしくないのよ」

「それは分かっているよ、アンナ。だがね、ローランズ王国とディアギレフ帝国の戦争が本格的に始まれば、どちらかが滅ぶまで止まらないだろう。泥沼の戦争の果てに勝利を手にできたとして、何が残る？　栄光だの、名誉だの、そんな幻なんかでは誤魔化されない。残るのは疲弊《ひへい》した国土と民、苦渋に満ちた未来だけだ」

カルディアは珍しく苦々しい顔でそう言ったが、次第に瞳に強い意志が宿る。

「私はね、そんな未来を受け入れられない。レミントン男爵家の家族を……アンナを……少しでも守りたかった。革命政府の噂はレミントン男爵家の経営する商会から聞いていたし、帝国のオルコット領攻撃と同時にパトロンとなって支援を始めたんだ。お金ならいくらでもあることだしね。

お節介だったかい？」

「いいえ。こうして革命政府が、ローランズ王国が利用したいと思えるほどの規模になったのは貴女のおかげよ。……一言、わたしに相談して欲しかったけれど」

「それでは面白くないじゃないか！　刺激的な演出が足りない！」

「……本当は、面白そうなネタになるから革命政府に介入したんじゃないの？　ディアギレフ帝国に来たのは、本来の仕事から逃げるためじゃないの？」

わたしがジトッとした目で問いかけると、カルディアはあからさまに目を逸らした。

そしてエドワードに一冊の本を渡す。

「さあ、第二王子殿下。お近づきの印にわたしの本をあげよう。アンナの要望通り、サインも書いてある」

（……そう言えば、カルディアに新作ができたらサイン本をエドワードとリリーに渡したいってお願いしていたんだったわ）

サモルタ王国へ向かう前の約束を思い出し、わたしは少し不安になった。サイン本を融通してもらう対価を何にするのか、カルディアとまだ話し合っていない。

（……絶対にエドワードとのことを根掘り葉掘り聞かれる……！　カルディアに借りなんて作るんじゃなかったわ）

カルディアは、貴族夫人以上の噂好きだ。

わたしは一気に心が重くなった。

「……これは、アドルフ・テイラーの本か？　レミントン前男爵夫人が作者だというのか？」

エドワードは驚愕の表情を浮かべる。

それもそうだろう。アドルフ・テイラーといえば、ローランズ王国のみならず、他国でも知名度のある一流の作家だ。それがこんな、面白さのためなら隣国の革命にも力を貸す変人だとは思うまい。

「ふふっ、私のすごさが漸く分かったかい？　広報活動は任せてくれたまえ。革命政府の脚本家である私が、劇的な革命の物語を紡いであげよう」

（……カルディアが金銭的な支援と情報操作が主な仕事だとすると、テオドールは……）

わたしがテオドールを見ると、彼は頬杖をつきながら退屈そうに欠伸《あくび》をしていた。どうやら早々に話し合いが面倒になったらしい。

エドワードもその状態に気がつくと、テオドールの頭を軽く叩いた。

「まだお前が革命政府にいる言い訳を聞いていないぞ。国の要職についていないレミントン前男爵夫人とは違い、お前はローランズ王国軍参謀本部に所属しているんだ。無断で他国に行っていたとなると、問題が生じる」

「そんな裏切り者みたいな言い方をしないでよ、殿下ぁ」

テオドールはテーブルにぐったりと身体を預けながら、クルクルと人差し指を回し始めた。

「私がここにいるのはオルコット公爵家の総意だから、責任とかは御爺様と父上に言ってよ。それにローランズ王国を裏切ろうと思ったんじゃない。争いを終結させるために行動しただけだ。前線にいるのはオルコット軍なんだから、いくら殿下とはいえ、戦術に口を挟まれるのは嫌だなー」

「ライナスは俺とアンナがディアギレフ帝国へ行くことに賛成していた。それも、テオドールがここにいることと関係しているのか？」

「戦慣れした御爺様と優秀な指揮官の父上がいる時点で、私がオルコット領にいてもあまり意味がないし、試しにディアギレフ帝国の内情を探っていたんだ。それで偶然、レミントン前男爵夫人が革命政府を支援しているのを知ってね。オルコット公爵家は共犯者になった。ローランズ王国が勝つために」

テオドールは気の抜けた表情でそう言うと、再び欠伸をした。

「ディアギレフ帝国の親書に革命政府の招待状を紛れ込ませたのは、お前の指示か？」

「そうだよー。使者がローランズ王国の宿に泊まっているときにちょちょいとね。殿下なら、絶対に来てくれると思った。まさか、意地っ張りのアンナまで来るとは思わなかったけど。私は運がいいねぇ」

「……テオ、エドワードとわたしを必要とする理由は何？」

「お二方には、魔女を救ってもらいたい」

わたしの問いかけに答えたのはテオドールではなく、イヴァンだった。

「魔女……招待状の詩に書いてあったわね。イヴァン、貴方は一体何を考えているの？　長年の敵国の力を借りて革命を起こそうとするなんて、理解不能だわ」

「そうですね。国の現状を憂い、真に民を幸せにしたいと願う志高いディアギレフ帝国民ならば、他国の者の支援なんて受けないし、ローランズ王国に借りを作るような行動も起こさない。でも、私は怪盗だ。革命政府だって、私が宝を手に入れるための手段に過ぎない。正直に言うと、この国がどうなろうと知ったことではない」

イヴァンの言葉に、わたしは背筋がスッと冷たくなる。

欲しいもののためなら、革命を起こすことも厭《いと》わないなんて、怪盗とはどれだけ強欲なのだろうか。

（……何より、わたしたちと考え方が大きく異なるわ。革命政府と協力関係を築くのであれば、彼の盗みたいものが重要になる）

場合によっては、イヴァンはこちらとの約束を平気で破る。信用ならない相手……しかし、革命政府を利用できれば、ディアギレフ帝国に大きな打撃を加えることに繋がる。カルディアとテオドールの力を積極的に取り入れる辺り、革命政府はローランズ王国との共闘関係だけでなく、その後の友好を築いてくれるかもしれない。

……革命政府との利害が一致するかは、イヴァンの望みにかかっている。

「革命までもが手段と言い切るお前に問おう。怪盗イヴァン、そこまで手を尽くして手に入れたい宝とはなんだ？」

エドワードは国を守る王族として、覚悟を持った瞳でイヴァンを射貫く。

イヴァンは怯まずそれを受け止めた。

「私が欲しいのは、不吉と災厄の名を持つ魔女――ディアギレフ帝国第四皇女アヴローラ。滅びを受け入れようとしている彼女の……すべてを私は手に入れたい」

「……詳しい話を聞こうか」

エドワードの言葉にわたしも頷いた。

ディアギレフ帝国の皇族には、皇太后《こうたいごう》と三人の皇女、そして成人していない皇帝がいたはずだ。第四皇女は存在を公表されていない。

（魔女がディアギレフ帝国の皇女だとするなら、イヴァンが成し遂げようとしている革命の終着点はどこなの……？）

アヴローラ第四皇女を目的とするのなら、恨みから皇家を討ち滅ぼし、自らが皇帝となるような革命ではないだろう。しかし彼は一流の怪盗だ。アヴローラ第四皇女を攫うことだって不可能ではない。

ならば、革命という面倒な行程を辿り、アヴローラ第四皇女をエドワードとわたしに救わせる意味は？

――そしてイヴァンは静かに語り出す。

「ディアギレフ帝国は無用な継承争いを少しでも防ぐため、一夫一妻制を取っている。しかも、皇帝になれるのは、男子のみ。それ故、皇妃の世継ぎへの重圧は計り知れない。四人目の子も娘だと知った先の皇妃は精神を病み、第四皇女を存在しない者として扱い、不吉と災厄を表す名を与えて魔女と呼んだ」

「それはアヴローラ皇女のせいではないわ。でも皇妃は……彼女に罪を求めたのね」

皇妃が直面した世継ぎの問題は、皇家へ嫁いだ女性ならば誰しもが経験することだろう。わたしだって、エドワードの婚約者となったからには他人事ではない。

「皇妃は魔女を罵り、暗い塔へと閉じ込めた。しかし、魔女はそれを恨まなかった。むしろ、自分が女性として生まれてきたことを嘆いていたよ。姉の三人の皇女は、魔女に心からの愛情を与え、念願の皇子が生まれて皇妃が落ち着きを取り戻し始めていたから……彼女は魔女であることを受け入れていた。私がアヴローラと出会ったのもその頃だった」

イヴァンはアヴローラ第四皇女に思いを馳《は》せているのか、眩しそうに目を細めた。

「彼女は塔を抜け出し、民に紛れて見識を広げていた。民の食べるものを、生き方を学び、それを身体の弱い弟皇子に聞かせることを喜んだ」

アヴローラ第四皇女は皇族として蔑《ないがし》ろにされても、気高さと優しさを忘れなかった。生まれついての皇族なのだろう。

（政略の道具として意味を持って生まれたわたしと、生まれた瞬間に意味をなくされてしまったアヴローラ第四皇女……正反対ね。……彼女もわたしと同じで自分が生まれてきたことを憎んだことがあったのかしら）

抱く気持ちは同情でも憧憬《しょうけい》でもない。

ただアヴローラ第四皇女の人としての在り方を、わたしは尊敬する。

「私は時折会う友人としてアヴローラと街を駆け抜け、共に笑い、喧嘩をし、その度に仲直りをして絆を深めた。やがてその気持ちは私の中で〝恋〟という感情に変換される。アヴローラが魔女だということを知っても、私が怪盗であることを知られても、その想いは変わらなかったよ」

「……イヴァンとアヴローラ第四皇女は恋人なの？」

「違うが……想いを伝え合ったことはある。だけどアヴローラは、皇族の罪の責任を取るために自ら塔に囚われ続けることを選んだ。彼女は母親に魔女として蔑《さげす》まれ、皇女として扱われたことはなかった。それなのに……魔女であるアヴローラが責任を取るなんて、おかしいだろう……？」

イヴァンは酷く冷たい目をしながら、ゾッとするような笑みを浮かべる。

エドワードは眉間に皺を寄せた。

「皇族の罪とはなんだ？」

「……導師グスターヴを城に招き入れたことだよ」

「導師ですって⁉」

サモルタ王国で暗躍していたディアギレフ帝国の刺客、レオノーレ・ダムマイヤー伯爵令嬢は、死に際に導師という人間に向けておぞましい祝福の言葉を祈り叫んでいた。あれほど恐ろしい光景をわたしは忘れることはできない。

わたしは緊張した面持ちでイヴァンの言葉を待つ。

「身体の弱かったセラフィム皇帝は、帝位を継いだ後すぐにある奇病にかかった。それを治療するために呼ばれたのが、導師グスターヴ。奴は医学の知識を持った敬虔《けいけん》な信徒を装い、まずは皇太后に取り入って政治をほしいままにし、やがてディアギレフ帝国の全権を握った。そして用済みとばかりに皇太后と皇女を殺した。それによって元々進んでいた国の荒廃が加速したんだ」

「……皇太后と皇女たちの死は、周辺国……いいや、帝国内ですら公表されていない。本来ならば、イヴァンの情報をまずは疑うところだが……確かに、適齢期を迎えた皇女が一人も婚姻を結んでいないのはおかしいな」

「そうね、エドワード。広大な領地を持つ帝国ならば、尚のこと皇女を政略結婚させるはず。……残った皇族は、セラフィム陛下とアヴローラ第四皇女だけなのかしら」

嫌な予感がしつつも、わたしはイヴァンに問いかけた。

「病で抗う気力のない操り人形と、正統な血を持ちながら権力と切り離された予備……そう考えられて、セラフィム皇帝とアヴローラは生かされている」

「イヴァン。アヴローラ第四皇女は、皇族としての責任をどのように取るつもりなの……？」

「セラフィム皇帝の命は長くない。彼が死んだ後はアヴローラが皇帝に祭り上げられるだろう。そうしたら彼女は隙を見て、導師グスターヴを殺すために行動する。それができなければ……新しく王となることを望んだ勇者に諸悪の元凶として討たれ、民に希望を与える革命の礎《いしずえ》となるはずだ」

「……魔女を救うは王の覚悟か。イヴァンはアヴローラ第四皇女を死なせたくないんだな？」

エドワードが問いかけると、イヴァンはしっかりと頷いた。

「そのために導師グスターヴに不満ある者たちに声をかけ、革命政府を作り上げた。不幸な境遇を持つ魔女を旗頭《はたがしら》に、革命を成し遂げる。……だがそれにはアヴローラの協力が必要だ。彼女の心を動かせるのは同じ国を背負う者であり、革命の後ろ盾となれる存在……そして長く協力関係を築けるであろう、次期ローランズ王と王妃――エドワード王子と婚約者のルイス侯爵令嬢の他にいないと思った」

「確かに、不遇の皇女が国を憂えて立ち上がるのであれば、まったく新しい血筋の人間が皇帝になろうとするよりも、ローランズ王国は力を貸しやすい。だが……お前は革命後のことを考えているのか？　国とは、皇帝が立っただけで廻るものじゃない」

「アヴローラを手に入れられるのなら、私の残りの人生すべてを捧げたっていい。国を支えるぐらい、やってのけるさ。アヴローラが望む平和を作り出してみせる」

イヴァンの強い覚悟を見て、エドワードは口角を上げた。

「では、交渉成立だ。ローランズ王国は革命政府の平和への願いを支援する。末永い友好関係を築こう」

「利害関係の間違いじゃないのか？　でもまあ、よろしく」

エドワードとイヴァンはお互いに手を差し出し、固い握手を交わした。

ひとまず、革命政府とローランズ王国の利害は一致した。

ディアギレフ帝国とローランズ王国の戦を止める、大きな一歩となるだろう。

「革命政府とローランズ王国が表立って動き出すには、アヴローラ第四皇女の協力が欠かせないわ。

彼女をこちら側へ引き込む作戦をたてないと」

わたしがそう言うと、カルディアが自信満々な顔で立ち上がった。

「それなら、安心してくれたまえ。私と軍師殿で、とっておきで刺激的な作戦を考えておいたよ！」

「……嫌な予感しかしないわ」

「同感だな」

わたしとエドワードは揃って頬を引きつらせた。

第九話　不吉と厄災の象徴

アヴローラ第四皇女の囚われている塔は、ディアギレフ帝国宮殿にあるという。

そのため、わたしたちは早急に宮殿へ潜入しなくてはならなくなった。

アヴローラ第四皇女がいなくなったら、導師グスターヴが精鋭を使って追ってくるだろうとイヴァンが予想していたので、できることならマリーとキール様を連れて潜入したい。

そこでカルディアとテオドールが考えた作戦は――

「お初にお目にかかります、皇帝陛下。今宵は我ら黒猫劇団の演目をごゆるりとお楽しみください」

　わたしとエドワード、それにキール様とマリーはディアギレフ帝国宮殿の宴《うたげ》の間で、深々と頭を下げた。

（まさか、旅芸人を演じていたわたしとエドワードが、皇帝の耳に入るほど噂になっていたとは思わなかったわ）

　セラフィム皇帝は毎夜、楽師や踊り子、旅芸人などを城に招き入れ宴を開いているという情報を手に入れたカルディアとテオドールは、積極的に黒猫劇団の評判を帝都で広めていた。

　イヴァンとの交渉の後、黒猫劇団がマリーとキール様を加えた四人態勢で演目を行ったところで、狙い通り役人に声をかけられ、皇帝の前で演目を披露することになったのだ。

「まずは剣舞《けんぶ》からお見せいたします」

　手足に鈴を括《くく》り付け、四人で剣舞を踊る。

　シャンシャンと軽やかな音を鳴らしながら、円を描くように回り、剣を中心に突き立てて華に見立てた。わたしたちの剣舞に、宴の客たちは釘付けだった。

（……あれがセラフィム皇帝と導師グスターヴね）

　剣舞を踊りながら、わたしは一際豪奢な椅子に座る二人を横目で観察していた。

　セラフィム皇帝は病のせいか、十代前半の少年にしては幼く見える。彼の目はがらんどうで、わたしたちの剣舞もただ目に映しているというだけといった様子だ。

（イヴァンの言っていた通り、セラフィム皇帝はお人形のようだわ。……本当に恐ろしい）

導師グスターヴは、一見穏やかそうな普通の男に見える。

歳は五十代半ばぐらいだろうか。白髪交じりの茶髪に、聖職者の服のようにも見える白衣を着ていた。しかし、彼の碧の瞳には、底知れない空虚さをわたしは感じた。

導師グスターヴは満足そうに頷くと、セラフィム皇帝に笑いかける。

「今宵は当たりですね、陛下。これほど洗練された剣舞を平民が踊れるとは……いやはや、旅芸人も馬鹿にできない」

「……そうであるな」

セラフィム皇帝はボソリと抑揚《よくよう》のない声で呟いた。

（こんなにも近くにいるのに、手が出せないなんて……歯がゆいわ）

ディアギレフ帝国の実権を握っている導師グスターヴを排除すれば、ローランズ王国は此度《こたび》の戦に勝利できる確率がぐんと上がるだろう。

しかしそれでは、両国の間に遺恨が残る。さらに厳重な警備の敷かれたこの場所では、わたしたちは皇帝の側まで行くこともできない。

（やはりセラフィム皇帝との直接的接触は諦めて、カルディアとテオドールの計画通り、夜明け前に決行ね）

剣舞を踊り終えると、今度は演劇に取りかかる。

まだ宴は始まったばかりだ。

華やかな宴の後。神に捧げる儀式を行うため、ディアギレフ帝国の実権を握る導師グスターヴは、皇帝の寝室を訪れていた。

血管が脆《もろ》く、出血が起こりやすくなるという奇病に冒されているセラフィム皇帝は、蒼白の顔でベッドに横たわっている。空虚な彼の銀灰色の瞳は、ただグスターヴを見上げるだけ。

しかしグスターヴは、セラフィム皇帝がその心中で自分に怨嗟《えんさ》の念を抱いているのを知っていた。

「では、陛下。儀式を始めましょう」

白檀《びゃくだん》の香油を取り出すと、グスターヴはそれをセラフィム皇帝の額と手足に塗っていく。洗脳に最適な甘ったるい香りが寝室に満ちる。グスターヴは祈りの文言を口にし、ディアギレフ帝国が信仰する戦いと炎の神に祈りを捧げた。

「これでもう大丈夫ですぞ。神が陛下の病を焼き尽くしてくれました」

グスターヴは父性をも感じる穏やかな笑みを浮かべて言ったが、セラフィム皇帝は僅かに顔を顰めた。

「……戯れ言を。余の病が治ることがないということは、お前が一番よく知っているだろう。この血塗られた簒奪者が」

「御母上の洗脳はとても簡単にいったのに、陛下はやはり手強い。皇帝の血筋のおかげでしょうか？　身体は脆く満足に抵抗もできないのに、心はまるで鉄壁の要塞ですな」

「……碌《ろく》な死に方をしないぞ」

セラフィム皇帝の侮蔑《ぶべつ》の込められた視線を身に受けると、グスターヴはくつくつと笑い出した。

その顔に、先ほどまでの穏やかさは感じられない。

「今日は酷く機嫌が悪いのですな、陛下。やはり、宴の旅芸人が気に入らなかったのですか？　陛下を元気づけるために呼んだのですが、その役目を果たせないのならば……殺してしまいましょう」

「やめろ！　無関係な民を巻き込──ゴフゥッ……ゴフォッカハッ」

セラフィム皇帝は咳き込むと、純白のシーツの上に鮮血の華を咲かせた。

苦しむ彼の顔を、グスターヴは無理矢理自分の方へと向けさせる。

「貴方は無力なのですよ。だから御母上の凶行も止められず、我の暗躍を許し、姉上たちを守れなかった。名ばかりの皇帝陛下」

「……くっ、う、ううう」

セラフィム皇帝は悔しさで顔を歪ませながら、涙を流す。

必死に声を押し殺すが、グスターヴを喜ばせるには十分だった。

「ああ……神の僕たる聖職者の我《われ》が、尊き方に屈辱の涙を流させることができるとは。何たる、不幸！　何たる、光栄！　やはり神は人間に祝福も裁きも与えないのだ……！」

グスターヴは聖職者でありながら、神という存在に疑念を抱いていた。

教会では、戦いと炎の神を信仰すれば幸せになれる、人間は生まれながら神に平等な愛を与えられていると説いている。

だが、現実は己が神の信仰と違う。

心清らかな敬虔な信徒だった農民の少女は、口減らしに売られていった。戦に向かう前に神へ祈りを捧げていた青年は、戦地で呆気なく命を落とした。……信仰など糞の役にも立たぬと公言していた商人は、莫大な富と権力を持ち人生の栄華を極めた。

神に疑念が尽きず、しかし答えは得られない。

(本当に神はおられるのか？　それとも、人間が作り出した偶像か？)

戦いと炎の神は、異教徒を許さない。なればグスターヴは、自分が教義とは異なる行動を起こせば、神の怒りに触れて裁きが下り、存在の証明となるのではないかと考えた。

また同時に、戦いと炎の神の存在が偶像である可能性も考えた。故に、グスターヴはその可能性に備えて人智を超えた偉業を成し遂げることに決めた。人々が迷わぬよう、自分が新たな神となって道標《みちしるべ》となるために。

——孤児を意のままに操る私兵へ育て上げ、国を乗っ取り、侵略戦争をしかけたのもすべて、グスターヴが神の存在を証明するためなのだ。

(革命政府とかいう、反逆思想をもった懸念事項もあるが……有象無象《うぞうむぞう》の思想なき寄せ集めが、国家たる我らに敵うはずもない)

貴族共の圧政を見逃して恩を売り、民草から税を搾り取って反発する気力と体力を奪った。だから、グスターヴを皇帝の後見人から引きずり下ろそうとする者はいない。

そんな民草から生まれた革命政府が、潤沢《じゅんたく》な武器と豊富な資源を持つ国を相手取れる訳がないのだ。

「ああ、そんなに泣かないでください。御身に響きます。代わりの魔女がいるとはいえ、陛下にはもう少し生きていただいた方が都合がいい。さすがに皇帝の死まで隠蔽《いんぺい》するのは難しいですからな」

「アヴローラ姉上には手を出すな……！」

先ほどまでの哀れな泣き顔から一変し、セラフィム皇帝は赤くなった目でグスターヴを睨み付けた。

隣国のサモルタ王国とは違い、ディアギレフ帝国の皇族は神聖視されていない。しかし、皇族は国民の頂点に君臨し、神に最も近い人間といえる。だからだろうか、屈服させたと思っても、セラフィム皇帝はふとした時に牙を見せるのだ。

「……ふむ。やはり王というものは興味深い。どれだけの王と異教徒を滅ぼせば、戦いと炎の神は姿を現すのだろうか。これでは、我《われ》が新たな神になる方が早いのではないか？」

祝福でも断罪でもいい。『神』という存在の証明が欲しい。グスターヴは自分ほど神を切望している人間はいないと思っている。

グスターヴはもっとセラフィム皇帝に屈辱を味わわせてやろうと口を開くが、寝室に丁重《ていちょう》なノック音が響いたので、それをすんでのところで呑み込んだ。

「……導師殿。陛下を虐めては可哀想ですよ」

セラフィム皇帝の許可なく寝室に入室したのは、藍色の髪を持つ、涼やかな顔立ちの壮年の男だった。彼の頬には、昔負った傷の名残か、引き攣《つ》れた線が走っている。

「これはこれはロディオン。予定よりも早い到着ですな」

「本当は前線を抜けたくなかったのですが、導師殿の命令では仕方ありません。ロディオン・ベリンスキー、ただいまローランズ王国侵攻の任から戻って参りました」

ロディオン・ベリンスキーはディアギレフ帝国軍にて将軍の位を賜《たまわ》る、誰もが認める最強の武人。グスターヴにとっては、工作員養成の孤児院で育て上げた最高傑作の手駒だ。

グスターヴはロディオンを見て満足そうに頷くが、セラフィム皇帝は顔を真っ青にさせた。

「……ローランズ王国との戦いとはなんだ？　余は何も聞いていない……！」

「ローランズ王国に我がディアギレフ帝国が侵攻したのは、この城の者なら誰もが知っていると思っていたのですが……どうやら、情報の行き違いがあったようですな」

グスターヴは白々しくそう言うと、唖然としているセラフィム皇帝を鼻で笑った。

「我はそろそろ失礼いたします、陛下。ディアギレフ帝国の今後について、ロディオンと話さなくてはいけませんので」

和睦会議に呼びつけたローランズ王国の第二王子を乗せた馬車は、国境付近で見るも無惨な状態で発見された。火薬の痕跡や切り落とされた橋など、争った跡も色濃く残っているが、死体はディアギレフ帝国側でもローランズ王国側でもまだ発見されていない。

（……奇妙なことだ。確実に馬車一台葬れるほどの人数で襲わせたのに、刺客がひとりも戻らないとは）

相打ちにしろ、雇った刺客がなんらかの裏切りを働いているにしろ、対策は練らねばならない。万が一第二王子が生き延びて暗躍していることを恐れ、銀髪に空色の瞳の男を探させたが、それらしい者は見つかっていなかった。

「では、陛下。良い夢が見れるように、神へ祈ってください」

扉を閉じる前に、無力な皇帝のすすり泣きが聞こえたが、グスターヴは振り返りもせず退室した。


夜明け前は警備の者が最も少なく、また、人の思考が一番働かない時間でもあった。

「……手筈《てはず》通り、日が昇る前に動きましょうか」

用意された客室はそれなりに豪華なものであったが、日当たりは悪く、世話を言いつけられている侍女たちは仕事をサボりがち。接遇に関しても最悪だ。

わたしたちのことを、所詮旅芸人だと侮る帝国側の真意が読み取れた。

（でも、わたしたちにとっては、この上ない歓待だわ）

客室は皇族の居住区域とは離れた警備の力が入っていない場所だ。賊に襲われたらひとたまりもないが、こっそりと抜け出すのには好都合とも言えた。

「俺とジュリアンナは、アヴローラ第四皇女が囚われている塔へと向かい、イヴァンと合流する。そして彼女を説得し、最短で塔から連れ出す」

「キール様とマリーは、陽動を担当してもらうわ。いくら夜明け前とはいえ、ここはディアギレフ帝国の根幹を成す場所。危険な役目だけど、警備を少しでも崩したいから……お願いね」

「派手に頼む。俺たちの最も頼れる剣はお前たちだ」

わたしとエドワードは己の忠実な臣下に、たった二人でディアギレフ帝国の精鋭と渡り合えと危険な命令を下す。

キール様とマリーは臆《おく》することもなく、誇らしそうに頷いた。

「エド、お嬢。どーんとオレたちに任しておけ！」

「謹《つつ》んでお受けいたします」

わたしとエドワードは臣下の表情を見て、不敵な笑みを浮かべる。

このふたりがいるのなら、カルディアとテオドールが立てた計画の実行に現実味が帯びるというものだ。

「まずはアヴローラ第四皇女の確保からね。帝国に一泡吹かせてやりましょう！　ねえ、エドワード」

「一泡どころか、こちらは国そのものを壊す予定だがな。それでは行動を開始する。皆欠けることなく再会しよう」

そしてわたしたちは二手に分かれて、ディアギレフ帝国革命への一歩を踏み出したのだった。

断続的な爆発音が少し離れた場所から響く。

どうやらマリーが持ち込んだ爆薬を使って、順調に陽動作戦を行っているらしい。わたしとエドワードは薄闇に紛れて隠れながら塔へと向かっている。時折見かけた兵たちは、こちらなど見もせずに爆発音のする方へと慌ただしく走っていった。

そんな彼らを見て、わたしは首を傾げた。

警備の兵たちの行動は、わたしたちとしては有り難いことだが、些《いさか》か疑問が残る。

「……塔の近くは警備が杜撰《ずさん》ね。確かにアヴローラ第四皇女は国民にも秘された存在で、危険を冒してまで攫おうとするのはイヴァングらいだけれど……」

不測の事態が起きた時、見張りの兵士が現場へ急行するのは普通のことだ。ただし、最低限の警備を残すのは当たり前のはず。

わたしの考えに気がついたのか、併走するエドワードも苦い顔をする。

「宴の時の護衛は、さすが帝国だと思わせるほどの完璧な佇まいだった。だが、塔の近くにいる者はどれもまるで素人だ。士官学校で教わる護衛の基礎すらできていない」

「戦争で人材が不足しているのかしら。もしかして、エドワードの言う通り……彼らは貴人の護衛としては、素人なんじゃない？　傭兵のサムが憲兵の真似事をしていたようにね」

「あり得るな。だとすると、警備の穴を突くのは簡単かもしれないが、戦闘に関しては、下手な騎士よりも容赦がないだろう」

「……戦わないに越したことはないわね」

より一層緊張感を高めながら、わたしたちはイヴァンからもらった地図を頼りに、アヴローラ第四皇女の囚われている塔へと急ぎ、数分後には到着した。

塔は皇女が幽閉されているにしては古く手入れの行き届いていないもので、所々煤《すす》けたレンガが崩れている。また蔓草が塔の半分を覆い尽くしており、何も知らずに見れば、幽霊や吸血鬼の住まいと言われても納得してしまいそうだ。

「……さすがに、アヴローラ第四皇女の塔にいる見張りは、陽動に引っかからないか」

エドワードは塔の入り口に控える兵を見て、顔を顰めた。

「数は三人かしら。正面からぶつかれば、わたしとエドワードだけで対処は難しいわね」

いくら武術の嗜《たしな》みがあったとしても、本職の兵を一気に相手取るのは難しい。たとえ一人二人倒せたとしても、誰かが援軍を呼べば一発で死ぬ。

「イヴァンはどこだ？　この近くで落ち合う約束だろう」

「呼びました？」

突如、耳元で色気のある男の声が囁かれた。わたしとエドワードは必死に出かかった悲鳴を押し殺し、元凶のイヴァンを睨み付ける。

「ちょっと、驚かせないでよ。危うく叫び声を上げて、敵に居場所を知らせるところだったじゃない……！」

「ジュリアンナ、この馬鹿な怪盗を囮《おとり》に使おう」

「名案ね、エドワード。アヴローラ第四皇女とお会いする前に使い潰しましょう」

「酷いなぁ、お姫様と王子様は」

イヴァンは懐から深緑色の液体が入った小瓶を取り出すと、それをわたしに押しつけた。

「外で待っている、お姫様の侍女ちゃんからの差し入れだよ。象も三秒で眠らす薬だってさ。揮発性が高いから、飲み込ませるか、布に染みこませて吸わせるのがいいって」

「さすがモニカ。えげつない差し入れだわ」

早速わたしは眠り薬をハンカチに染みこませ、エドワードとイヴァンに目配せをする。

ふたりは、心得たとばかりに頷きを返した。

「私は見張りの注意を逸らして、一人ずつおびき寄せる。そしたら、お姫様と王子様で確実に潰してくれ」

「分かったわ、イヴァン」

「しかし、どうやって奴らを一人ずつおびき寄せる?」

「こうやってだよ」

喉に手を当てると、イヴァンは深く息を吸った。

「いやぁぁああ！　誰か……誰か助けてください……！」

イヴァンには似つかわしくない、甲高い女性の声が響き渡る。

（……声帯模写。さすが怪盗ね。わたし以外で使える人を初めてみたわ）

イヴァンの演技に釣られたのか、見張りの一人がこちらへと歩いてきた。

わたしとエドワードは物陰に隠れ、イヴァンはマントで顔と身体を隠して蹲り、メソメソと嘘泣きを始める。

「おい、大丈夫か。ん？　お前はおと――――」

イヴァンが男性であることに見張りは気がついたが、余計なことを話す前に、エドワードが後ろから殴りつける。見張りは昏倒《こんとう》し、目を回して倒れた。

「……わたしの出番はなかったわね」

ふて腐れながら、わたしは倒れた見張りに念のため、眠り薬を嗅がせる。そしてイヴァンの用意していた紐《ひも》で縛り上げると、物陰に放置した。

「おい！　どうした……？　何かあったのか？」

訝しんだ残りの見張りが、こちらへと声を掛けた。

わたしは倒れた見張りの声を思い出しながら、喉を震わせる。

「ちょっと不届き者を倒すのに時間がかかっただけだ！　爆発をしかけている奴らの手先が、侍女を襲おうとしていたらしい。すまないが、手持ちの縄がない。貸してくれないか？」

縄を渡すだけならと、残りの見張りの一人がこちらへ小走りで向かってくる。

するとイヴァンは見張りがこちらを警戒しないように、先ほどと同じ女性の声で「危ないところを助けてくださり、ありがとうございます」と言って、小芝居を仕掛けてきた。わたしも負けじと、見張りの声でそれに乗った。

「いやぁ、本当に良かった。貴女のような可憐なお嬢さんを守れて」

わたしは笑いを噛み殺しながら言った。

するとイヴァンは、恥じらうように顔を背《そむ》けた。

「可憐だなんて……そんな……」

「そんな謙遜《けんそん》しないでくれ。貴女のような美しい人と出会ったのは初めてだ。その……もし良ければだが……今度、一緒に食事をしてくれないだろうか？」

「ええ、是非……お願いいたします、騎士様」

わたしたちから見れば馬鹿げた言葉遊び。しかし、こちらへ向かってくる見張りにとっては、想定される言動だったため、警戒するそぶりもない。

「おい、仕事中だぞ。女を口説くのは後に――――くはっ」

仲間の見張りと侍女がいないということを気づかれる前に、エドワードが見張りの男の腹を殴る。声も上げられず前屈みに呻く彼の鼻に、わたしはすかさず眠り薬を染みこませたハンカチを押しつけた。

恐れていた反撃は来ず、見張りの男はダラリと腕を降ろして昏倒する。

「さて、お姫様、王子様。ここまでは順調だけど……残りの一人をおびき寄せるのは、さすがに難しいね」

「簡単なことよ、イヴァン。三対一ならば、勝機はこちらにあるわ。いざ突撃！」

わたしは腰に下げていた細身の剣を抜くと、そのまま塔の前にいる最後の見張りへと駆けだした。

（この中で相手の意表を突く囮として適任なのは、わたしよね）

剣を構え、最後の見張りへと真っ直ぐに振り下ろす。

単調な攻撃だったため、初めの剣は容易く受け止められた。

「お、女⁉　どういうことだ……アイツらはどこに……」

剣でギリギリと押し合いながら、最後の見張りは困惑の声を上げる。

わたしは腕に全力を込めながら――しかし顔は優雅な微笑みを浮かべた。

「おいしく食べてしまいました。次は貴方の番ですよ」

「何を馬鹿げたことを――」

背後から、剣を抜く音が聞こえる。おそらく、エドワードがわたしに追いつき、見張りへ斬りかかろうとしているのだろう。

わたしは地面を踏みしめ、見張りが逃げないように剣をさらに強く押した。

「あら、力比べを止められては困るわ」

「ふざけるな……！」

見張りの男は身体を捻りながら剣を離して、この場から逃れようとする。その際に、わたしの剣がかすり、彼のざっくりと切れた腕から血がこぼれ落ちた。

「くっ……やられてたまるかよ！」

反撃を諦め、見張りの男は逃走を図ろうとする。

しかしそれは、突如、彼の後ろから現れた黒い影によって阻止されてしまう。

「頭に血が上ってくれて助かったよ。さあ、眠りの時間だ」

イヴァンは見張りの男を羽交《はが》い締《じ》めにしながら、鼻に眠り薬のハンカチを押しつけた。

見張りの男は一瞬だけ悔しそうな表情を浮かべたが、すぐに睡眠時特有の安らかなものへと変わっていく。わたしは破ったスカートの切れ端で彼の腕を止血すると、エドワードと一緒に塔の隣に生える古木の近くへ運んだ。

「アヴローラ第四皇女の見張りはこれですべてかしら？」

「いつも塔の入り口だけだね。陽動に引っかかっているみたいで、周囲に兵もいないみたいだし」

「時間が惜しい。すぐにアヴローラ第四皇女の元へ向かうぞ」

わたしたちは塔の中に入ると、螺旋《らせん》階段を駆け上がった。


アヴローラ第四皇女が囚われている部屋は塔の最上階。しっかりとした木製の扉には、年代物の錠前《じょうまえ》が取り付けられていた。

イヴァンは扉に近づくと、軽快な動作でノックをする。

「アヴローラ……私だ、イヴァンだ。迎えに来たよ」

「……正面から訪ねてくるなんて、泥棒のくせにどういう風の吹き回し？」

扉越しに聞こえたアヴローラ第四皇女の声音は鋭く、イヴァンの来訪を歓迎しているようには思えなかった。

しかし、イヴァンは眉尻を下げ、アヴローラ第四皇女との再会を心底喜んでいる。

「泥棒じゃなくて、怪盗だよ。今日は囚われの魔女を救う、救世主を連れてきたんだ」

「裁きの時がくるまで……わたくしはここから出ないわ」

アヴローラ第四皇女の言葉からは、固い決意が感じられる。

だが、今引いてはここまで来た意味がない。エドワードは凜然とした態度で、アヴローラ第四皇女へと呼びかける。

「出てもらわなくてはなりません、アヴローラ第四皇女。皇族としての使命を全うするのは良いことだ。しかし、ここで徒《いたずら》に時を過ごすよりも、外へ出て戦ってもらった方が犠牲は少なくて済む。貴女は魔女ではなく、皇女としての自分を選んだ。それならば国を背負う者としての決断をしてもらいたい」

「アヴローラ第四皇女……どうかイヴァンの覚悟と、泥沼の戦争を避けたいわたしたちの思いを知ってから、この塔に残るかを選んでください」

「貴方たちは一体……誰なのですか?」

アヴローラ第四皇女の声音からは、動揺しているのが伝わってくる。

わたしとエドワードは畳みかけるように自己紹介をした。

「ローランズ王国第二王子、エドワード・ローランズです。この度はディアギレフ帝国との戦争を止めるため、革命政府創設者のイヴァンと行動しています」

「わたしはエドワード殿下の婚約者で、ルイス侯爵家が長女ジュリアンナと申します。この度はディアギレフ帝国との和睦交渉でエドワード殿下を支えるため、馳せ参じました」

「まさか……そんな……本当に……イヴァンは他国の王族を巻き込んだのですか……」

事前にイヴァンから何か聞いていたのか、アヴローラ第四皇女は弱々しい声で呟いた。

「わたしとエドワード殿下は、イヴァンと協力関係にあります。決して巻き込まれた訳ではありません」

革命政府を創設したのはイヴァンだが、それを影響力あるものに育てたのはカルディアの金銭的な尽力と、テオドールがオルコット公爵家とディアギレフ帝国軍の戦いの早期終結を望んだことによるものだ。

中枢《ちゅうすう》はローランズ王国が担っている。ある意味、革命政府がローランズ王国に巻き込まれた形になるだろう。

「革命政府の後ろ盾には、ローランズ王国がなろう。ただし、旗頭としてディアギレフ帝国皇室の正統なる血を持つ者が立つのであればだ。そうでなければ、王政を布く我らは後ろ盾となれない」

「……それは内政干渉……いいえ、実質的なローランズ王国の侵略ではなくって？」

「革命後はそちらへの政治的な干渉をするつもりはない。ディアギレフ帝国の責任を求めるつもりもない。ただ、今までとは違い、友好的な関係を少しずつ築いていきたいだけだ。なんの非もないローランズ王国に攻め入ったディアギレフ帝国に対して、破格の条件だと思うが？」

アヴローラ第四皇女の反発に、エドワードは強い口調で返した。

わたしはエドワードとは反対に、柔らかな口調でアヴローラ第四皇女に訴えかける。

「アヴローラ第四皇女はディアギレフ帝国の民の苦しみを見ましたか？　豊かな街はほんの一握り。

しかもそこは、革命政府の影響下にあり、正義の怪盗を讃える民が住まう場所でした。導師グスターヴは残忍な男です。他者の苦しみも、民に向ける愛情も知りません。わたしはその一端《いったん》をサモルタ王国で見ました」

導師に洗脳され、人を殺《あや》め、国に混乱をもたらし、寵姫レオノーレは仲間と共に命を捧げた。彼女たちは加害者であり被害者だった。あの光景をわたしは一生忘れることができないだろう。

「……わたくしも知っているわ、ジュリアンナ様。あの殺戮《さつりく》を忘れることなんてできない。そして姉様たちから託された……ディアギレフ帝国への思いも」

アヴローラ第四皇女は深く息を吐いた。

「イヴァン。わたくしを革命政府の旗頭に据えて、貴方はどうするの？」

「私はただ、アヴローラを支えるだけ。一生を懸けてね」

イヴァンは決意の篭もった目で、スルリと言ってのけた。

扉越しに、アヴローラ第四皇女が呆れているのが伝わってくる。

「言っておくけれど、わたくしの隣にいる間は盗みなんてさせないわ。それでもいいの？」

「魔女の心よりも価値のあるものを私は知らない。その味を知ってしまえば、他の物を盗む気になんてならないさ」

「わたくしの心はあげないわ。……だから一生を懸けて盗んでみなさい」

「なんだ、アヴローラ。怪盗業を続けさせてくれるんじゃないか。優しいね」

アヴローラ第四皇女の声から最初の険悪さは消え去り、小さな笑い声が聞こえる。

ガチャガチャとドアノブが動いたかと思えば、古い錠前がゴトリと落ちた。どうやら見かけ倒しの錠前で、鍵は掛けられていなかったようだ。

木が軋む音と共に扉がゆっくりと開く。

現れたのは美しい黒髪を持った女性だった。

「……エドワード殿下。わたくしに、皇帝たる弟と戦えというのね?」

「貴女が皇女としての人生を選び、待つのではなく戦うと決めたのなら」

「ではわたくしは、皇女の心を持つ魔女となりましょう。より多くの民の未来のために。裁かれるのは、足掻《あが》いた後でも遅くはないでしょう」

アヴローラ第四皇女の身に纏ったドレスは古めかしく、まさしく魔女のようだった。しかし、それを打ち消すかのように彼女は毅然《きぜん》とした態度を崩さず、内から皇族としての気迫が感じられる。

「今のアヴローラ第四皇女を見て、魔女と誹《そし》る者はいないと思いますが?」

わたしが疑問を投げかけると、アヴローラ第四皇女は悲しげに小さく笑った。

「皇帝の……国の意思に背くのです。反逆者の皇女には、魔女の称号が相応しい。やはり、わたくしはディアギレフ帝国の不吉と災厄を背負って生まれてきたのですね」

アヴローラ第四皇女はイヴァンの手を取り、自らの意思で塔から出た。

塔に入ってから十分程度しか経過していないはずだが、外は夜が明け、日が昇りかけている。

「外は静かね。綺麗な朝日だわ」

アヴローラ第四皇女は空に手をかざし、眩《まぶ》しそうに太陽を見た。

イヴァンはアヴローラ第四皇女を救出したことをマリーとキール様に伝えるために、時差式の信号弾を塔の近くに設置した。

（……静かすぎるわ。計画では、爆発は信号弾が上がるまで続ける予定だったのに……）

嫌な胸騒ぎがする。しかし、今はそれを話す時間はない。

わたしたちは、警備の兵と出会《でくわ》す前にマリーとキール様との合流場所へと急ぐのだった――

第十話　鈴蘭《すずらん》の因縁

私、侍女マリーがお嬢様の側にいることが許されたのは、暗殺者としての技能と普通の生活を渇望する心を認められたから。今まで生きてきた自分のすべてを肯定し、愛してくれたお嬢様の期待に応えるためならば、私はどんな無理だってやり通して見せる。

ディアギレフ帝国の中枢たるこの宮殿で、私は派手に爆発物を投げつけながら、ひたすら建物の間や屋根の上を駆けていく。

「……しつこいですね」

複数の弓兵が屋根を駆ける私を狙うが、不規則な動きで翻弄しながらそれを最小限の労力で躱《かわ》していく。

隣を見れば、クソ野郎――もとい、お嬢様の婚約者であるローランズ王国第二王子の側近、キール・メイブリックが大剣を振り回して、無数の矢を薙《な》ぎ払っていた。

「ちょっと潰してくるな！」

そう軽く言って、キールは弓兵の潜む建物へと突撃していく。

矢がキールに集中して降ってくるが、彼が速度を落とす気配はない。

（……相変わらずの脳筋ですね）

戦いの最中、恐怖という感情を抱くことは武器の動きを鈍らせる。暗殺者にとっては致命的な弱点となるだろう。だから、私は幼い頃から恐怖を削ぎ落とすための訓練を受け、完全にそれをものにしたのは十代前半のことだったと思う。

しかし、キールのそれは天性のものなのか、他の騎士や軍人と違って、恐怖という感情が備わっていないように見えた。

（単調で大振りな動きに見えて、隙のない基本に忠実な理想的な剣筋。素早く、重心の安定した力強い足運び。野生の嗅覚なのか知りませんが、フェイントを巧みに嗅ぎ分けて斬り込む大胆さは天才と言っていいでしょうね）

自分とはまったく正反対の資質を持つ彼を煩わしく思う気持ちがない訳ではない。しかし、今の彼は共に同じ任務を遂行する仲間だ。

正直に言うと、敵だらけのこの戦場で、彼が共にいることを今は心強く思っている。

「私は屋根を降ります……！」

「おう！　ここを片付けたら後を追うな」

数十人の弓兵と槍兵を相手にしながらも、キールは私の声に返答した。

「さて、信号弾はまだ上がっていません。もう少し、暴れさせていただきます」

私は小さな爆薬を取り出すと、オイルライターで火を付けて集まってきた兵たちへと投げつける。

鼓膜を震わせる爆発音と共に、硝煙《しょうえん》の臭いが周囲に満ちる。爆発には数人の兵を巻き込んだだけだが、成果としては十分だ。

(私の役目は陽動ですからね。静かな殺しではなく、目立つ騒ぎが目的です)

兵たちが体勢を立て直す前に、私はナイフを握って彼らの中央を駆け抜ける。途中何人か倒しながら、ひたすら敵を攪乱《かくらん》させる戦いを続けた。

しかし、徐々に私は疑問を抱いていく。

(……おかしい。敵に焦りがないです。まるで私が駆け回ろうとも、勝利を確信しているような……)

私は直感から、これ以上先に単独で進むことを止め、キールの元へ戻ろうと振り返る。

すると同時に、銀色の光が私の髪を擦った。

(……殺気をひとつも感じませんでした。相当な手練《てだ》れですね、厄介な……)

私は舌打ちをしたい気分だったが、目の前の男に隙を見せる訳にはいかない。

男はカッチリとした臙脂《えんじ》色の軍服を着ている。胸に下げた勲章の数から、周りの兵たちよりもずっと高位の軍人なのだろう。彼は軍服と同じ臙脂色の軍帽を被っていて、表情は窺えない。

「どんな鼠《ねずみ》が潜り込んだかと思えば……懐かしい顔に会えるなんて思いませんでした。久しぶりですね、九九番」


臙脂色の軍服の男が発した言葉に、不覚ながらも私は理解するのに数秒の時間を要した。

（……この男は……ディアギレフ帝国での私を知っている……？）

九九番とは、私がディアギレフ帝国の孤児院で暗殺訓練を受けていたときに付けられていた識別番号だ。これを知っているのは、教官たちだけ。……いいや、もう一人だけいたはずだ。

（臙脂色の軍服……どこかで見たことがあったような……）

記憶を掘り起こせば、容易く彼の顔が浮かんだ。ローランズ王国の暗殺ギルドに売られる前、彼は私の見送りに来た。血と欲に塗れた獣《けだもの》。そう……彼は私の同類。

「貴方は……鈴蘭の孤児院にいた一番なのですか？」

「そうですよ、九九番。今はロディオン・ベリンスキーと名乗っていますが。見送りのときには教えなかったでしょう」

軍帽を取れば、一番……ロディオンの顔が見えた。

最後に見たときよりも少し渋みの増した壮年の男の顔になっており、危うげな色気を感じさせる。藍色の髪は綺麗に切りそろえられ、騎士のような精悍さがあった。

だが、それらの外見の変化は私の気にするところではない。ロディオンの右頬にある引き攣れた傷跡。かつて私が命からがらに斬りつけたその跡が変わらずあることに、胸の奥がギュッと締め付けられた。

「しかし、驚きましたね。あれほど無気力だった九九番の瞳が、こんなにも生き生きとした殺意に輝いているなんて。よほど大事なものができたのでしょうね。まったく……殺しとは関係ないところで凡ミスして、呆気なく土に還《かえ》ればよかったものを」

「……貴方こそ、成り上がる前に格下に騙されて、ひとり寂しく海の藻屑《もくず》となれば良かったのに……しぶとく生きているなんて」

かつての別れの言葉を紡ぎながら、私はナイフを両手に構えて駆けだした。

ロディオンもまた、腰に下げた飾り物ではない立派な剣を引き抜き、私を迎え撃つ。

――ああ、二度と会いたくなんてなかったのに。

まるで心を通わせたかのように、わたしとロディオンは同時に刃《やいば》を振り下ろした。

鈍い金属音が断続的に重なり合う。

私はロディオンの攻撃を紙一重で躱しながら、一つでも多くの刃を放つ。対するロディオンも、私の攻撃を剣で弾きながら、ここぞというところで鋭く重い斬撃を繰り出した。

同じ孤児院で戦闘訓練の基礎を学び……一緒に過ごす時間が多かったからこそ、私とロディオンはお互いの癖を知り尽くしている。

そして、一進一退の攻防が続く。

周りに兵が集まってきたが、実力差から、私たちの本気の殺し合いに手を出すことができないでいる。

「そんなふざけた服を着ているので、てっきり鈍っているかと思えば……以前よりも成長していますね、九九番。剣筋に迷いも、慈悲もない」

ロディオンは私の着ている侍女服を見ながら薄く笑った。

私が目立つ侍女服を着ているのは、動きやすいのもあるが、何よりジュリアンナお嬢様に仕える侍女マリーとしての覚悟を持って戦えるからだ。

「侍女服はふざけた服などではありません。男性には分からないでしょうが、色々と便利です。権威を笠に着るための、貴方の軍服と違って……！」

私はエプロンで隠していた暗器《あんき》を腰から取り出すと、それをロディオンの顔と足に向けて同時に放つ。

彼が体勢を崩したところで、私は一気に距離を詰めて刃を振り下ろす。

（……腕が痺れている。ロディオンの攻撃をいなせていないということですか。元々、長期戦は望んでいませんし、決着は早めにつけさせてもらいます……！）

刃の軌道は確かにロディオンを捉えていた。

だが、彼は瞬きもせずこちらに笑みを浮かべたまま見ている。

ロディオンが何か隠し球を持っていることを直感で悟った私は、刃の軌道を変えて後ろに飛んだ。

しかし、それよりも先にロディオンが隠し持っていたナイフを私に放つ。

片手で放ったそれは、私の脇腹を抉《えぐ》った。

「……くっ」

痛みに耐えて、私はロディオンと距離を取る。

どうにか致命傷は避けられたが、このままにしておけば出血死してしまうだろう。

「軍服も捨てたものではありませんよ？」

ロディオンは片手でナイフを空中に遊ぶように投げながら言った。

そして、その時——朝日が差し始めた空に信号弾の花が小さく咲く。

（お嬢様……！）

閃光弾《せんこうだん》が上がったということは、お嬢様は帝国の皇女を救い出すことに成功したということだ。

本来ならば、私はすぐにでもお嬢様の元へ駆けつけてお守りしなくてはならない。だが、負傷した身体では、ロディオンを相手に勝利はおろか、逃走すらままならない。

「半分は信号弾の放たれた方向へ急げ。鼠はそう遠くには行っていないはずだ」

ロディオンの指示を聞いて、様子を窺っていた兵たちが一斉に駆けだした。だが、半分はこちらに残り、弓や剣を構えるなど、いつでもロディオンを補助できるように控えている。

絶体絶命の状況の中、私は脂汗をかきながら、血で滑《ぬめ》るナイフを握り直す。

「……そうは、させません！」

「その身体でまだ刃向かおうとするのですか？　よほど大切な人――そうですね、主がいるのでしょう。九九番の今の顔は、従順に躾けられた犬と同じですよ」

「貴方にどう罵られようとも構わない。私の誇りは……私だけのもの！」

踊るような身のこなしでロディオンとの距離を詰めると、迷いなく刃を振り下ろす。

だがそれは彼まで届かず、私の視界は反転する。

目の前に広がるのは、瑠璃色の空だった。

「力も、技術も、経験も……残念ながら俺の方が上ですね。昔と変わらず」

「ぐぁっ……あ、くっ……」

ロディオンは私の血の流れる腹を足で押しながら、首を絞めてきた。

力が満足に入れられない手からナイフがこぼれ落ち、霞む意識の中で私は必死にもがいた。

（お、じょうさ、ま！　私は……マリーは、あ、なたを、絶対に……）

闇雲《やみくも》に振り上げた手が何かを掠める。

その瞬間、さらにロディオンが私の首に力を込めた。

「……九九番は頭も悪かったですね。……あの頃のまま、俺の後ろを追いかけてくれば……こんな無様に死ぬことはなかったんですよ」

私の目から生理的な涙が溢れる。

ぼやけた視界では、ロディオンの表情を読み取ることができない。

「マリー‼」

霞んだ意識の中で、私を懸命に呼ぶ声が満ちる。

それと同時に首の圧力がなくなり、誰かに抱き上げられた。

「がはっ……、こほっ……はぁ、はぁっ……」

喉が裂けるような咳をして、足りなくなった酸素を必死に吸い込む。漸く目の焦点が合わさると、そこには珍しく切羽詰まった表情を浮かべたキールがいた。

「マリー、大丈夫か⁉」

「だい、じょうぶです。見たら分かるでしょう」

息を整えると、私はキールの肩に手を付きながらヨロヨロと立ち上がる。

そして周りを見渡せば、少し離れたところにロディオンが無傷で立っている。兵たちも武器を構えたままだ。

「マリー……それが今の九九番の名前ですか？」

ロディオンはそう言うと、自分の右頬を指でなぞる。

彼の右頬には、新しくできた薄く赤い擦り傷があった。

「気安く私の名前を呼ばないでください」

私は太ももに括り付けていたナイフを取り出した。

キールと背中合わせになりながらナイフを構え、眼前の敵たちに殺気を送る。

「休んでいていいんだぜ、マリー。コイツらを倒すぐらいなら、オレ一人で十分だ」

キールは大剣を構えて嘯《うそぶ》く。

私も痛みで限界を訴える身体を無視して、小さく笑った。

「気遣いなどいりません。私は……戦えます」

「上等だ！」

キールは私よりも先に飛び出すと、襲いかかってきた兵たちを斬り伏せる。

私は彼を狙う弓兵にナイフを投げてそれを援護した。

「手負いの九九番がいても、彼らだけでは相手が難しいようですね」

ロディオンは改めて剣を握り直すと、キールへ斬撃を放つ。

ギンッと音を立てながら、剣と剣が交差した。

「ほう……やはり、なかなかの技量の持ち主ですね。まだ、剣筋が若いですが」

「ぐっ……」

キールは歯を食いしばりながら、ロディオンの攻撃を受け止めた。

防戦一方の彼の後ろに、剣を構えた兵が忍び寄る。

「危ない……！」

私は咄嗟にキールの後ろにいた兵へナイフを投げる。

ナイフは見事、兵の背中に突き刺さり地面へと倒れた。

（……まったく、自分の状況も把握できずに援護するなんて……私も馬鹿になったものです）

無意識に得物《えもの》を手放したことで、今の私は著しく戦闘力が落ちている。それを見逃すディアギレフ帝国の兵たちではなかった。

一人二人と私へ斬りかかり、それらを体術で躱し、沈めていくが再び得物を持つ隙を与えてくれない。脇腹の傷もあって、私はどんどん追い詰められていく。

「死ねぇ！」

背後から剣を振りかぶる兵に私は気づいていたが、身体がその反応に追いつかない。腕一本を緩衝材《かんしょうざい》に使うことを覚悟しながら、歯を食いしばり私は左手を突き出した。

「――ぐぁっ」

いつまで経っても、腕に痛みが走らない。

呻き声を上げたのは私ではなく、斬りかかってきた兵の方だった。

「やっぱり騎士に憧れる傭兵崩れは弱いな」

そう言って斬りかかってきた兵の後ろから、燃えるような赤毛の男――紅焔の狼サムが現れた。

私は驚きで目を見張るが、すぐに元の無表情へ戻る。

(新手《あらて》……という訳ではないようですが)

お嬢様の話では、サムは傭兵としてディアギレフ帝国に飼われていると言っていた。現に彼の服は、城内を警備する兵たちと同一。王都教会で相対したサムは雇い主を裏切ることを良しとしない、己の矜持《きょうじ》を曲げるぐらいなら死ぬまで戦うような男だった。

(何故、この男が私を助けた……？)

サムはハルバードで手近な兵を切り倒すと、私の隣に立ってハルバードをロディオンへ向けた。

ロディオンはキールを蹴り飛ばして距離を取ると、サムを睨み付ける。

「一兵卒の分際で、軍を裏切るのですか？　立派な軍規違反になります」

「生憎、俺は根っからの傭兵でね。報酬を貰っている限り、雇い主の意向に従うだけだ。こんなしみったれた軍に、好き好んで俺が服従するわけねーだろ」

「傭兵として軍に入ったのも、貴様の雇い主の命令ですか。九九番の反応から言って、どうやら彼女と雇い主は別のようだ」

ロディオンはただただ冷静に、こちらをじっと観察する。

「……紅焔の狼、どうして私を助けたのですか？」

「雇い主の思いを汲み取るのも、できる傭兵の力でね。お前がいるってことは、黒猫のお嬢ちゃんが来ているってことだろう？　それなら、加勢するのが正しい選択だ……！」

サムは地面を蹴り、ハルバードを振りかぶってロディオンに渾身《こんしん》の一撃を放つ。

「鬼畜の犬！　黒蝶を連れてずらかるぞ……！」

「分かった！」

キールはロディオンと撃ち合うサムに背を向けて、私を抱えて走り出した。

「は、離しなさい……！」

「あはは！　マリーは怪我人なのに元気だな」

何度言っても私を離さないキールを諦めて、ロディオンとサムの様子を確認することにした。

小規模な爆発音がしたかと思えば、白い煙幕が彼らの戦っていた周囲を覆う。

それと同時に私たちを追いかけるように、赤い影が現れた。どうやらロディオンとの戦闘から離脱できたらしい。

「あの傭兵は良い奴だな！　これでエドたちのところへ行けるぜ。遅刻すると昔からうるさいからな」

ロディオンとの関係を詮索《せんさく》するでもなく、キールはいつも通りに私へ少年のように輝いた笑みを向ける。

「……貴方の脳天気は最大の才能かもしれませんね」

私は脱力し、キールに完全に身体を預けて、お嬢様をお守りするための体力を温存するのだった。


アヴローラ第四皇女を救出してから、わたしたちはマリーとキール様との合流を急いでいた。しかし、信号弾が上がってからというもの、ディアギレフ帝国の兵の多くが誰かを探すように動き回っている。

わたしたちは物陰に隠れて周囲を窺っていた。

「参ったわね。これでは迂闊《うかつ》に動けないわ」

こちらは非戦闘員のアヴローラ第四皇女を始めとして、直接的な戦闘を苦手としている。守りながら戦うなんて器用なこともできないし、強引に突破するには敵の数が多すぎる。

「俺が先頭となって道を切り開くのが、現実的な策だが……」

「いくらこの中で一番強いからといって、第二王子のエドワードに先陣を切らせるなんてもってのほかよ！」

「ちなみに私はただの怪盗だから、戦うのは向かないね」

「すみません、わたくしが至らないばかりに……」

アヴローラ第四皇女がしゅんとした顔でドレスの裾を握った。

わたしは安心させるように彼女へ笑みを浮かべる。

「大丈夫よ。兵たちがここを通り過ぎてから向かえば、何も問題は――……前言撤回。全力で逃げるわよ……！」

二人組の兵士が、物陰に隠れていたわたしたちをついに見つけた。

彼らは大きく息を吸うと、味方の兵へと叫ぶ。

「こっちには誰もいない！　侵入者はもっと奥にいるみたいだ……！」

「手柄は渡さないぜ！　出世するのは俺だぁぁあああ！」

（……どういうこと……？）

二人組の兵士は、わざと味方をここから遠ざけるようなことを言った。その意味を理解できないわたしだったが、ゆっくりと近づいてくる彼らの顔を見て驚愕する。

「……久しぶりだね、姉さん。ディアギレフ帝国にいるなんて……驚いたよ」

「……ヴィー」

そこにはわたしの親愛なる弟、ヴィンセントがディアギレフ帝国の兵服を着て立っていた。

ルイス家の屋敷に父と共謀してわたしを閉じ込めていたことを思い出しているのか、ヴィンセントは気まずそうな顔をしている。

（……次に会ったら、姉弟喧嘩も辞さないつもりだったけれど……）

遠い隣国の地で任務を果たしていたヴィンセントの姿を見たら、わたしの些細《ささい》な怒りなんて吹き飛んでしまった。

わたしは小走りで駆け寄ると、思い切りヴィンセントを抱きしめる。

「無事でよかった、ヴィー！」

「姉さんもね」

少しだけぎこちなくヴィンセントはわたしの背に腕を回し、抱擁を深めた。

「おい、ヴィンセント。俺には再会の挨拶はなしか？」

「はあ？　なんで姉さんに集《たか》る鬼畜虫に気を遣わなきゃいけないのさ。だいたい、僕が特務師団の任務でディアギレフ帝国にいること、どうせお前知っていただろう」

「……あくまで予想だったが、本当にいるとは。俺の手駒が増えて嬉しいぞ、ヴィンセント」

「調子に乗るな、鬼畜魔王」

面白がるエドワードに、ヴィンセントが剣呑な目を向ける。

そうしていると、ヴィンセントの隣にいた青年が遠慮がちに手を上げた。

「あのぅ、盛り上がっているところ悪いんですが、俺のことも注目してくれませんかね……」

「もちろんよ。久しぶりね、ユアン。アスキスの皆は元気にしているかしら」

「お久しぶりです、ジュリアンナさぁぁん……！」

ヴィンセントの母方の従兄弟《いとこ》──ユアン・アスキス子爵令息は、両手を広げてわたしの元へと駆け寄る。

「……姉さんに近づくな、この色惚け鳥頭。僕はお前と血の繋がっていることが恥ずかしくて堪らない」

「たとえ父上直属の特務師団であっても、俺の婚約者を狙うのなら、今ここで斬り伏せるぞ」

ヴィンセントとエドワードは息を合わせたように、ユアンへと剣先を向けた。

「ひぃっ、どうかお慈悲を殿下、ヴィンセント！」

ユアンは土下座する勢いで地面に這《は》いつくばって許しを請《こ》うている。

「……他国の諜報員が城を警備する兵に紛れているなんて、頭の痛い案件だわ」

暗い目でポツリと呟いたアヴローラ第四皇女に、イヴァンが笑いをかみしめる。

「敵の心配をしてどうするのさ、アヴローラ」

「それとこれとは別よ」

「失礼しました、私の魔女」

イヴァンは恭しく一礼すると、ヴィンセントへ視線を移す。

「急ぎ味方と合流したいので、合流場所の中央庭園まで案内を頼めますか？」

「……マリーとアホのキールでしょ。それだったら、中央庭園へ向かうよりも直接迎えに行った方がいい」

「ヴィー、どうしてマリーとキール様だと分かったの？」

「それはね、ジュリアンナさん。二人が将軍と戦闘して――――」

「ユアン！」

ヴィンセントはすごい剣幕でユアンに詰め寄った。

しかし、ユアンは手をヒラヒラと振るだけで、それに怯えた様子はない。

「別に隠すことじゃないだろ。どうせバレるんだし。それにアイツを置いてきたから、あの美人侍女さんとキール団長は無事だって」

「……マリーとキール様に何かあったの？」

わたしが問いかけると、ヴィンセントは震えながら力強く拳を握った。

「……ディアギレフ帝国の将軍との戦いで、マリーが酷い怪我を負った。僕は任務だからって、それを見ていることしかできなくて……」

「大丈夫よ、ヴィー。マリーは強い。一緒にいるキール様だって強いわ。貴方は周りがよく見える子だもの。自分が助けに入っても、どうにもならないと判断したのでしょう？　それに何かしらの手助けをしてくれた。わたしたちのことも誰よりも早く見つけて、助けてくれたものね」

わたしは背伸びをしてヴィンセントの頭を撫でると、エドワードへ顔を向けた。

「……急ぎましょう、エドワード」

「案内を頼む。ヴィンセント、ユアン」

「言われなくても分かっている」

「かしこまりました、殿下！」

マリーとキール様に合流するため、わたしたちは走り出す。


ヴィンセントとユアンの機転のおかげか、ディアギレフ帝国の兵のほとんどが別の場所へと向かったらしい。

入り組んだ城の道を進み、二階建ての建物が並ぶ場所へと出た。

おそらく、軍や使用人たちが使う建物なのだろう。兵たちは見当たらない。代わりにマリーを背負うキール様と、何故かサムがいた。

「おー、ご主人様遅かったな」

そう言ってサムはヴィンセントに手を振った。

「ベリンスキー将軍は撒《ま》いたんだろうな？」

「それはもう抜かりなく。金銭分の仕事はするさ」

「……サム、ヴィンセントに雇われていたのね。あの時は何も言わなかったのに」

わたしがジトッとした目を向ければ、サムはヘラヘラと笑い出す。

するとマリーがサムの耳を引っ張った。

「お嬢様に失礼を働いたのですか？」

「いてててっ、おい！　助けてやったのに、ふざけんな！」

「それとこれとは別の話です」

マリーは淡々と言うと、キール様の背から降りてわたしへ会釈《えしゃく》する。

彼女の脇腹を見ると、白いエプロンに大きく血が広がっていた。

「お嬢様、申し訳ありません。このような失態を……」

「マリー。生きてやり遂げてくれたことが、わたしの期待にこの上なく応えてくれた証拠よ」

「……ありがとうございます」

「もう少しだけ、頑張ってもらうわ、マリー」

わたしは全員を見渡すと、ヴィンセントに問いかける。

「ヴィー、ここを選んだということは、兵に見つからず、外に出る手立てがあるということね？」

「寮住まいの軍人たちが街へ抜け出すための、秘密の穴がある。限られた軍人しか知らないから、出るところを見られなければ、追っ手はつかないと思うよ。僕とユアンが帝国を裏切ったことはすぐに伝わると思うし、姉さんたちとここから逃げようと思う」

エドワードはそれを聞くと、顎に手を当てて思案顔をした。

「……人数も増えたし、レミントン前男爵夫人とテオドールの計画を少し早めよう。城壁の外に馬車を待たせている。行くぞ」

「分かったわ」

自然とエドワードが差し出した手を取ると、わたしはそのままヴィンセントとユアンの案内で、秘密の穴へと向かった。

秘密の穴は訓練場の隅にある城壁に作られたもので、灰色の軽石が嵌められていた。それをヴィンセントは慣れた手つきで外すとそのまま外へと向かう。

全員が外へ出た後、わたしたちは馬車が隠されている小さな雑木林へと入った。

「皆様、お待ちしておりました！」

「なんか人数が増えているんだけど。幌馬車の重量は大丈夫かな。城の外も騒がしくなってきたし、はやく乗ってよね」

御者台に座ったモニカと灰猫が、わたしたちを待ち構えていた。

わたしたちは急いで荷台へ上がると、幌を被せて完全に外からの視線を遮断《しゃだん》する。モニカはマリーの怪我に気づくと、荷台へと移動して薬と止血用のガーゼと包帯を取り出した。

「マリーさん、私が手当をします」

「お願いします、モニカ」

わたしはホッと安堵の息をついた。

隣を見ればエドワードは幌を捲《めく》って、灰猫と話をしている。

「王子様、行き先は？」

鞭を握った灰猫がエドワードに問うた。

「向かうは交易都市——革命政府の根城だ」

「暫くは皇女さまを連れて身を隠す予定だったのに。まあいいや、飛ばすからみんな舌噛まないように気をつけてねー」

灰猫はそう言うと、陽気な歌を口ずさみながら馬車を走らせる。

途中、引き留められることなく、わたしたちは帝都を脱出したのだった――

第十一話　革命宣言

交易都市は、想像していたよりも寂《さび》れたところだった。

昔は複数の通商路が交わった活気ある都市だったらしいが、今は所々が廃墟と化し、ディアギレフ帝国の現状を物語っているかのような有様だ。

帝都から脱出して交易都市に来た当初は、ここが本当に革命政府の根城なのかと疑問に思った。

しかし、今はその考えも改めている。

「……すごい人ね。よくもこれだけの人が集まってくれたわ」

わたしは広場を埋め尽くした人の数に感嘆の声を出す。

繁栄の影が色濃く残るこの広場は、石造りのタイルが張り巡らされ、中央に涸《か》れた大噴水が備え付けられている。そして広場を囲むように背の高い建物が円を描いて並んでいた。

石造りのタイルは美しい青色なのだが、今はそれを見ることができない。何故なら、広場は溢れんばかりの人で満たされているからだ。

「ねえ、エドワード。予告状のばらまきなんて、風情がないと思わない？」

「だが盗む相手……セラフィム皇帝に送りつけても、導師とやらに握りつぶされるだけだ。怪盗としては、その方が風情がないと思ったんだろう」

広場を囲う建物のテラスの一角で、わたしとエドワードは冗談を言いながら、ディアギレフ帝国の民たちと同じく〝彼ら〟が現れるのを待っている。

わたしは一枚の白いカードを取り出すと、太陽に透かした。

「予告状。時は満ちた。肥え太った圧制者から国と自由を頂きに参上いたします。正道は我らと魔女にあり。志ある者は交易都市へ集《つど》え。革命の日を迎えるために。正義の怪盗と革命政府指導者より、ね」

広場に集まった人々は、ディアギレフ帝国の現状を憂い立ち上がった勇ましい若者から、乳飲み子を抱えた女性まで様々だ。心にある、この国を変えるという強い願いは誰もが同じに違いない。

「この予告状を皇帝に見放された地方の村々まで配るなんて、その資金力と実行力には、俺も驚きを隠せないな」

「カルディアとテオドールに感謝ね。これだけの計画を、わたしたちが宮殿に潜入している間に整えてくれていたんだから」

「……そして何より、圧政に立ち向かう民の多さだ。やはりこの国は強いな」

「ローランズ王国の次期王が言う台詞かしら」

軽口を叩いているうちに、広場の方が騒がしくなった。

拙いファンファーレと共に、屋根の上に白いマントが翻《ひるがえ》る。そして正義の怪盗――イヴァンが姿を現した。

「諸君。本日はお集まりいただき感謝する。これだけの数の民が立ち上がり、革命を志してくれていることを、私は誇りに思う。そして、我らが革命政府の指導者である魔女アヴローラもご機嫌のようだ」

広場の後ろでパンッと空砲が響き、人々がそちらに一瞬だけ注目する。何もないことに気づいた人々は、再びイヴァンへ視線を戻す。すると、いつの間にかイヴァンの隣には、黒髪の女性――アヴローラ第四皇女が立っていた。

アヴローラ第四皇女がゆっくりと宣誓するように片手を上げると、涸れていたはずの大噴水から勢いよく水が飛び出した。水は数メートルほど噴き出すと、人々に霧雨のように降りかかる。

「……涸れていた噴水が復活するなんて……」

「彼女は誰だ？」

まるで奇術を使ったかのようなアヴローラ第四皇女の登場に、人々は困惑と不安、そして僅かな期待を胸に抱き、固唾《かたず》を呑んで見守る。

「わたくしの名はアヴローラ。存在を消された、ディアギレフ帝国の第四皇女」

澄んだアヴローラ第四皇女の声は、不思議と広場全体に響いた。

「幼き頃より父と母に冷遇され、魔女として生きてきました。泣きたい時は城から抜け出して民の生活に紛れ、人の心に触れて……わたくしはこの国が大好きになりました。雪解けと共に春が訪れ、夏には空と海が輝き、街では賑やかな祭りが開かれます。実りの秋には忙しく働き、冬には家族で寄り添い寒さを耐えます。そしてまた始まりの春がくる……そんな生活を愛していました」

アヴローラ第四皇女は胸に手を当てて、広場に集まった群衆に語りかける。

柔らかだった彼女の表情は、やがて険しさを増していく。

「ですが、とある逆賊――薄汚れた聖職者である導師グスターヴが、わたくしたちの愛するディアギレフ帝国の誇りを奪い去ったのです……！」

アヴローラ第四皇女がそう言った瞬間、広場に備え付けられていた松明《たいまつ》が燃え上がる。

「前皇帝亡き後、皇太后とわたくしを除く皇女たちを殺し、病弱な皇太子を愚物《ぐぶつ》として祭り上げた！　そして裏からこの国を操り、欲に塗れた貴族たちはそれに追随した……！　その結果が税の過剰徴収や、人身売買、わたくしたちの生活を犠牲にした支配欲を満たすための他国への侵攻です！」

力強く言い切ったアヴローラ第四皇女を、群衆は様々な感情で見つめる。

素直に聞き入れる者もいれば、疑う者もいる。そもそも、アヴローラ第四皇女は国民に秘されていた皇女。もしかすると、皇女の名を騙《かた》った偽者かもしれない。そんな疑念を払拭《ふっしょく》するため、わたしとエドワードはアヴローラ第四皇女とイヴァンの向かい側の屋根に姿を現した。

「彼女の身元を疑うならば、我々が証人となろう！　私の名はエドワード。ローランズ王国第二王子にして、次期王である。ローランズ王国の名において証明する。アヴローラ第四皇女は正しき皇帝の血筋に連なる者だ……！」

威風堂々としたエドワードに、群衆は呆気にとられる。

彼の覇気、佇まい……王族らしい服装を抜きにしても、エドワードの身元を疑う者はいない。

（……これなら、先にわたしが名乗っておくべきだったわ。いくらカルディアが書き下ろした脚本通りの展開だといっても、わたしの存在が霞むじゃない）

目立ちたい訳ではないが、それでも複雑な思いを心に抱いてしまう。

わたしはモニカに結い上げてもらった髪を風に靡かせ、マリーに着せてもらった深い青のドレスのドレープをなぞった。

（淑女の武装は完璧だわ。あとは、わたしの演技力で群衆を惹きつける）

ローランズ王国とディアギレフ帝国は長く争ってきた。長年の敵対国に対する印象は良くないはずだ。そのままでは困る。ローランズ王国に属するわたしたちの目的は、戦乱の終結なのだから。

今のオルコット領での戦いを除けば、本格的な衝突は五十年前となっている。良い意味で、戦いの記憶は平民たちから薄れているだろう。

「わたしの名はジュリアンナ。エドワード殿下の婚約者です。わたしもこの身に流れる二つ王家の血と、ローランズ貴族の誇りに誓って証明します。あちらの美しき心を持った魔女――アヴローラ・ディアギレフ様は、民を救い上げる第四皇女であると……！」

わたしは遠く離れたアヴローラ第四皇女へ、ダンスを誘うかのように優雅な動作で手を伸ばす。

そして、『お姫様のような愛らしい笑顔』を心がけて口角を上げる。

すると、広場から「あの紫の瞳は、サモルタ王国の王族の証だ……！」という大きな声が聞こえた。ちらりとそちらを見れば、キール様がぶんぶんと大きく手を振っている。

（意外と演技が上手いのね、キール様。サモルタ王国には悪いけれど、利用できるものはすべて利用させてもらうわ）

わたし自身がサモルタ王族を名乗っていないから、嘘は吐いていないはずである。

群衆は勘違いしたのか、アヴローラ第四皇女がローランズ王国とサモルタ王国の証明を得ていると受け取ってくれたようだ。もう彼らにアヴローラ第四皇女を疑う気持ちは感じられない。

「彼らに、わたくしは助力を願いました。他国の力を借りることを良く思わない者もいるでしょう。しかし、他国と争ってわたくしたちは何を手に入れましたか？　荒れた土地と、重い税だけではありませんか！　侵略の果てに、豊かさを手に入れたのは、欲に忠実な権力者だけ。だから……わたくしはこれ以上民の尊厳と命を失わないために、共栄の道を歩むことにしたのです」

アヴローラ第四皇女はそう言うと、優しい笑みをわたしとエドワードに向ける。

「奪い取ったら、そこで終わってしまいます。しかし、共栄ならば……すべての民に富と幸せが行き渡るでしょう。無論、すぐにとはいきません。この国に巣くう闇を祓《はら》い、わたくしたちの手で一つ一つ成し遂げねばならないのです。エドワード第二王子、わたくしたちと共にかつてない栄華を築きましょう」

「元より、そのつもりです。私も正道なる王を戴《いただ》く国との友好ならば、歓迎いたします」

エドワードは微笑み、浅く礼をとる。

「新たな時代の幕開けに立ち会えたことを、わたしも嬉しく思います」

わたしも彼に倣って、簡略的な淑女の礼をとった。

アヴローラ第四皇女は頷くと、再び群衆へと視線を移す。

「皇帝とはいえ、血を分けた弟と争うことに抵抗がないと言えば嘘になります。ですが、わたくしはディアギレフ帝国に生まれた皇女として……本物の魔女になることを決意しました。そして、同じく国の行く末を憂える正義の怪盗と手を取り合って、わたくしは革命政府を作り上げたのです……！」

本来、革命政府を作り上げたのはイヴァンだが、冷遇されていたアヴローラ第四皇女が立った方が都合がいい。わたしたちも味方しやすいし、正当性が出て民衆も追随《ついずい》しやすいのだ。

「私の宝を守るのは、怪盗として当然のことですから」

イヴァンは正義の怪盗として、傲慢な権力者に刃向かい、分かりやすく苦しむ平民たちへ施しを行った。群衆は希望の光ともいえるアヴローラ第四皇女とイヴァンを見て、熱狂的な叫びを上げる。

「オレたちの手で腐ったこの国を変えるんだ！」

「あたしたちの力でよければ、いくらでも貸すよ。子どもたちには幸せな未来をあげたいからね」

「皇女さま――いいや、魔女様万歳！」

アヴローラ第四皇女は群衆の言葉を受け止めながら、力強く一歩を踏み出した。

「生まれで差別されない、新しき国を作り上げましょう。皇帝の力ではなく、皆の力を合わせて選び取るような……そんな優しい国を作り上げるのです！　皇家を討ち果たし、革命を成し遂げるのはわたくしたちです。正義は我らにあり……！」

アヴローラ第四皇女がそう言うと、群衆は「正義は我らにあり……！」と口を揃えて何度も叫ぶ。

わたしはそれを見て苦々しく思ったが、エドワードは面白そうに腹黒い笑みを浮かべていた。

「最後の最後で、アヴローラ第四皇女は俺たちの用意した脚本に乗らなかったな」

「そんなに余裕ぶっていいの？　当初の予定では、アヴローラ第四皇女を皇帝に祭り上げる計画だったでしょう。これでは彼女へのローランズ王国の影響力は低くなる。良い意味でも悪い意味でもね……向こうにとってだけど」

アヴローラ第四皇女が作り上げようとしている夢の国は、相当な苦労の果てに成し遂げられるかも分からない代物《しろもの》だ。

それに、ローランズ王国が彼女を支援することも難しくなる。王政を布くローランズ王国は、王を戴かない国を肯定できないからだ。

「国を背負う重圧を受けても背筋を伸ばして戦うことを宣言した人間を、そう簡単には操れないさ。弟を害しても国を救うと決めたのなら、自分も一生苦しむことを選択したんだろう」

「……成し遂げられるといいわね。この国も……わたしたちも」

わたしの呟きは、熱狂のうずに飲み込まれて消えた。

エドワードは静かにわたしの手を握りしめる。

鮮やかな紙吹雪が、未来を隠すように広場を覆い尽くした。

第十二話

最後の作戦会議

アヴローラ第四皇女とイヴァンによる革命宣言を終えた後、わたしたちローランズ王国側は二人と共に、革命政府の根城の一室で最後の作戦会議を行うことになった。

晩餐を食するような長いテーブルには、わたしとエドワード、カルディア、テオドールが同じ列に座り、向かい合うようにアヴローラ第四皇女とイヴァン、ヴィンセントが座っている。モニカは給仕として忙しなく動き、マリーとキール様、ユアン、それに灰猫とサムは壁際に立って周囲を警戒していた。

「……お怒りにならないのですか？」

不安げなアヴローラ第四皇女の一言から会議が始まる。

「何故？　俺は最初に内政干渉はしないと言った。……すべて分かっていての発言でしょう。短期的に見れば厳しい選択をしたと思うが、政治は長い時間をかけて行う。後世の者が貴女の評価を下すだろう」

エドワードはワイングラスを傾けながら淡々とした口調で言った。強ばるアヴローラ第四皇女の表情を見て、わたしは深い溜息を吐く。

「安心してください、アヴローラ第四皇女殿下。エドワードはこれから貴女の作り上げる国を楽しみにしているのですよ。脚本通りの展開にしなかったことを、責めるつもりもないでしょう。根本的な相互利益のための協力関係は崩れていません」

「……ありがとうございます」

アヴローラ第四皇女は安堵の息を漏らす。

わたしは、隣で公爵令息とは思えない行儀の悪さでチーズを貪《むさぼ》り食べているテオドールの足をヒールで踏みつけると、ニッコリと笑みを浮かべる。

「テオ、ディアギレフ帝国に対してこれからどう責めるべきか、軍師としての意見をくださる？」

「………分かったよ、アンナ」

テオドールは口を尖らせながらフィンガーボウルで指を洗うと、パルフィアナ大陸の大きな地図を広げた。そしてチェスの駒を取り出すと、わたしたちの今いる交易都市に白のポーンとキングとクイーンの駒を、帝都には反対に黒のポーンとキングとクイーンの駒を配置した。

「まずは現在の状況を整理しよう。帝国はローランズ王国に侵攻し、複数の貴族領とオルコット領の一部を占領している。オルコット軍とローランズ王国軍の混合部隊と激しい戦闘が行われているねー」

テオドールは黒のポーンを三つ、ローランズ王国とディアギレフ帝国の国境に置いた。次に白のポーンを帝国の大小様々な街に一個ずつ離して置いていく。

「対する革命政府は、帝国軍に叩きつぶされないように離れた場所に部隊を配置して、活動している。武力を使った抵抗ではなく、民衆を味方につけるために支援を行ったり、反政府的な噂を流した情報操作を行ったりだね。戦える人間もいるけれど……戦力的には帝国と真正面から戦えるだけの力はまだないかなー」

エドワードは地図に並べられた駒を見ると、僅かに眉間に皺を寄せた。

「戦いは兵の数が物を言う。奇策もいいが、少しでも失敗すれば総崩れだ」

「癪《しゃく》だけど、鬼畜魔王の言う通りだ。民衆への情報操作はどの程度まで進んでいる？　以前、僕が任務で帝国の各地を回ったときは、反帝国の宣伝と同時に、帝国側の役人がローランズ王国を責め立てるような宣伝も行っていたぞ」

ヴィンセントが特務師団の副団長らしく切り込むと、カルディアが上品に笑い出す。

「ふふっ、心配性だね、ヴィンセントは。民の多くはローランズ王国と革命政府を支持してくれるだろう。老若男女が楽しめるように吟遊詩人《ぎんゆう》を使って、楽しく反政府思想を説いた。特に貧困の酷い場所では革命政府主導で炊き出しを行って、その食材を無償提供したのはローランズ王国の商人だと噂を流しておいたからね。こちらの評価は高い。苦しんでいる時に差し出された手ほど、信じたくなるものはないよ」

「……いつも思うけど、カルディアの行動力と情報源はどこからくるのさ」

「相変わらずお子様だね、ヴィンセントは。そんなの愛に決まっているだろう？」

「説明になってないぞ！」

ヴィンセントはからかうカルディアをキッと睨み付けたが、すぐに脱力して椅子に身体を預けた。

わたしは二人を見てクスクスと忍び笑いをすると、地図を指さした。

「現時点では革命政府は帝国軍には及ばないけれど、これから戦力が増える可能性が高いのね？」

「そうそう。でも、その情報も今頃帝国側へ届いているはずだ。今まで外敵にばかり目が行っていたけれど、アヴローラ殿下が攫われたことで国内にもよく目を向けるようになった。派手な革命宣言の演説もあって、すぐにこちらへ兵をけしかけてくるはずだねー」

テオドールは頬杖をつきながら、黒のポーンを一つ交易都市に置いた。

それを見たイヴァンは、手にしていたワインを一気に飲み干す。

「ここも危ないってことか。戦うよりも、私は怪盗だから逃げたいね」

「うんうん。私も逃げる策を推奨するよ。戦うのは面倒だしねー」

「テオドール、具体的にはどう逃げる？　勝利を見越した策を提示しないと、そのチーズは俺がすべて食ってやるぞ」

「ええ、酷いよ殿下！　私がチーズ好きなのは知っているだろう」

チーズをエドワードに没収されたテオドールは、ふて腐れながらも白のキングとクイーンを別々の方向に進ませて帝都より少し前に置いた。そして各所の配置されていたポーンをキングとクイーンそれぞれに振り分ける。

「アヴローラ皇女殿下とエドワード殿下で分けて、各街の革命政府と合流しながら義勇兵を募る。ついでに皇帝に味方する領主を潰していく。そうやって帝都へと向かい戦力を拡大していくんだ。そして帝都前で合流。革命政府の最大戦力で皇帝を叩くってね」

「テオドール、皇帝に味方している領主の力はどの程度だ？」

「殿下が不安視するほどの戦力じゃないよ。幸か不幸か、圧政のおかげで兵の質は悪いし、兵糧《ひょうろう》を支える民は疲弊している。強いて言えば、帝国側が送ってくる軍隊が問題かなー」

テオドールは帝都の上に置かれた黒のポーンを、白のキングとクイーンの前にそれぞれ一つずつ移動させた。

「帝国はすでにローランズ王国への侵攻で兵力を分散させている。家の爺様たちが張り切っていたから、撤退なんかする時間も戦力的余裕もないはず。宮殿で籠城《ろうじょう》して迎え撃つのが最善策。そうなると、万全な態勢で迎え撃つための時間稼ぎとして、二手に分かれた革命政府へ捨て駒をぶつけてくる可能性が高いねー」

「捨て駒で革命政府の戦力を削れたら御《おん》の字と言うことか。疲弊したところを精鋭の本隊が叩けば、兵の数なんて関係ない、と考えるだろう」

「平民の寄せ集めで作られた革命軍に、負けるはずがないと思っているからねー。でも幸いなことに、ここには勇猛な兵と統率する将がいる。私たちがどれだけ義勇兵をまとめ上げて戦えるかが、勝負の分かれ目かなー」

テオドールはそう言って黒のキングを横に倒した。

ピリピリとした緊張感が場を包む。

わたしは一度深呼吸をすると、皆の顔を見渡した。

「ディアギレフ帝国軍がこちらに向かっているのであれば、早急に動く必要があるわ。イヴァンとアヴローラ第四皇女殿下、エドワードとわたしで分かれて帝都に向かいましょう。他の皆はどうし

たい？」

「私はアヴローラ殿下たちの方へ付いていこうかな。アンナと殿下の側だと、馬車馬のように働かされそうだし」

テオドールは笑顔でわたしとエドワードに言った。失礼な奴である。

続けて、カルディアが手を上げた。

「私もアヴローラ第四皇女に付いていくよ。アンナからは後で話を聞けば良いからね。取材が捗《はかど》るよ」

「……留守番していなさいって言いたいけれど、カルディアを交易都市には置いていけないわよね。絶対に取材は諦めないでしょうし……」

「さすがアンナ！　私のことをよく理解しているね」

「……理解なんて、これっぽっちもできていないわよ……」

遠い目をしていると、ヴィンセントが立ち上がってわたしの肩に優しく手を載せた。

「安心して、姉さん。このアホたちの面倒は僕がしっかり見るから」

「ええっ、どうしてだい、ヴィー！　アンナのところへ行きなよー」

「そうだ、ヴィンセント。君からお姉ちゃん大好きっ子属性を除いたら、生意気しか残らないだろう！」

「黙れ。ダメ人間二人。僕の目が届くうちは、勝手な行動は起こさせないからな」

頼もしいヴィンセントの言葉を聞いて、テオドールとカルディアは絶句している。これで安心だ。

「では、それぞれの護衛はそのまま主と共に、ユアンは元々任務で来ているからヴィンセントと一緒でお願いね」

「かしこまりました、ジュリアンナさん！」

ユアンはビシッと敬礼した。

彼がヴィンセントに付いてくれるのは、非常に心強い。

「エドワード王子とジュリアンナ様には、この街にいる革命政府の構成員を付けます。お互いに頑張りましょう」

アヴローラ第四皇女はわたしとエドワードに手を差し出した。

「帝都での再会を楽しみにしている」

「必ずや革命を成功させましょう」

彼女の手を握り返すと、わたしたちは急ぎ準備を整えて出発した。

数日後、ディアギレフ帝国軍の小隊が交易都市へ来たが、そこに革命政府の人間は一人もいなかったという噂を、わたしは耳にしたのだった――


二手に別れた革命政府は、各地の領主を制圧するごとに戦力を大きく膨らませていった。協力関係にあった貴族が次々と関所を開放し、血気盛んな男たちは交易都市での革命宣言の噂を聞いて、次々と義勇軍に加わっていく。

イヴァンが盗品を換金して少しずつ揃えた武器とカルディアが支援した兵糧のおかげで、義勇軍の士気も高い。テオドールはどれだけ義勇軍をまとめられるかが勝負の分かれ目だと言っていたが、最低限の準備は整っていたのだ。

（……今回ばかりは、テオとカルディアを褒めてあげないとね。色々と迷惑をかけたみたいだけど、最低限の仕事はしていたようだし。複雑だわ）

カルディアは、盛大にアヴローラ第四皇女の話を広めて多くの人材を革命政府へと引き寄せた。テオドールも軍師として嫌々だが指揮を執り、最低限の戦いで帝都まで革命政府を導いていった。

……ふたりの活躍の裏には、ヴィンセントとアヴローラ第四皇女の苦労があってのことだが。

（合流した時はびっくりしたわ。目の下に隈《くま》を作ったアヴローラ第四皇女とヴィーが、わたしたちとの再会を泣いて喜んでいたんだもの……）

苦労を分かち合ったおかげか、ヴィーとアヴローラ第四皇女は奇妙な友情を結んでいた。そして彼女は、普段テオドールとカルディアを諌《いさ》めているわたしにも気さくに接してくれるようになったのだ。

（良かったんだか、悪かったんだか……本当に、自由人よね。テオドールとカルディアは……）

少し気がかりなのは、ヴィンセントのことだ。

もう、革命政府とディアギレフ帝国の最終決戦は始まっている。宮殿の構造に詳しいヴィンセントは、満足な休息も取らずに指揮官として前線へと赴いた。

わたしは帝都前の街道付近に設置された革命政府の簡易基地で、地図を広げるテオドールを見つめる。

「さてさて、思っていたよりも革命政府の進撃が早い訳だけど、気を抜かないで頑張ろうねー」

テオドールの気の抜けた言葉に、地図を囲んでいた、わたしとアヴローラ第四皇女、エドワード、それにカルディアは頷いた。

念入りにイヴァンが作り上げた革命政府と、テオドールの緻密《ちみつ》な作戦によって、わたしたちは予定よりも早く帝都の前に集結することができた。

今は導師グスターヴとセラフィム皇帝を拘束するために、革命政府軍が宮殿へと進軍している。ここは後方のため、先陣を切って戦っているイヴァンとヴィンセント、ユアンの無事を祈ることしかできない。

「……気がかりなのは、二手に分かれた俺たちへぶつけられた捨て駒が予想よりも小規模だったことか」

エドワードは思案顔で呟いた。

「捕らえて尋問した兵によると、宮殿内でも内部分裂が起こっているらしいけどねー。利権に誘われて従っていた貴族たちばかりだから、離れるのが早い。それにおそらく、導師とやらは戦慣れしていないみたいだね」

「テオドール様。導師グスターヴは元聖職者です。城にいるときも、派閥争いなどには無関心でした。しかし、力に対して興味がないということではありません。ベリンスキー将軍を始めとして、貴賤《きせん》問わず、卓越した才能を持つ者を重用《ちょうよう》する傾向がありました」

「戦いの基本は足し算じゃなくて、掛け算なんだけど……アヴローラ皇女殿下の言ったことを加味すると、協調性はないけれど、一人一人が強力な駒がまだ控えているってことかなー。奇策をしかけてくる可能性も高いか。苦戦しないといいけど」

テオドールは遠く離れた宮殿を見た。

宮殿にはディアギレフ帝国の赤い旗が靡いている。革命政府が宮殿を制圧した後は、赤い旗をすべて下ろすことでこちらへ勝利を伝える手筈になっているのだ。

「前線は、ヴィーたちに任せるしかないわ。戦局の把握に、兵たちへの采配、兵糧の管理……後方でもやることはいっぱいある。テオの役目は考えることだから、無理しない程度に頑張って」

わたしは一口サイズのチーズを取り出すと、テオドールの口の中に放り込んだ。

「んー、おいしいなぁ。動かないでいいなんて、幸せだぁ。アンナ、クッション持って来て。あとチーズをもっとちょうだい」

「……だらけるのが早すぎだわ。緊張感を持ちなさいよ」

わたしは呆れながら、クッションをテオドールに投げつける。すると彼は容易くクッションを受け止めた。てっきりクッションは肘掛けに使うのかと思っていたが、彼は雑草の上に敷布を広げ、クッションを枕にして横になった。そして隠し持っていたチーズを食べ始める。

「……戦場でこの余裕。さすがローランズ王国の軍師ですね」

「褒めないでください、アヴローラ第四皇女殿下。これはただのろくでなしです」

わたしがジトッとした目でテオドールを見ていると、カルディアも敷布の上に座った。

「……何をしているの、カルディア？」

「今後戦場に来ることもないだろうし、ネタ帳にメモしておこうと思ってね」

「だから緊張感を持ちなさいって言っているのよ！」

そう叫ぶが、カルディアは気にした様子もない。

代わりにテオドールがカルディアに険しい視線を向ける。

「この敷布の中は私の領土。寝る場所が狭くなるから、カルディアは出て行ってよ」

「領土侵犯にご立腹かい、軍師殿。二人でいても十分に広い敷布だと思うけどね。……まあ、これで許してくれると嬉しい」

カルディアはポケットから飴とビスケットを取り出すと、それをテオドールの手のひらに載せる。

テオドールは神妙な顔でそれを見た。

「許す！」

「それは良かった」

テオドールはカルディアから受け取った飴を口に入れて、満足そうに頷いた。

「良くないわよ……！」

わたしは耐えきれず叫ぶと、両腕を組んでテオドールとカルディアを見下ろした。

二人はわたしの鋭い睨みを受けて、条件反射で正座をする。

「ここは戦場なの。それは軍人であるテオドールがよく知っているでしょう？　息抜きをするなとは言わないわ。だけど、ふざけるのは止めなさい」

「「ふざけてなんか……」」

「チーズを食べながらだらける軍師を見て、反感を覚えないと思う？　嬉々とした顔でネタ帳に書き殴っている女性を、命を懸けて守りたいと思える？　そんなことばかりしていると、敵に襲撃されたときに動けな――」

わたしが説教を言い終わる前に、二人の後ろにある木にザクッという音と共に鋭利なナイフが突き刺さる。テオドールとカルディアはゆっくりと振り返ってナイフを見上げた。

「「……敵襲ぅぅううう‼」」

テオドールとカルディアの耳を劈《つんざ》くような悲鳴と共に、敵が姿を現した――

第十三話　帝都革命戦

待望の男児だったのに、役立たずの身体を持って生まれてきた欠陥品。名ばかりの皇帝。それが余、セラフィム・ディアギレフだった。

父上が死に、母上と三人の姉上が殺された。残る家族はただ一人。病弱な余に外の世界を教えてくれた、強く優しい四番目の姉は、粗末な塔で幽閉されているという。

（……余が無力なばかりに……この国は……）

毎日後悔の念ばかりが募る。諸悪の根源たるグスターヴへの反撃の機会を待つが、この役立たずの身体では、奴の喉元を絞め上げることもできない。

何より、グスターヴの信奉者である、瞳に意思の宿らない少年少女たちが、あらゆる外敵から奴を守っていて、隙など見当たらないのだ。

（いっそ、余が死ねば……）

何度目か分からない思考へとたどり着くが、すぐに余はそれを頭から振り払った。

余が死ねば、代わりにアヴローラ姉上が皇帝へと祭り上げられる。健康な女性故に、グスターヴがアヴローラ姉上にどんな仕打ちを施すのか、考えたくもない。

（アヴローラ姉上だけは……外の世界で幸せになってほしかった……）

魔女と蔑まれたかわりに、小さな自由を許されたアヴローラ姉上は、余にたくさんのことを教えてくれた。平民の生活も、帝都の景色も、雪が冷たいことも……。

ぼうっと窓の外を余が見ていると、廊下で武装した兵たちが走る音が聞こえる。

「……何かあったのか？」

「……」

世話係として付けられている少女は、表情一つ変えずに黙っている。せめて城で働いている侍女ならば何か答えてくれるだろうが、余の周りにいる人間はすべてグスターヴの息がかかった者が配置されていた。

（……だが、この足音の数はただ事ではないぞ。誰かと戦っているのか？）

この国を――アヴローラ姉上を救ってくれるなら、喜んで皇帝の首を差し上げよう。

そんな余の思いは通じず、ノックもなしに開け放たれた扉から現れたのは、恍惚《こうこつ》とした笑みを浮かべたグスターヴだった。

「……やけに上機嫌だな。何かあったのか？」

冷たい口調でグスターヴへ問いかける。彼は焦点の合わない目でこちらを見た。

「今日はなんと良い日でしょう！　聞いてください、陛下。神は……神はこの世におられる。そして、我を見ているのかもしれません……！」

「……それは外が騒がしいことと関係があるのか？」

「煩《うるさ》かったですかな。しかし、許してくだされ。ローランズ王国と手を結んだ革命政府――陛下の姉上である魔女の軍が、皇帝の首を狩りに来ているのですからな！」

「アヴローラ姉上が余の首を……？」

感じたのは絶望ではなく、感謝だった。アヴローラ姉上が余を殺してくれるのなら、この生にも意味があったような気がする。

「神は試練を我に与えてくださった。我は幼き皇帝を使って国を乗っ取り、皇太后と皇女たちを殺し、豚のような貴族たちを優遇し、民を苦しめ荒野を増やした。それなのに、神は我を裁こうとしなかった。だから、異教の民であるローランズ王国に攻め入った。そしてやっと……戦いと炎の神はこちらを振り返ったのだ……！」

「……正気を失ったか……？」

「我の主観では正常だが、周りはそうは思わぬかもしれぬな。何はともあれ、今日は運命の日とも言える。利用価値の低い魔女と侮っていた娘が、よもや神の使者……聖女となるとはな！」

「アヴローラ姉上が聖女だって……？」

顔に手を当てて笑い出すグスターヴに、嫌な予感がする。

震える手を隠しながら、余はグスターヴを真っ直ぐに見た。

「聞けば、我に囚われながらも反政府思想を持つ革命政府を作り上げたというではないか。しかも、皇帝を置かぬ、新たな国を作るという。皇帝を手中に置いて意のままに操り、この国を支配する我と真っ向から敵対するつもりだ。これはどちらかが殲滅されるまで続く聖戦なのだ……！」

「アヴローラ姉上は聖女じゃない……まして魔女でもない。あの人はただの人間だ……！」

耐えきれず叫ぶと、グスターヴは表情が抜け落ちた氷のような視線を余に向けた。

「聖女を殺せば、我は神をも超えた存在となる。少人数の精鋭による奇襲であれば、容易く殺せるでしょう。喜びなさい、陛下。この国をお返しいたします。どうぞ、我《われ》が聖女を殺すまでの囮となってくだされ」

そう言うと、グスターヴは余に背を向けて扉の外へ出た。

廊下にはいつの間にかベリンスキー将軍と、グスターヴを崇拝する少年少女たちが集まっていた。

彼らは余に関心を持つこともなく、グスターヴと共に歩き出す。

「アヴローラ姉上を殺すって、どうしてだ。まだ奪い足りないのか……どれだけの苦しみを味わえば救われるのだ……」

シーツがぐしゃぐしゃになることも厭わず、余は這うように扉へと手を伸ばす。

乾いた喉を震わせて、嬉しそうに少年少女を連れ歩くグスターヴへと叫んだ。

「やめてくれ……お願いだから……アヴローラ姉上を殺さないでくれ……やめろ、やめろぉぉおおおお！」

どうしてこんなにも余は無力なんだろう。

芋虫のように無様な格好でもがくと、ベッドから転げ落ちた。厚い絨毯《じゅうたん》の上なのに、余の身体は鉄に打ち付けられたかのように骨が軋み、生温い血が口から吐き出された。

「がはっ……は、はっ……アヴ、ローラ、あね、う、え……」

朦朧《もうろう》とした意識の中、必死に扉へ向けて手を伸ばす。

もうグスターヴたちは城を出ただろう。それでも、余は手を伸ばさずにはいられない。優しいアヴローラ姉上をただただ守りたかった。

「大丈夫ですか⁉　ユアン、急いで侍医《じい》を呼んでこい。さすがに一人ぐらい城に残っているだろう」

「了解した、ヴィンセント！」

「……酷い血だ。イヴァン、止血を手伝え」

「はいはい」

幻覚だろうか。余を案じる声が聞こえたかと思えば、フワリとした浮遊感の後に、慣れた手触りの布の上に下ろされる。

（余はまだベッドにいるのか？　……そうか、これは余が見ている幻。儚《はかな》い現《うつつ》の夢……）

ぼんやりとした視界が徐々に鮮明さを帯びてくる。そして余は見慣れない金髪の青年の隣に、かつて憧れた青年がいるのを見つけた。

少年から青年に成長しているが、忘れるはずもない。一度だけ、余はアヴローラ姉上に帝都へと連れて行ってもらった。その時、アヴローラ姉上の友人だという、この金茶色の髪の青年が帝都を案内してくれたのだ。

「イ、ヴァンか……？　さすが、余の、幻だ……最後に其方と、会え、る……とは……」

「……覚えていたのか」

忘れるはずもない。

あの小さな冒険こそが、余の人生にとって最大の幸福だったのだから。

（イヴァンは余にとって勇者だ。……だからきっと、どんなことがあってもアヴローラ姉上を助けてくれる……）

皇帝とは思えないほど弱々しい手で、余はイヴァンの幻を掴んだ。

「お願い、だ……イヴァン。アヴ、ローラ姉上を、助け、て。グ、スターヴ、たちが……暗殺者を、連れ、て……殺しに、行っ、た……」

イヴァンの幻は大きく目を開くと、痛覚が鈍る余の手を握った。そして夜空のように美しい紺色の双眸に、強い意志の光を宿す。

「セラフィム。アヴローラは私が必ず助ける」

「ああ、まか、せた……」

温かな手の温もりを感じながら、余はそっと目を閉じた。

多くの傭兵が守るディアギレフ帝国の宮殿は、想定よりも早く陥落《かんらく》した。指揮官も逃げ出していたようで、穴だらけの連携だったのだ。……不自然なほどに。

皇帝の住まう最上階には、セラフィム以外人はいなかった。腐敗していたとはいえ、古くからディアギレフ帝国に仕える貴族はいたはず。それなのにセラフィムは血だらけになりながら、アヴローラを助けようと戦っていた。

（……皇族に生まれるっていうのは、生まれながらに人生を鎖で雁字《がんじ》搦《がら》めにされるということなんだろうな）

弱く小さな身体で一身に受けていた重圧はどれ程のものだろうか。私はぐったりとしたセラフィムの手を強く握りしめる。

「イヴァン……皇帝と知り合いだったんだな」

「ええ。たった一度きり。私にとってはよくある日常の一つだったが」

ヴィンセントに素っ気なくそう答えると、私はセラフィムから手を離し立ち上がった。

「……でも、その中で少しだけ特別なことがあった。大事なアヴローラ姉上を、いつか遠くへ攫って幸せになってほしい、と……私はセラフィムに託された」

幼いながらにセラフィムはアヴローラの立場を理解していた。そしてきっと、私のアヴローラへ向ける気持ちも。

（……すまない、セラフィム。私は貴方を助けることはできない。アヴローラひとりですら、人生のすべてを賭けなければ盗むことのできない怪盗の私では……）

セラフィムは皇帝になってしまった。幼さも、虚弱さも、傀儡《かいらい》になっていたことも、擁護することはできない。彼の意思は一つもなくとも、確かにセラフィムの治世にディアギレフ帝国は衰退を加速させたのだから。

この国はセラフィムの死を望んでいる。もう後戻りはできない。

そして私もまた……アヴローラのために――いいや、自分自身のためにセラフィムの死を望んでいるのだ。

「一人だけ侍医が残っていたぞ。有能そうな爺さんだから安心しろ！」

ユアンが老齢の侍医を背負いながら、息を切らして部屋に入ってきた。

私は汗ばんだセラフィムの額をそっと撫でる。

「私はアヴローラの元へ行く」

「お前は革命政府の魔女に次ぐ司令塔だ。この城に止《とど》まり、制圧を完全にして勝利を宣言しなくてはならない。役目を放棄するのか？」

咎めるようにヴィンセントは言った。

私は不敵に笑うと、馬鹿にするように首を振る。

「役目なんて知らないね。私は怪盗だから、自分の好む行動しかとらない。私情を優先させるのは、自由な怪盗の特権さ」

アヴローラを失って得る革命政府なぞ知ったことか。

私の第一はアヴローラ。それは今も昔も変わらない。

まだ彼女のすべてを盗めていないのだから、取る行動は最初から決まっている。

「ふんっ。お前の決してぶれない心は、僕も尊敬しているぞ」

ヴィンセントはツンとした態度で言った。

「貴族のお坊ちゃまにそう言われると、照れるな」

「お坊ちゃまは余計だ。僕も国がどうとか、貴族の義務がどうとか、知ったことじゃない。昔から僕の優先事項は決まっている。家族を守りたい……それだけだ」

ヴィンセントは何かを思い出すように、険しい目でセラフィムを見て言った。

「ユアン。僕とイヴァンは指揮の全権をお前に譲渡する。城の制圧は任せた」

「おい、ヴィンセントまで行くのかよ！　俺は特務師団副団長のお前と違って、部隊を指揮した経験がないんだけど⁉」

「士官学校で習っただろう。ユアンの成績は平均だったから、普通ぐらいにはできるだろ。城にいる敵はほぼ殲滅して、抵抗の意思もないんだから大丈夫だ」

「簡単に言うなぁ！　テストと実地は違うんだよ、この優等生！」

足に纏わり付くユアンを、ヴィンセントは蹴り払った。

「いいから、やれ。アヴローラ第四皇女の側には姉さん……と、ついでに鬼畜魔王がいる。逃げたグスターヴたちが姉さんたちを狙っているのなら、誰かが行かなくてはならない。それなら僕が行く。この城の中で、姉さんを一番愛しているのは僕だからだ」

「私もアヴローラのことを他人に任せる気はない。まして、命に関わることならば尚更《なおさら》ね」

私とヴィンセントの固い意思を聞いて、ユアンはキーキー喚きながら地団駄を踏んだ。

「ああ、もう！　この姉さん大好きっ子と色惚け怪盗が！　いいよ、持ち場を離れて勝手に行けよ。手柄はぜーんぶ俺がもらっちまうからな。後でやっぱり欲しいって言っても、あげないからな！　おこぼれもなしっ」

そこまで言い切ると、ユアンは自分の髪をくしゃくしゃにして恨めしそうにこちらを見た。

「やるからには、必ず殿下たちを守り切れよ。こっちは全部任せておけ」

「ふんっ、当たり前だ」

「助かる、ユアン」

私とヴィンセントは皇帝の私室から飛び出し、アヴローラたちの元へと駆けだした。

テオドールとカルディアの叫びを間近で聞いたからか、耳が痛い。

わたしは腰に差していた細身の剣を抜くと、テオドールとカルディアを後ろに庇《かば》って敵に向けて構えた。

「ジュリアンナ、怪我はないか?」

「大丈夫よ、エドワード! テオもカルディアも傷一つないわ」

わたしはエドワードに無事を知らせると、彼の様子を窺う。

エドワードも怪我はしていないようで、既に剣を構えている。アヴローラ第四皇女とモニカも一緒にジリジリとこちらへ後退していた。

(……わたしを含めて、足手纏いは一か所に固まっていた方が守りやすいものね)

すでに護衛のキール様とマリーは武器を構えて、敵の前に立っていた。

灰猫は雇い主のカルディアを守るため、わたしの隣で暗器を構える。

「……俺たちにギリギリまで気づかれないなんて、化物《ばけもの》揃いだねぇ」

普段の飄々《ひょうひょう》とした態度はなりを潜め、灰猫は殺気を高めていく。

「敵だというのに、こんな後方まで侵入を許すなんて気の抜けていた証拠ね」

「お嬢さまは悪くないよ。だってほら、アイツら一般人に紛れてここまで来た卑怯者だから。子どもばっかり……まあ、二人ほど嫌な目つきの大人がいるけど」

敵は平民服を着た少年少女が十名ほど。それに加えて、勲章をたくさんぶら下げた頬に傷がある軍人に、杖をついた中年の聖職者が一人ずつ。

彼らはハイキングをするような気軽さでこちらを指さした。

「見て、導師さま！　魔女をみつけたよ」

「銀髪の王子さまと金髪のお姫さまもいる！」

「あれ？　魔女よりも黒い服を着たお姉さんもいるよ。どっちが本物なんだろう？」

「どっちも殺してしまえば同じだよ！」

見た目よりも幼さを感じる言葉遣いで、彼らははしゃぎ出す。その異様な雰囲気に、わたしはギリギリと奥歯を噛みしめた。

（……あの子たちが、ディアギレフ帝国の孤児院で洗脳されて未来を奪われた子どもたち……！）

彼らは導師グスターヴの欲に振り回されて操られた……完成された手駒。そしてマリーの未来だったかもしれない姿だ。

「これ、はしゃいではいけませんぞ。ご挨拶が終わるまでは静かにしていなさい」

聖職者は少年少女を窘《たしな》めると、こちらへ恭しく礼をとった。

「お久しぶりですな、アヴローラ第四皇女。初めまして、エドワード第二王子。そして、ジュリアンナ・ルイス侯爵令嬢。他の者の名も知りたいところですが、今はいいでしょう。我の名はグスターヴ。元セラフィム皇帝の主治医にして、神に仕える僕です」

「よくもぬけぬけと……この簒奪者が……！」

アヴローラ第四皇女は耐えきれず、普段の淑《しと》やかさを捨てて叫ぶ。

しかし、導師グスターヴは気にすることなく、穏やかな笑みを浮かべる。

「貴女には感謝しております。こうして聖女となり、我《われ》が神に至るための踏み台となってくれたのですから」

「貴様は何を言っている……？」

「神は我を見ておられる！　だからこの国を、世界を滅ぼそうとする我に、試練を与えた。貴女がこうして皇帝を殺すために立ち上がり、我を追い詰めた。ならば聖女の死をもって、我の意思を神に伝えるのみ……！」

「導師殿。独自の宗教論に、皆さん困惑していますよ」

そう言って、導師グスターヴを守るように軍人の男が剣を抜いた。

そして、ニッコリとマリーに笑いかける。

「また会いましたね、九九番。随分と勇ましい気迫に満ちていますが、俺が抉った腹の傷の具合はどうですか？」

「お気になさらず、ロディオン。こんなの掠り傷ですから」

（……やはり、あの傷の男がディアギレフ帝国最強の軍人……ロディオン・ベリンスキー将軍ね）

彼はあのマリーに深手を負わせ、キール様とサムも逃げるので精一杯だったという。飛び抜けた強さを持つ武人であることは確かだ。

（どうして単独で将軍がここにいるのよ！　マリーの傷はまだ完全に癒《い》えていないわ。万全の体調ではないのにロディオンとまたぶつかれば、傷口が開いてしまう……！）

ギュッと剣を握る手に力を入れれば、ロディオンが突然わたしに視線を向けた。

「もしや、あの金髪のお嬢さんがマリーのご主人様ですか？　ふむ……貴女の好みは、芯が強くか弱い女性なのですね」

「……そんなことどうでも良いでしょう。あと、気安く私の名前を呼ばないでください」

マリーは心底嫌そうに呟いた。

すると、ロディオンは嬉しさを隠さず弾む声を出す。

「マリーという名は、彼女にもらったのでしょう？　貴女は自分に名前をつけるような人間じゃないですし。名付けは所有の儀式。まして、親から名前を与えられなかった貴女には神聖なものだ。よほどあのお嬢さんが大切なのですね」

「……貴方には関係ありません」

「ありますよ。マリーを殺した後に、殺す女性ですから」

ロディオンがそう言った瞬間、マリーの殺気が濃くなった。

今にも飛び出しそうなマリーを、隣にいたキール様が手で制した。

「あからさまな挑発に乗っちまうなんて、らしくないぜ、マリー。剣が鈍っちまう。お嬢もエドも、皇女さまも……みーんな、オレたちが守ればいいんだからな！　そうすりゃ、コイツは誰も殺せないさ」

「ふん、若造が。根拠のない自信は愚かですよ」

ロディオンはキール様に剣先を向けて威圧的に言った。

「根拠はこれから証明するさ。なあ、マリー！」

「……まったく、貴方は。そのお気楽さは天賦《てんぷ》の才ですね」

マリーは肩の力を抜き、先ほどよりも凪《な》いだ雰囲気になった。しかし、先ほどよりも隙なくナイフを構えている。

「さて、役者は揃いましたぞ。戦いを……我らの聖戦を始めましょう……！」

導師グスターヴの叫びと共に、全員が動き出した。


「さて、九九番。相手をしてもらいますよ」

「そうはさせないぜ？」

初めに動いたのはロディオンだった。マリーへと剣を振り下ろすが、それを飛び出してきたキール様に受け止められる。

ロディオンはキール様を睨み付けた。

「……貴方はお呼びではないのですが？」

「そうか？　オレはアンタと戦えて嬉しいけど……マリーと一緒にな！」

キール様が爽やかな笑顔を見せた瞬間、ロディオンへマリーの放った無数の刃が流星のように降り注いだ。

ロディオンはキール様から距離を取ることで、それらを躱す。

「生憎、私は貴方のくだらない感傷に付き合うつもりはありません。この獅子《しし》との共闘も……今では悪くないと思っていますので」

「未熟者二人で俺が止められるとでも？　俺も一人ではないんですよ。あのお嬢様を、俺たちの後輩が殺す方が早いです」

「お嬢様はオルコット公爵家と私が鍛え上げたのですよ。そう簡単にやられません。私が貴方を倒してからでも間に合います」

「強がりですね」

ロディオンは再び踏み込むと、キール様を蹴りつけて、マリーへ重い斬撃を振り下ろす。

マリーとキール様の動きが鈍ったのを合図に、少年少女たちが手にナイフを持ってエドワードとアヴローラ第四皇女へと襲いかかる。

だが、咄嗟にモニカが投げた玉が弾けた瞬間――そこは地獄絵図と化した。

「けほっ……痛いよ、痛い、目が開けられないよ……」

「鼻が口が……痛い、辛いっ、助けて導師様……！」

赤黒い煙幕を吸った少年たちは、大粒の涙を零しながら地面を這いずった。

モニカはその様子を見ながら、少年たちに一撃を入れて昏倒させていく。

「濃縮した唐辛子《とうがらし》エキスと胡椒《こしょう》がたっぷり入った、天然素材の特別製です。手加減はしましたよ！」

無事だった少年たちは、味方の惨状を見て攻撃を尻込みする。その間にエドワードとアヴローラ第四皇女は、モニカと共にわたしたちの元へ合流した。

「……さすがモニカ。わたしの侍女だわ……」

「そんな、ジュリアンナ様！　照れちゃいます」

頬を年頃の乙女らしく赤く染めたモニカに、わたしは二の句が継げない。

（……本当にえげつない。戦闘能力を身につけたのはいいけれど、予想と違うところへ落ち着いたわね……）

ただそっと心の中でモニカの将来を心配しておいた。

「何をしているのだ！　聖女を殺せ。神の意志を砕け！」

導師グスターヴの怒号が飛ぶと、少年たちは機械仕掛けの人形のように規則的な動きでこちらへと攻撃を仕掛けた。

わたしとエドワードは剣を構えて、正面から少年たちと相対する。

「悪いけど、わたしはモニカと違って手加減をしてあげられそうにないわ！」

斬りかかってきた少女の得物に、思い切り剣を叩きつけた。

手が痺れて得物から手を離した少女は咄嗟に仲間の後ろに下がろうとするが、わたしは構わず突っ込んで剣の柄《つか》で少女の腹を殴る。

それと同時に他の少年たちが刃を振り下ろすが、わたしは回避もせずに薄く笑った。

「悪いが、ジュリアンナを殺させる訳にはいかない。大人しくしていろ」

エドワードは腕力の差を生かし、剣で少年たちの刃を弾いて後ろへ回避させた。

わたしとエドワードは背中合わせで剣を構え、十人近い少年たちと相対する。

（……灰猫とモニカも攻撃に加わって欲しいけれど、そうするとアヴローラ第四皇女とテオとカル

ディアへの攻撃の隙を与えてしまう。どうにか、わたしとエドワードで食い止めなければ）

マリーとキール様は、ロディオンと息つく暇もない熾烈《しれつ》な戦いを繰り広げていた。剣と剣が常に打ち合い、時折マリーの放つ黒の刃が放物線を描く。一進一退の攻防だ。とてもじゃないが、こちらへ気を配る余裕はないだろう。

わたしは今にもこちらへ飛び出してきそうなモニカを、視線で制すと少年たちへ向き合う。

（技量はわたしと同等かそれ以上。でも数は圧倒的にこの子たちが上。……厳しいわ。でも、やらなくては。ここまできたのだから……！）

革命政府の樹立――ローランズ王国の悲願達成まで、もうすぐそこまできている。

負ける訳にはいかない。なんとしてもアヴローラ第四皇女を守り切り、自分たちも生き残らなければ。

「金髪のお姫さま。もう諦めた方がいいよ？　銀髪の王子さまと仲良く楽園へ行こ！」

そう言って斬りつけてきた少年は、がらんどうな目をしていたが、口角だけは上がっていた。

少年に続き、少女たちも死を祝福するような言葉を紡ぎながら、連携した攻撃を繰り出す。

「チッ、油断すると持って行かれるな」

エドワードは荒々しく吐き捨てると、蹴り技を繰り出す。

少年たちは深追いせず、入れ替わり攻撃を加えわたしたちを徐々に弱らせる作戦に出たようだ。

それは効果てきめんで、わたしたちを飛び越えて、灰猫とモニカのところまで少年たちが攻撃している。

「お姫さまなのに、どうして剣を持っているの？　どうして導師さまに従わないの？」

少年たちは首を傾げながら、しかし、的確にわたしの急所へと刃を振るう。

「貴方たちのその才能を、奪うことにしか使わない下郎《げろう》に……誰が従ってやるものですか！」

わたしは剣を突き出すように構えると、ダンスを踊るように優雅なステップを踏みながら少年たちとの距離を詰める。

そして、素早い剣撃を繰り出し、わたしは次々と少年たちを倒していく。

「このお姫さま……強いよ！　みんな、助けて。殺すんだ！」

ひとりがそう叫ぶと、少年たちがわらわらと集まる。そして前に出すぎることもなく、連携した攻撃でわたしを翻弄する。

「負けないわ。貴方たちのためにも……！」

いつの間にか、エドワードと距離が離れている。助けを求めるのは不可能だ。

（……ならば、少しでも戦力を削るまで！）

保身は考えない。後ろに守る者がいるのだから、わたしに求められるのは忠実に敵を葬ること。望まれる役を演じるのは得意分野だ。

「はぁっ！」

痺れる腕に力を込め、痛む足を無視してわたしは剣を振るう。

「がふっ、はぁ……なんで立っているの……ボクらの方が強いのに」

もうとっくに限界を超えていた。それでも、わたしは勝ち気に倒れた少年を見下ろす。

「……守るものがあるからよ。だから、わたしたちが勝つの」

「本当はもう剣を握るのもやっとなんでしょう⁉　ボクたちだって、導師様を守るんだ……そうしないと……いけないんだ！」

少年たちが逃げ出さないようにわたしを囲む。そしてナイフの切っ先をわたしへ向ける。

「ねえ、そろそろいいでしょう？　先に楽園へ逝《い》ってよ。これ以上……ボクらを惑《まど》わす前に」

そして、少年たちが暗器を一斉にわたしとエドワードへ放つ。

「……くっ、捌《さば》ききれない」

なんとか大きな怪我を避けて暗器を弾くが、少年たちがすでに第二撃を放とうとしていた。

剣を構えた腕を眼前で組み、どうにか防御《ぼうぎょ》しようと構えると、少年たちへ一本の矢が放たれる。

「あーあ。私にとって弓は、予告状を貴族の家に投げ込むために磨いた技術なんだけどね」

「文句を言わずに援護しろ、イヴァン。……間に合ってよかったよ」

聞き慣れた声に驚き、わたしは振り向く。

「ヴィー、どうしてここに……？」

少し離れた場所には、宮殿にいるはずのイヴァンとヴィンセントがいた。

「もちろん、姉さんを助けるためだよ。僕は姉さんの騎士だから」

ヴィンセントはわたしへ親愛の笑みを浮かべる。

今度はアヴローラ第四皇女たちへ攻撃をしかけている少年たちへ、イヴァンが弓を引く。

すると、数人の少年たちがイヴァンを叩くために駆けだした。

「悪いが、誰であろうと……僕の大事な姉さんの命を狙うなら手加減は一切しない」

ヴィンセントは向かってきた少年たちへ、迷いのない斬撃を繰り出した。

「ふんっ、大したことないじゃないか」

ヴィンセントとイヴァンが現れたことで、少年たちは分断されて各個撃破されていく。わたしとエドワードも焦る少年たちへの攻撃を休めない。

「姉さんと鬼畜魔王は下がって、テオたちを守って。灰猫とモニカは前に出て。イヴァンはアヴローラ第四皇女の側で変わらず援護を。子どもたちを一気に叩く」

「分かったよ、ヴィンセント」

「かしこまりました、ヴィンセント様！」

「はいはい。仰せのままに～」

イヴァンとモニカと灰猫は頷くと、一斉に子どもたちへ攻撃を仕掛ける。

子どもたちの人数もこちらと同じぐらいに減ったため、戦いは一気にこちらが優勢となった。わたしはヴィンセントの指示に従い、テオドールとカルディアの前に立った。

「アンナ、これはどうにかなりそうな雰囲気なのかい？」

カルディアは戦いに取り乱すことなく、冷静な表情で前を見ていた。

わたしはヴィンセントたちから、マリーとキール様へ視線を移す。

「……マリーとキール様の勝敗次第ね」

たとえわたしたちが少年たちを全員退けたとしても、あのロディオンがいる限り、無傷では済まされないだろう。アヴローラ第四皇女とエドワードが殺される可能性だって高い。

(……どうかお願い。マリーとキール様に勝利を……！)

心の中でそう願っていると、エドワードがわたしへ微笑んだ。

「大丈夫だ」

「……そうね」

わたしはマリーとキール様の戦いを、エドワードと共に信じて見守った。


「どりゃぁぁああ！」

「……もう少し静かに戦ってください」

「マリーも気合いを入れたらどうだ？」

「謹んで遠慮いたします」

私は奇妙な雄叫びを上げるキールに苦言を呈しながら、休まず暗器を投げる。

ロディオンは一本の剣でキールと剣を交えながら、平然とした顔で暗器を弾き、時折片手で取り上げてはこちらへ投げつけてくる。

(化物ですか。でもここで引くわけにはいきません)

ちらりとお嬢様の方を見れば、エドワード第二王子と共に後方へ下がっている。先ほどは少年たちの数に押されて危うかったが、ヴィンセント様と怪盗が援軍に来たおかげで持ち直したようだ。

「余所見ですか、九九番」

「くっ」

ロディオンは私の腹部めがけて斬撃を放つが、それをすんでのところで両手で構えたナイフで受け止める。

懸命にロディオンの力をナイフをずらすことでいなしながら、くるりと半回転した。そしてロディオンの首めがけて片手を振り上げるが、彼はそれを予測していたようで、後ろに飛び退いた。

（……もう、暗器の数も心許ない。直接攻撃を加えなくては）

腹部の傷はまだ癒えていない。それで鈍った動きをするつもりはないが、ロディオンを倒すだけの力が出せるのは短時間だろう。全力を出さねば、殺されるのはこちらだ。

――そしてロディオンには、一人では勝てない。

私はその事実を受け止め、キールへ目配せをして攻撃を一気に畳みかけることを伝える。

「マリー、そろそろ本気出すのか？」

「いちいち声に出さないでください……！」

キールへ残り少ない暗器を投げつけてやりたくなったが、それをぐっと堪えて私はロディオンの背後に回る。そして舞うように蹴りを食らわせて、胸部めがけてナイフを突き刺す。

「くっ、背後からなんて卑怯ではないですか？」

ロディオンは身体をねじってナイフを受け止めた。

不安定な姿勢だが、彼は的確に攻撃を捌いていく。

「卑怯？　何を今更。私も貴方も、そんなお上品な世界で生きてこなかったでしょう」

「勝てるのなら、手段を選ばないということですね」

「いいえ。お嬢様を守れるのなら、私はどんなことでもしてみせます。無様に負けてもいいのです。それが自分のためにしか生きない貴方との違いです」

私はそう言うと、ナイフを捨てて、体当たりするようにロディオンの腰に抱きつき押し倒した。

「何を⁉」

予想外の私の行動に焦るロディオンだったが、今度は逆に私を地面に押し倒して冷静に対処した。

私は仰向けにロディオンの顔を見上げる。彼の瞳には薄らと哀しみの色が見えたような気がした。

ロディオンは剣を下向きに持ち変えて私へ振り下ろす。

「何を馬鹿なことを……これでは俺を殺せませんよ」

「私は貴方を殺したいなんて、一度も思ったことはありませんが？」

私は無表情でありのままの事実を言った。

ロディオンは瞠目《どうもく》して、私へと振り下ろす剣の動きが少し鈍くなる。

「……ああ、そうか。俺もだよ」

孤児院でよく見た、兄らしい笑みを浮かべたかと思うと、ロディオンの胸に朱銀に染まった刃が現れた。ロディオンの背後には、最後の最後で気配を遮断して何も言わずに刃を振るったキールがいた。

キールは珍しく冷たい表情を浮かべている。

（……別れの言葉はいらないですね。冥府《めいふ》でまた会いましょう。……私の大好きだった兄妹）

ロディオンと私が犯した最初の罪は同じだ。それならば死後の世界でも再会が叶うだろう。そこが地獄であろうとも、今度こそ道を違えることはない。

私は倒れたロディオンをそっと地面に寝かせると、土埃《つちぼこり》を払って侍女服を整えた。

「ありがとうございます……キール」

「おうよ！」

キールはいつも通りに爽やかな笑みを浮かべて返事をした。

初めて名前を呼んだけれど、彼はそんなことを気にする様子もない。

私は苦笑を浮かべつつも、キールと共に己が主の元へと向かった。


マリーとキール様がロディオンを倒したことで、少年たちの動きがピタリと止まった。彼らの瞳には初めて感情の色が見え、動揺、怯え、安堵……と、様々な感情が見て取れる。

共通するのは、戦意が喪失していることだろうか。

「お待たせして申し訳ありません、お嬢様。ただいま戻りました」

「よう、エド！　しっかり倒したぜ」

少年たちの攻撃を躱しながらマリーとキール様はこちらへ戻ると、軽く礼をとって報告した。

わたしはマリーの頬に手を添えて、彼女の温もりを確認する。

「……さすが……わたしのマリーだわ」

「恐悦至極に存じます」

負傷した身体で、マリーは最大限に戦ってくれた。やっぱり、わたしのマリーはすごい。彼女の矜持をわたしはとても誇らしく思う。

「キールもよくやった」

「まあな！」

キール様はエドワードの背中を思い切り叩いて笑った。

エドワードは軽く咳き込みキール様を睨み付けたが、今ばかりは彼を怒らないようだ。

「何故だ⁉　我の最高傑作であるロディオンが……まだ負けてはいない。何をしているお前たち、早く聖女を殺すのだ。それを持って我らは勝利へと――神へと至る……！」

導師グスターヴは血走った目で、少年たちに命令を下す。

彼らはハッとした顔で導師グスターヴを見ると、目を輝かせてナイフを構えて駆けだし――それを真っ直ぐに振り下ろした。

「ぐはっ……何を……何故我を刺しているのだ、お前たち……！　敵は向こうだ、こっちへ来るな。命令だ。神に準じる我の命令だぞ……！」

信じがたいことに、少年たちは誰一人導師グスターヴの命令に従わず、彼を押さえつけてナイフで刺し始めた。

首を切り裂くでも、胸を突き刺すでもない。手や指を浅く切りつけ、それは徐々に身体の中心へと向かっている。まるで苦しみを与えるかのように……しかし少年たちはキラキラとした笑顔で行っていた。

「だって、導師さま。ロディオンはもういないよ？　ボクたちじゃ、魔女を殺せないよ」

「捕まったら酷いことをされるんでしょう？　それなら死ぬしかないよね。死んだら〝楽園〟に行けるもん」

「楽しい気持ちで逝けるように、アタシたちが手伝ってあげる。たくさん傷を負って血を流せば楽しいよ。いつもアタシたちにやってくれていたでしょう？」

「愛しているよ、導師さま。愛している愛している愛している愛している愛している」

導師グスターヴはもがくが、暗殺の訓練を受けた少年たちの力には敵わない。純白の聖職者の服は切り裂かれ、血と泥で汚される。

「価値のない孤児を、我の手駒にしてやったのだぞ。その感謝の気持ちを忘れたのか⁉　思い出せ。孤児院でなんと教えられた！　我の命令には服従せよ。自立した思考を持つな！」

ボロボロになりながらも、導師グスターヴは強気な態度を崩さない。

少年たちの中には、そんな導師グスターヴを恐れてナイフを地面へ落としてしまう者もいた。

「怒らないで、導師さま。ボクらを嫌わないで……お願いだよ」

「ふんっ、聖女と王子を我の前で殺してみろ。そうすれば、此度のことは不問に処す」

少年たちは再びナイフを取って、手近にいたエドワードへとナイフを向けた。

しかし、エドワードの隣には、キール様が控えている。エドワードへ攻撃が届く前に、キール様に少年たちが斬られる方が先だ。それを理解しているのか、少年たちの剣先は震えて定まらず、ガタガタと奥歯を鳴らしている。

（洗脳されて、死んだら楽園に行くと思っているみたいだけど……死への恐怖は本能に刻み込まれているのね）

見かねたわたしは少年たちへ近づくと、首筋に手刀を落とす。

動揺していた彼らを気絶させるのは、とても簡単なことだった。

「……小娘が。神に準じる我を殺すか？　ならば殺してみろ。我は選ばれた存在だ。この身が朽ち果てようとも、また新たな肉体をもって再生する。そうして我はまたこの国を手中に収めるだろう。神に成り代わるその日まで、我の魂は永遠だ……！」

「……わたしは人間が神になれるなんて、思っていないわ。そういう考えは大嫌いよ。人間は特別な奇跡なんて起こせない。この両手で大切な人を守ることだけで、必死なわたしたちには……！」

生まれつき、わたしは神眼を宿していた。だからといって、何もかもが思い通りになったことなんてない。叶えてきた願いは、すべてわたしたちが努力してきた結果だ。

「お前は神になんてなれない。死した後は、塵《ちり》も残さずその魂は煉獄《れんごく》の炎に焼かれるわ！　生まれ変わることなんてない。ここで敗北したことが、お前が何より神に愛されず、期待もされていない証拠。自分の犯した罪を理解することも、悔いることもないお前には、相応の罰が待っている」

わたしは、倒れた少年たちの足や手に無数の古傷ややけどの跡が残されているのを見た。彼らはこの欲深い男のために拷問のような訓練と拷問を受け、何度も何度も助けを求めたに違いない。

「サモルタ王国の神眼を持つ女か。……それは神託のつもりか？　我を悔い改めさせるとでも？」

「神託？　お前のような、俗物に与えられるはずがないわ。ねえ、導師グスターヴ。貴方は自分が施した洗脳に酷く自信があったようだけど、この子たちは最後まで死の恐怖を忘れていなかったわ。きっと、人間誰しもが持っているものだと思うの。そう……貴方もね」

わたしは表情を消し去り、剣を素早く抜くと導師グスターヴの左耳を切りつけた。

すると、彼は獣のような叫びを轟《とどろ》かせる。

「うわぁぁあああ！　我の耳が、耳がぁぁああ！」

ボタボタと血を流し、導師グスターヴは蹲って恐怖に震える。わたしはそれを冷たく見下ろした。

「神に準じる存在だというのなら、その痛みに耐えてみせなさい。みっともなく泣き叫ぶなんて無様な。その子たちを見習ったら？」

「このぉ……小娘！　許さん。許さんぞ！」

導師グスターヴは耳を押さえながら、わたしへ怨嗟の念をぶつける。

わたしは彼の眼前に剣先を向ける。

「自分がしていたことが跳ね返ってきただけでしょう。ねえ、次はどこを傷つけて欲しい？　喉を裂くのがお好み？　それとも腹を串刺しにする？　恐怖なんて感じていないわよね。それは人間が持つ本能だもの」

「ぐぅっ……」

「自分がただの人間だと認めて、心からの謝罪をすれば止めてあげる」

わたしは冷たい顔で淡々と言った。

導師グスターヴはゆっくりと耐えるように地面へ膝を付くと、額を地面に擦りつける。

「悪かった。……どうか、我の命を助けてくれ……」

「ちょっと反省が足りないように思えるけど……約束通り、止めてあげるわ。お前はわたしという小娘に屈服した、愚かな人間だもの。ローランズ王国の侯爵令嬢であるわたしが、ただの人間を私刑に処することはできない」

わたしは剣を収めると、導師グスターヴへ背を向けた。

「お前を裁くのは、この国の人間と法よ。そうですよね、アヴローラ第四皇女殿下」

わたしはアヴローラ第四皇女へ試すような視線を向けた。

後ろでは、導師グスターヴが大声で喚き立てる。

「我の行動は、信仰故《ゆえ》の過《あやま》ちだ……！　我は手を下してはいない。誰も殺してはいないのだ……！　殺したのはその孤児たちだ。我の身は清らかなまま！」

「黙りなさい、グスターヴ！」

アヴローラ第四皇女は導師グスターヴを怒鳴りつけると、胸の前で血が滲むほど強く両手を握って彼の前に立った。

「……ここで私情に任せて殺すことはしません。導師グスターヴ、お前の罪は然《しか》るべき裁判を行い決定します。お前にはその権利がある。それが……わたくしがイヴァンと民と作っていく新たな国のかたちです」

アヴローラ第四皇女は人間らしい強さを目に宿して言い切った。

導師グスターヴは絶望の表情を浮かべると、力なく項垂れる。

宮殿を見れば、ディアギレフ帝国の双頭の大蛇が描かれた赤い旗は下ろされ、代わりに革命政府の魔女アヴローラをモチーフにした、黒地に銀色の極光が描かれた旗が掲げられる。

「……わたしたちは革命を成し遂げたのね」

極光はもう不吉と災厄の証ではない。希望の光だ。

こうしてパルフィアナ大陸初の共和制国家が誕生し、新たな時代を迎えた——

エピローグ

革命政府とディアギレフ帝国の戦いは、革命政府の勝利というかたちで幕を閉じた。

あれから半月の時間が流れた今は、ディアギレフ帝国を混乱に陥れた皇帝は捕まり、グスターヴも裁判が終わり処刑が執行された。

もちろん、ローランズ王国から帝国軍は撤退している。エドワード殿下とジュリアンナ様も国へ帰還したが、数週間後に行われる和睦会議でまたお会いすることができるだろう。

(……新しい国の導き手と、古き国の皇帝……どちらの役目が重いのでしょうね)

わたくし、アヴローラ・ディアギレフは一人、宮殿の最上階を歩く。

昔は皇族の居住区には、姉たちの協力を得てこっそりと忍び込んだものだが、今は誰もわたくしの訪れを咎めることはない。

豪奢な木彫りが施された重厚な扉を侍女に開けさせると、わたくしは遠慮なくその部屋に入った。

「アヴローラ姉上、おはようございます」

青白い顔で笑みを見せたのは、ディアギレフ帝国最後の皇帝——弟のセラフィムだった。

「セラフィム、調子はどう？」

「アヴローラ姉上の顔を見たら、すっかり良くなりました」

そう言ってセラフィムは笑みを見せるが、わたくしは彼の容態が芳しくないとよく知っている。

手足は枯れ木のように細くなり、この一週間食事もまともに取れていない。薬で痛みを散らすのが精一杯で、侍医の見立てでは、いつ死んでもおかしくない状態だという。

「罪人にこれほど良い待遇を与えてくれたことを、感謝します。それとごめんなさい、アヴローラ姉上。処刑されることもできない、駄目な皇帝で……」

セラフィムは歩かせるのも危険なほどに衰弱していた。

そんな状態の彼を裁判にかけることもできず、余計な血を流さないで済むのならばと、時を待つという形になったのだ。

「駄目なんかじゃない……誰がなんと言おうとも駄目なんかじゃないわ……！」

わたくしはセラフィムの冷たい手を握って、必死に熱を分け与える。

しかし、一向に彼の手は温かくならない。

「グスターヴがセラフィムの意思に反して、皇帝の権限を身勝手に行使していたことは皆知っているわ。だから、皇帝のことが許せなくても……皇族の血筋たるわたくしを受け入れて期待をしてくれている」

「……そっか。この国の礎となれるのなら、余も幸せだ……」

セラフィムは儚く笑ってみせると、震える手でわたくしの頬に触れた。

「ねえ、アヴローラ姉上。皇族の一番の義務ってなんだか知っている？」

「……民を豊かにすることかしら？　それとも、戦争を起こさせないこと？」

「外れだよ。それは血を残すことだ」

セラフィムの瞳には弱々しさは感じられず、皇帝の身分に違わぬ覇気が感じられる。

「……血が残れば、たとえ荒野であろうとも国は再建できる。戦争に負けて国の名を奪われたとしても、血が残っていれば、それは完全な敗北とはいえないんだ。だからね……」

もはやセラフィムは手を上げることすらできず、シーツの上に腕を垂らし、焦点の定まらない目をわたくしに向ける。

「アヴローラ姉上は愛する人と家族を作って。この国が新しくなろうとも……確かに、誉《ほま》れ高きディアギレフ皇家が存在したと、子や孫に伝えていってほしい。何も残せない余の、生きた証を世界に刻んで。愚物の皇帝の……最後の願いだ」

「……謹んでお受けいたします。ディアギレフの名と血は――――」

わたくしは途中で言葉を呑み込んだ。

セラフィムは、今まで見た中で一番安らかな寝顔を見せて、息を引き取ったのだ。

もう言葉を伝える人はいない。わたくしはセラフィムの額に親愛のキスを落とすと、足早に部屋を出た。

「もういいのかい、アヴローラ」

「……イヴァン。もういいのよ」

廊下には、騎士の装いをしたイヴァンが控えていた。

「皆、アヴローラを会議室で待っているよ」

「そう。時間を取らせてしまったわね。すぐに行くわ」

わたくしは目尻に滲む涙をイヴァンに見られないように拭うと、足早に会議室へと向かう。

イヴァンはわたくしの後ろを、当たり前のように付いてきた。

「国の名前はもう決めた？　ローランズ王国との和睦会議も始まるし、急いで欲しいみたいだよ」

「……ディアギレフ共和国、それ以外にないわ。反対しても、これだけは譲らない」

わざわざ倒した国の名を戴くことは、多くの者の誹《そし》りを受けることになるかもしれない。和睦会議の不利になるようなことをするなという意見も出てくるだろう。

「いいんじゃない。全部分かっていて決めたんだろう？　それなら、私はアヴローラを応援する」

「……反対されるのかと思ったわ」

「国の名前とかどうでもいいし、私は反対しないよ。それに……私の他にも味方してくれる人はいるさ。愚物の皇帝が残したものを守りたいと思うのは、アヴローラだけじゃない」

「……わたくしとセラフィムの会話を盗聴していたの？　これだから泥棒は嫌なのよ」

「泥棒じゃなくて怪盗さ、私の魔女殿」

わたくしは呆れた溜息を吐くと、会議室の扉を開ける。

そして心の中で、最後の皇帝に伝えられなかった言葉を呟いた。

ディアギレフの名と血は永久に続いていくでしょう。わたくしの一生を懸けてそれを形にしていくわ。


革命の後、ディアギレフ帝国はディアギレフ共和国と名を改めた。

批判もあっただろうに、和睦会議で会ったアヴローラはディアギレフ共和国の大統領として堂々たる佇まいだった。

また、導師グスターヴに洗脳された少年たちは、僻地《へきち》にある静養施設で少しずつ洗脳を解いているという。

和睦会議も当初の予定通りに国同士の友好を結び、ローランズ王国の悲願は叶えられた。これで一息つけると思ったが、わたしの周りは今まで以上に騒がしいことになる。

身を包むのは裾の長い、貞淑《ていしゅく》な純白のドレス。繊細に編み込まれたレースで作られたベールは、わたしの不機嫌な顔を包み隠してくれる。

「ふぃー、疲れたわ。もう歩きたくない、笑うのも嫌。お菓子食べたい」

花嫁衣装がぐちゃぐちゃになることも厭わず、わたしは王宮に用意された控え室のソファーに転がった。

「お嬢様。淑女が、ふぃーなどと酔っ払いのような声を出してはいけません」

「いいじゃない、マリー。どうせ誰も見ていないわよ。何が、ディアギレフ帝国との戦いで沈んだ国民を元気づけるために、結婚を急ぐよ。あのヘタレ狸《たぬき》、自分がどさくさに紛れて楽に復興政策を推し進めたいだけじゃない。娘を利用しやがって……」

やさぐれていたわたしを気遣い、モニカがそっとティーカップをテーブルに置いた。

「ジュリアンナ様。癒し効果のある紅茶を淹れましたよ」

「ありがとう、モニカ。……少し落ち着いたわ」

ティーカップの淵を指でなぞり、わたしは結婚式の情景を思い出す。

わたしは和睦会議の後、前よりも倍速で進められた結婚準備のスケジュールを強制的にこなし、寝不足と疲労でフラフラの今日、晴れてエドワードとの結婚式を執り行ったのである。

「それにしても……いきなり王太子妃すっ飛ばして、王妃になるとは思わなかったわ……」

結婚式にはローランズ貴族はもちろんのこと、諸外国からの賓客《ひんきゃく》も訪れ、盛大な式が執り行われた。そのついでに戴冠式《たいかんしき》も行われ、貴族と国民から大きな支持を得たままエドワードは国王となり、伴侶のわたしもそれに従い王妃になったのだ。

「どうしたんだ、ジュリアンナ。今日この国で最も幸せな花嫁のくせに、顔が笑っていないぞ。……まあ、気持ちも分かるが」

エドワードはノックもなしに控え室へ入ってくると、わたしの姿を咎めることなく、隣にドカッと腰を下ろした。

エドワードも酷く疲れているらしく、目の下には薄らと隈が見える。

「……結婚式の時もそうだ。ずっと澄ました顔をして……少しは嬉しそうな顔をしたらどうだ？」

拗《す》ねた顔をするエドワードを少し可愛いと思いながら、わたしは微笑んだ。

「わたしにとって、本当に心のこもった結婚式は……サモルタ王国の時計塔で誓いの言葉を交わした時よ」

あの時、わたしは初めて恋を自覚した。

今のわたしにとってはお遊びではなく、本当の誓いの言葉になっている。

「……そうか。折角の結婚記念日だ。ふたりでどこかへ抜け出すか？」

「いいわね。安いエールでもいいからお祝いでもしましょう。きっと王都の酒場の方が、ここよりも寛げるわ」

「それでしたら、私が暫くジュリアンナ様の身代わりを務めますか？　エドワード陛下の身代わりは、キール団長が引き受けてくださると思いますし！」

モニカは胸にポンッと手を当てて、自信たっぷりに提案する。

わたしたちが名案だと頷き合っていると、ガシッと後ろから肩を掴まれた。

「この問題児たちは！　お願いですから、今日くらい大人しく粛々《しゅくしゅく》と業務をこなしてください！」

「オレは別にエドの身代わりになってもいいぜ？」

「黙りなさい！　馬鹿キール！」

「ひでえ」

青筋を浮かべるサイラス様と、飄々としているキール様に、わたしは淑女らしく微笑んだ。

「あら、サイラス様、キール様。ごきげんよう」

「つまりは、今日でなければ抜け出して良いということか。ジュリアンナ、サイラスのお許しが出たぞ」

エドワードは腹黒い笑みを浮かべる。

「まあ素敵！　折角だから、行商に紛れて新婚旅行をしたいわ」

「いい加減、自覚を持ってくださいよぉぉおお！」

サイラス様が半泣きになったのを見ると、エドワードは足を組んで扉を見た。

「サイラス、暫く休ませろと言ったのに何故来たんだ。今日は新婚初日だぞ。部外者は立ち去れ」

「この馬鹿王子は！」

ギリギリと音が鳴るほど歯ぎしりをしながら、サイラス様は恐ろしい形相でエドワードを睨んだ。

しかし、エドワードはよほど鬱憤が溜まっているのか、腹黒い笑みを浮かべ続けている。

「数日姉上と会ってないぐらいで嫉妬するな、サイラス」

エドワードは勝ち誇った目でサイラス様を見ると、わたしの肩に腕を回した。

——それと同時に扉がノックもされずに開け放たれる。

「姉さん、無事⁉」

「やあ、アンナ！　こっそりと会いに来てしまったよ」

「あら、ヴィーとカルディア。来てくれたの？」

わたしはスルリとエドワードから抜け出すと、二人の元へ駆け寄った。

「アンナに根掘り葉掘り取材してネタを提供してもらおうと思ったのに、出遅れてしまったようだ」

「……カルディア。それが親友の結婚式で言うことかしら？」

呆れたヴィンセントが、カルディアの前に歩み出た。

「あまり姉さんに迷惑をかけるな、カルディア」

「ありがとう、ヴィー。ところで、わたしへ会いに来て大丈夫なの？　仕事に支障はない？」

「そこの鬼畜が姉さんのところへ行ったって聞いて、何か迷惑をかけていないか心配で来たんだ。仕事はユアンに押し付け——引き受けてもらったから大丈夫だよ。それに姉さんに会いたかったし……」

「まあ！　いつでも会いに来て良いのよ、ヴィー」

「……それは困る」

後ろでエドワードがボソッと何か言ったが、わたしは気にせずヴィンセントに抱きついた。

わたしは嫁いでルイス家の者ではなくなったけれど、姉弟の絆は不変のものだ。

「姉さん、とっても綺麗だよ。僕の職場は王宮だし、これからは前よりも姉さんと会う機会が増えるといいな……」

ヴィンセントは子犬のようにシュンとした顔をする。

わたしはそれを慰めるように、抱擁を深めた。

「もちろんよ、ヴィー。わたしも意識して時間を作るわ。きっとエドワードも許してくれるもの」

そう言って振り向けば、エドワードはヴィンセントへ剣呑な目を向ける。

「………………分かった」

「おやおや、鬼畜魔王にしては寛大だね」

ヴィンセントはフンッと鼻を鳴らし、何故か勝ち誇った目でエドワードを見た。

エドワードはムッとした顔をすると、わたしの手を引いてテラスへと向かう。

「ちょっと、エドワード！」

「予定よりも早いが……皆、集まっているだろう。仕事だ、ジュリアンナ」

歩きながら急いでベールとドレスを整えると、カーテンと大窓が開かれる。

テラスへと足を踏み入れた瞬間――――盛大な喝采《かっさい》がわたしたちを包み込んだ。

「エドワード国王陛下、ジュリアンナ王妃、結婚おめでとうございます！」

王宮の庭園を埋め尽くすほどの民が集まり、わたしたちを祝福する声が聞こえる。

わたしはエドワードの手を強く握りしめ、涙を必死に堪えた。

（……こんなに幸せな未来が訪れるなんて……思いもしなかったわ……）

エドワードとの結婚は、わたしにとって最もあり得た未来だった。

だが幼い頃は、自分が政略の道具だと卑屈になっていた。結婚がわたしの個人的な幸せに繋がることだとは、思ってもみなかったのだ。

「俺と結婚したことを後悔しているか、ジュリアンナ」

わたしの内心なんて見透かしているだろうに、エドワードは意地悪な質問を投げかける。

「何を言っているのよ、エドワード。王妃の役を演じるのも悪くないと思っていたところよ」

わたしはエドワードに寄り添うように抱きつくと、民に仲睦まじい国王と王妃の姿を見せつける。

すると民たちからより大きな喝采が上がった。

「でもそうね……エドワードの隣で演じる役ならば、なんだって楽しいわ。どれほどの困難がこれから待ち受けていようとも、貴方の隣ならわたしは笑顔でいれる。愛しているわ、エドワード」

「俺も愛しているよ、ジュリアンナ。苦労を共に背負わせてしまうが、絶対に幸せにする」

合図もせずに目を瞑り、わたしたちは愛情を確かめるキスを交わす。

これから守り育てていくローランズ王国を、わたしは愛する人と共に見つめた。

番外編

番外編

その頃、冷血補佐官は

エドワード様がジュリアンナ嬢たちを連れてディアギレフ帝国に発った後、私は怒りと不安を振り払うように、仕事に没頭した。

昼夜を問わず会議や事務処理に追われ、少しでも早くエドワード様たちが帰ってこれるように私は自分を追い詰める。

そして数週間が経ち、ローランズ側が少しずつ優勢になっているという報《しら》せを聞いた瞬間、限界を迎えた私は意識を失った。

「ん……ここは……？　私の部屋……？」

目覚めたとき初めに視界に入ったのは、ここ数週間見慣れていた仮眠室の天井ではなく、イングロット公爵家の自分の部屋だった。

グラグラと揺れる頭を手で押さえながら起き上がると、最愛の妻——シェリーがむくれた顔でこちらを見ていた。

「おはよう、サイラス。久しぶりね」

「シェ、シェリー？　どうして私はここに……王宮にいたのでは……？」

「妻をほったらかしにしておいて、起きた第一声がそれ⁉」

シェリーは私の襟首を掴むと、力任せに揺さぶった。

「や、やめてください、シェリー！　そんなに、ゆす、ったら気持ちが、わる、い……ぐぇっ」

「あらやだ、わたくしったら。ちょっとした冗談でしてよ、オホホ」

シェリーは不気味な笑い声を出すと、すぐに私を解放した。

新鮮な空気を吸い込み、私は呼吸を落ち着かせる。

「私が倒れてから、どのくらいの時間が経ちましたか？」

「サイラスは丸一日眠っていたのよ。王宮から馬車でここまで運んでも、まったく目が覚めないぐらい熟睡していたわ」

「丸一日も⁉　……仕事に……戻らなくては……」

「だーめ。今の状態で王宮に戻っても、まともな判断を下せないわ。お父様――陛下からも数日は身体を休めるように言われているの。これは王命よ」

シェリーは私を突き飛ばし、再びベッドへ沈ませた。

私は震える腕を組んで目を隠すと、小さく弱音を吐き出す。

「エドワード様たちが命懸けで頑張っているのに……私は側で支えることもできません。なのに、疲労ごときで倒れるなんて不甲斐ない。これでは公爵位を継ぐことも、宰相を務めることも、まして――」

生まれてくる我が子の父親になることもできない。その言葉を私はすんでのところで呑み込んだ。

そんな胸の内を知ってか知らずか、シェリーは私の手を無理矢理掴むと、膨らみ始めた自分の腹へと押しつけた。

「エドワードにもしものことがあれば、この子は王族として生きることになるわ。この子が何者になろうとも、わたくしたち以外に親となることはできない。自信を持って、サイラス。わたくしたちの子よ、エドワードよりも良い子に決まっているわ！」

「それは……そうでしょう。あんな鬼畜腹黒王子が二人いたら困ります……」

「ふふっ、そうよ。エドワードはしぶといもの。ディアギレフ帝国で死んだりしない。キールやジュリアンナもいるのよ。無事に帰ってくるわ」

そう言ってシェリーは、私の手にカフスボタンを一つ握らせた。

じっとそのカフスボタンを見て、私は驚きで目を見開く。

「これは……私とシェリーが昔、エドワードにプレゼントした……」

「あの愚弟。わたくしたちの折角のプレゼントを、ディアギレフ帝国で勝手に売りさばいてお金にしていたのよ。特務師団の人がこれを確認しに来たとき、びっくりしたんだから」

口調は怒っていたが、シェリーはエドワード様の無事を心の底から喜んでいる。

このカフスボタンはエドワードの誕生花がモチーフとなっており、一部の者には彼の持ち物だと分かるように細工がしてある。王族が窮地に陥ったときに自分の居場所を知らせるのに使うもので、親や兄弟から贈られる品物だ。

帝国に潜入しているローランズの間者《かんじゃ》がこの事実に気づき、慌てて送ってきたのだろう。

「負けていられませんね。この身体を回復させたら仕事に戻ります。留守を頼まれた身としても、中途半端な仕事はできません。エドワード様が帰ってきたときに国が荒れていたら、怒られてしまいますから」

「そうね。エドワードにはジュリアンナたちと早く帰ってきてもらわなくては。今は少しだけ、エドワードに振り回されていた頃が恋しいわ」

「ええ本当に。あの日常に早く戻れるように頑張りましょう」

私とシェリーは笑い合い、エドワード様たちの無事を祈る。


そしてエドワード様がディアギレフ帝国から帰還し、いつも通り問題児たちに振り回されて私は胃を痛めるのであった。

アスキスの養女

「アスキス子爵令嬢、夜間警備の件でお話があるのですが」

「………はい」

私、マリー・アスキスは眉間に皺を寄せながら振り向いた。

すると、声をかけてきたアルフレッド・マーシャル近衛騎士が小さく溜息を吐く。

「まだ慣れませんか？　普段の仏頂面《ぶっちょうづら》でも印象が良くないのに、それでは余計に悪印象を与えてしまいます。貴女は王妃殿下の『お気に入りの侍女』で、ただでさえ敵が多いというのに」

「……理解しています。侍女としての地位と評価を他者へ明け渡す気などありませんが、それでも『令嬢』というのには、まだ拒否反応があります。もう、そんな歳ではありませんから」

王宮の侍女になるには平民でもいいが、それでは洗濯や掃除を任される下級侍女止まりになってしまう。そのため、親愛なるジュリアンナお嬢様が王妃になるにあたり、私はカレン奥様の実家であるアスキス子爵家へ養女に入った。

親の顔も知らない元暗殺者の私が子爵令嬢を名乗るなんて、今でもゾワゾワとした寒気を感じてしまう。

「まだギリギリ結婚適齢期でしょう？　行き遅れるのが心配なら、俺が相手を探しましょうか？」

「結構です。結婚して王妃殿下に仕えられなくなるのは、我慢なりませんから」

「では、子爵令嬢と呼ばれても笑顔で振り向いてください」

私はまた眉間の皺を深くさせるが、アルフレッドはクスクスと笑うと一枚の紙を差し出す。

「王妃殿下に呼ばれているのでしょう？　夜間警備の計画表です。貴女が問題ないと判断したら、王妃殿下に渡してください」

アルフレッドは王妃付きの近衛騎士となり、王宮内でお嬢様の警備を取り仕切っている。また、お嬢様に気に入られようと近づいてくる貴族をあしらったりと、急速に存在感を示していた。

私は計画表にざっと目を通すと、それを丸めて紐で留めた。

「及第点ですね。少し不安なところは、私とモニカで補っておきます」

「助かります。まだ、王妃殿下付きの騎士が足りていませんから。採用するだけなら簡単なんですが、信頼できる者を選ぶとなると難しい」

「そのあたりは貴方を信用しています。それと、自分のことも気にしてください。今は貴方に死なれると困りますから」

私がそう言うと、アルフレッドは苦笑した。

「生きたまま主を守るのが、一流の騎士ですからね。暗殺にも、謀略にも気をつけますよ」

「ええ、お願いします」

アルフレッドと別れると、私は王族の居住区画に用意されたお嬢様の部屋へと向かう。

ルイス家にいた頃と同じように規則的なノックを四回すると、扉が勢いよく開く。

「マリー、待っていたわ！」

私は部屋に入り扉を静かに閉めると、お嬢様に毅然とした態度で向かい合う。

「お嬢様……淑女たるもの、扉をいきなり開けてはなりません。せめて、訪問者の顔を確認してからにしてください」

「マリーが来たのは分かっていたし、廊下にはどうせ警備の人しかいないわ。こちらの会話なんて聞いていないわよ。それに、マリーだって『お嬢様』呼びに戻っている」

「申し訳ありません」

長年お嬢様と呼び続けてきたからか、まだ意識の切り替えができていない。ふとしたときに、呼んでしまうのだ。

「いいのよ。むしろ二人の時は、お嬢様って呼んで欲しいわ。『王妃殿下』は堅苦しいし、役目であるって気持ちが強くて心が休まらないわ」

普段は嬉々として王妃の役を演じるお嬢様だが、それでも重圧はあるだろうし、たまには素に戻りたいのだろう。

「かしこまりました、お嬢様。ですが、小さなお嬢様か坊ちゃまがお生まれになりましたら、奥様と呼ばせていただきます」

「そうね。さすがにその時もお嬢様と呼ばれていたら嫌だわ」

お嬢様はソファーにだらけた格好で寝そべる。

私はそれを注意せずに、お茶を淹れ始めた。

「そう言えば、マリーは大丈夫なの？　いきなり子爵令嬢になって、戸惑いはない？」

「戸惑いがない……と言えば、嘘になります。私はずっと平民でしたから」

お嬢様は肘掛けに両腕をのせて顔を上げる。

「マリーの人生を否定するつもりなんて微塵《みじん》もないわ。とても誇らしいものだもの。でも、王族の侍女になるには、貴族の身分が必要。わたしはマリーを陰で飼う暗殺者にも、ただの侍女にもするつもりはなかった。わたしの特別にしたかったの」

「理解しております。だから、そんな不安げな表情を浮かべないでください」

私が苦笑すると、お嬢様はリスのようにぷうっと頬を膨らませた。

そしてソファーの上で仁王《におう》立ちになる。

「わたしが、どれだけマリーを大切に思っているか分かっていないわ！　いいこと。マリーには五年以内にわたしの筆頭侍女になってもらうわ。そのために貴族になってもらったんだもの」

「お嬢様……それでは、私の暗殺者としての技能を生かすことができなくなります」

今の私は侍女の仕事をしながら、諜報活動を行っている。王妃の筆頭侍女も素晴らしい仕事だとは思うが、王宮に入ったばかりの私ではまだ経験が浅い。

そして何より、今まで私がお嬢様に一番貢献してきたところの価値がなくなってしまう気がした。

「人の身体は老いるわ。女性なら、特に体力や腕力が落ちるのが早いでしょう。マリーがいくら強くても、力は次第に落ちていく。だからといって、時に任せてマリーの才能と努力を捨てるなんて嫌だわ。マリーには後進を育ててほしいの。そしてわたしの一番の侍女として、心を支えてほしい……ずっとね」

私はハッとした顔でお嬢様を見た。

お嬢様は、私の見るずっと先まで考えていたのだ。

(この身が朽ち果てるまで、お嬢様に仕える気持ちは以前から変わりません。ですが今は……より長くお嬢様と共にいたい。そう願わずにはいられないのです)

空虚だった孤児が、随分と欲深い人間になったものだ。

「かしこまりました、お嬢様」

私はテーブルの上にお嬢様の大好きな焼き菓子と紅茶を置いた。


お嬢様の部屋から出て廊下を歩いていると、見慣れた赤毛の騎士――キールがこちらに手を振って走ってくる。

私はジトッとした目でキールを見た。

「よう、マリー! 奇遇だな」

「……廊下は走らない。子どもでも知っていることです」

「悪い悪い!」

反省したように見えないキールを見て、私は深く溜息を吐いた。この男に戦闘以外のことで期待するだけ無駄だ。

「仕事はどうしたのです？　怠けているのであれば、今ここでお灸を据えてあげますが」

「目が本気だぜ、マリー！　でも安心してくれ、オレは休憩中。これからエドの執務室へ行って、仕事の鬼のサイラスから逃がしてやるつもりだ！」

「くれぐれも……お嬢様に迷惑のかからないように」

「たぶん大丈夫だ！　被害を受けるのは、サイラスの胃ぐらいだからな」

「では、どうぞご勝手に」

キールの横を通り過ぎようと歩き出すと、彼が私の肩を叩く。

その動作にいやらしさはなく、同性の友人にするような気安さがあった。

「アルフレッドから聞いたんだけど、マリーは令嬢扱いされるのが嫌なんだって？」

「生粋《きっすい》の貴族の方は知りませんが、いい歳の大人の女が令嬢扱いされて嬉しい訳がないでしょう」

キールにまでからかわれたら、面倒だ。私は威圧を込めて彼を睨み付ける。

だがキールは堪えた様子もなく、いつも通りの爽やかな笑顔を見せた。

「だったら、オレがマリーを令嬢じゃなくしてやろうか？」

「……………………」

私は無言で目を見開いた。

（それは……いいえ、相手は脳筋のキールです。あり得ません。どうせ深い意味なんてありません。適当なことを言っているに決まっています）

一瞬、これはプロポーズなのではと頭に浮かんだが、私はすぐにその可能性を馬鹿馬鹿しいと振り払った。

少し腹の立った私は、キールに意地の悪い冗談を返してやることにした。どうせ意味は分からないと思うが。

「では、五年後も貴方の気持ちが変わっていなかったらお願いします」

「おう、約束だ！　それまでに、もっとオレも出世しておくぜ！」

そう言うと、キールは私に背を向けて走り出す。

私はポカンと口を開けた。

「……はぁ!?　意味が分かって言っているのですか？　……ちょっと、キール！　待ちなさい！」

先ほど注意したことを忘れ、私はキールを追いかけるために廊下を走り出した。

番外編　再演は未来で

　わたしとエドワードの結婚式から数か月後。

　国王と王妃となったわたしたちは、ローランズ王国の辺境にある国有地を訪れていた。護衛は少数精鋭で、表向きはここことは別の場所へ視察に行っていることになっている。

「……あの館で合っているの？　ここは辺境だけれど、さらに辺鄙《へんぴ》なところにあるのね」

　ローブのフードを少し上げて、わたしは森の中にポツンと存在する古いレンガ造りの館を見た。

　エドワードもこれには驚いたようで、小さく溜息を吐く。

「いくら非公式な顔合わせだからといって、こうも時間がかかるとは思わなかった」

「万が一にも貴族たちに気取られる訳にはいかなかったし、これはこれでいいんじゃないかしら。どうやらわたしたちが最後みたいだし、早く行きましょう」

　館の前には、サモルタ王国の騎士とディアギレフ共和国の軍人が立っていた。

　わたしとエドワードは彼らがいることになんの疑問も持たず、館へと足を踏み入れる。

　待ち構えていた侍女が、わたしたちを館の一番奥の部屋へと案内した。

「お久しぶりです、エドワード陛下、ジュリアンナ王妃」

部屋に入ってすぐ、軍服を着込んだリスターシャ女王が席を立って挨拶をする。

わたしは淑女の礼をとった。

「遅れて申し訳ありません。お久しぶりです、リスターシャ女王陛下。この度は、わたしとエドワード陛下の招待に応じてくださり、感謝いたします」

「せっかくの非公式の会談なのですから、もっと肩の力を抜いてください、ジュリアンナ様。わたくしは、この会談に招かれたことを嬉しく思っているのですから」

「あっ、リスターシャ様！」

リスターシャ女王は微笑むと、わたしの手を取って部屋の中央にある円卓へと引っ張った。

エドワードは芝居がかった動作で肩を竦める。

「妻を奪われてしまったよ」

「遅れてきたんだから、君も謝罪をしたらどうだい？　形だけでもさ」

ディアギレフ共和国の重鎮——怪盗のイヴァンが足をテーブルの上に置いてエドワードをからかう。

「こら、イヴァン。お行儀が悪いわ」

彼の隣に座っていたアヴローラ様が、テーブルにのったイヴァンの脛《すね》を叩いた。

「痛いよ、アヴローラ！」

「……怪盗姿のときは少しだけ礼儀正しいのに……」

「今は営業時間外だからさ。それに退屈だったし……」

「次に減らず口を叩いたら、わたくしはイヴァンのこと嫌いになります」

「それは嫌だね」

イヴァンはアヴローラ様の一言ですぐに居住まいを正した。

「ふふっ、イヴァン様とアヴローラ様は仲良しですよね。エドワード陛下とジュリアンナ様が来るまで、ディアギレフ帝国が共和国になるまでのお話を、イヴァン様に聞いていたんです。もちろん、お二人の活躍も！」

「……うっ」

目を輝かせるリスターシャ女王にわたしはたじろいだ。

「国家機密をペラペラと……イヴァン、その口を縫い付けてやろうか？」

「ごめんごめん。でも、この私的な会談に招くぐらいだから、リスターシャ女王なら良いのかと思って」

「わ、わたくしがイヴァン様にせがんだのです。護衛と離ればなれになりながらも旅芸人を演じて敵の追跡を躱したり、汚い勝負を仕掛けてきた街の無法者をギャンブルで打ち負かしたり、宮殿に乗り込んでアヴローラ様を救い出したり……とても、ドキドキしました！」

「……もう、全部知っているのね。まあ、リスターシャ様なら悪用したりしないでしょう」

わたしとエドワードが革命政府を利用して帝国を倒したことは、ローランズ王国内では知られている。

しかし、それに至るまでの過程はあまり知られたくはない。すべての女性たちの見本となるべき王妃として、相応しくない行動の数々だからだ。

（……もう、お転婆では済まされないものね……）

わたしはわざと大きく咳払いをすると、全員の顔を見る。

「いい加減、話を進めましょうか」

「そうだな。こうして近隣の三国が近い時期に世代交代することもそうあるまい。お互いの顔合わせと人となりを知る機会だ。一日限りの逢瀬《おうせ》を楽しもう」

エドワードはそう言うと、侍女が運んできたワインをグラスに注ぎ、全員に手渡した。

およそ国王とは思えない振る舞いだが、この場があくまで政治から切り離された私的な場だということを強調する意味が込められている。

手に持ったそれぞれのグラスをコツンと合わせて、今日という奇跡を分かち合う。

「今日限りの幻。わたくしはそれに酔いましょう。きっともう……こうして集まることはできないでしょうから」

「アヴローラの言う通りだ。この館を出れば、私たちは日常に戻ってしまう。友好を結んでいようとも、国のためならすぐにでも敵同士になる関係にね。私はアヴローラのためだけど」

アヴローラ様とイヴァンはそう言うと、一気にワインを呷《あお》った。

リスターシャ女王は一口ワインを飲むと、グラスをテーブルの上に置く。

「……そうですね。アヴローラ様とイヴァン様はいい人ですが……わたくしは、帝国を祖とするディアギレフ共和国を一生信用できません」

「それでいいの。貴女は民草の期待を背負う女王なのだから」

アヴローラ様は悲しむこともなく微笑んだ。

リスターシャ女王も、彼女につられて笑みを返す。

「辛気《しんき》くさい話はいいでしょう。こうして国を動かす全員が集まれるなんて、もう一生ないのだから。もっと未来の話をしたいわ」

そう言うと、エドワードが優しくわたしの手を握る。

「では、ジュリアンナからだ。お前はローランズ王国をどのように導きたい？」

「わたしは王妃の権限を使い尽くすつもりだわ。経済や法への影響力はあまりないけれど、慈善事業や医療、教育には強い力を持つ。子どもが飢えて死ぬことも、売られることもなく、すべての民が自分で未来を選択できるような……そんな国にしたいわ」

ローランズ王国の思い出だけじゃない。サモルタ王国とディアギレフ帝国で立ち向かった困難や嬉しさと悲しさが混じり合う出会い、十八年の人生で培《つちか》った経験のすべてを元に導き出したわたしの願いだ。

「ジュリアンナらしいな。俺はローランズ王国の最盛期を作り上げたい。誰もがローランズ王国民であることを誇れるような、強く逞《たくま》しい国に」

エドワードはわたしへ慈しむような視線を向ける。

わたしも同じ視線を彼に返した。

「お熱いね。まあ、私もアヴローラにどこまでも付いていくだけなんだけど」

「……わたくしは、目の前のことで精一杯だわ。傾いた国を立て直し、新たな国の在り方を確立する。後世に負債を残さないようにしたいわ」

アヴローラ様はイヴァンの膝を叩くと、意志の強い瞳を輝かせて言った。

「わたくしは、まだ国の未来を決められません。お父さまから王のすべてを学んだら、きっと見えてくると思います。容姿や生まれで差別をされない、そんな国になったらいいと願ってはいますが」

リスターシャ女王は照れくさそうに言った。

わたしはそれぞれの願いと決意を聞いて、顔を綻《ほころ》ばせる。

「ふふっ、皆で願いを叶えましょう。遠く離れていても、目指すものが異なっても、この先敵になったとしても……ここで言ったわたしたちの願いを、現実に変えましょう」

再びグラスを掲げて、わたしたちは今日という日を祝福した。

幻が現実となるのは、ずっとずっと先の未来になる。

侯爵令嬢は手駒を演じる 4

アリアンローズ近刊情報

自称平凡な魔法使いのおしごと事情

著 橘千秋

Tachibana Chiaki

私は夢の
スローライフを
送るんですぅー!!

異世界へ転生したカナデは
魔法使いの能力を自身の欲望に極振り!?

天才魔法使いの
愉快な協奏曲が始まる!

2018年 春 発売!

ArianRose
アリアンローズ

巻末資料　人物関係図

人物関係図

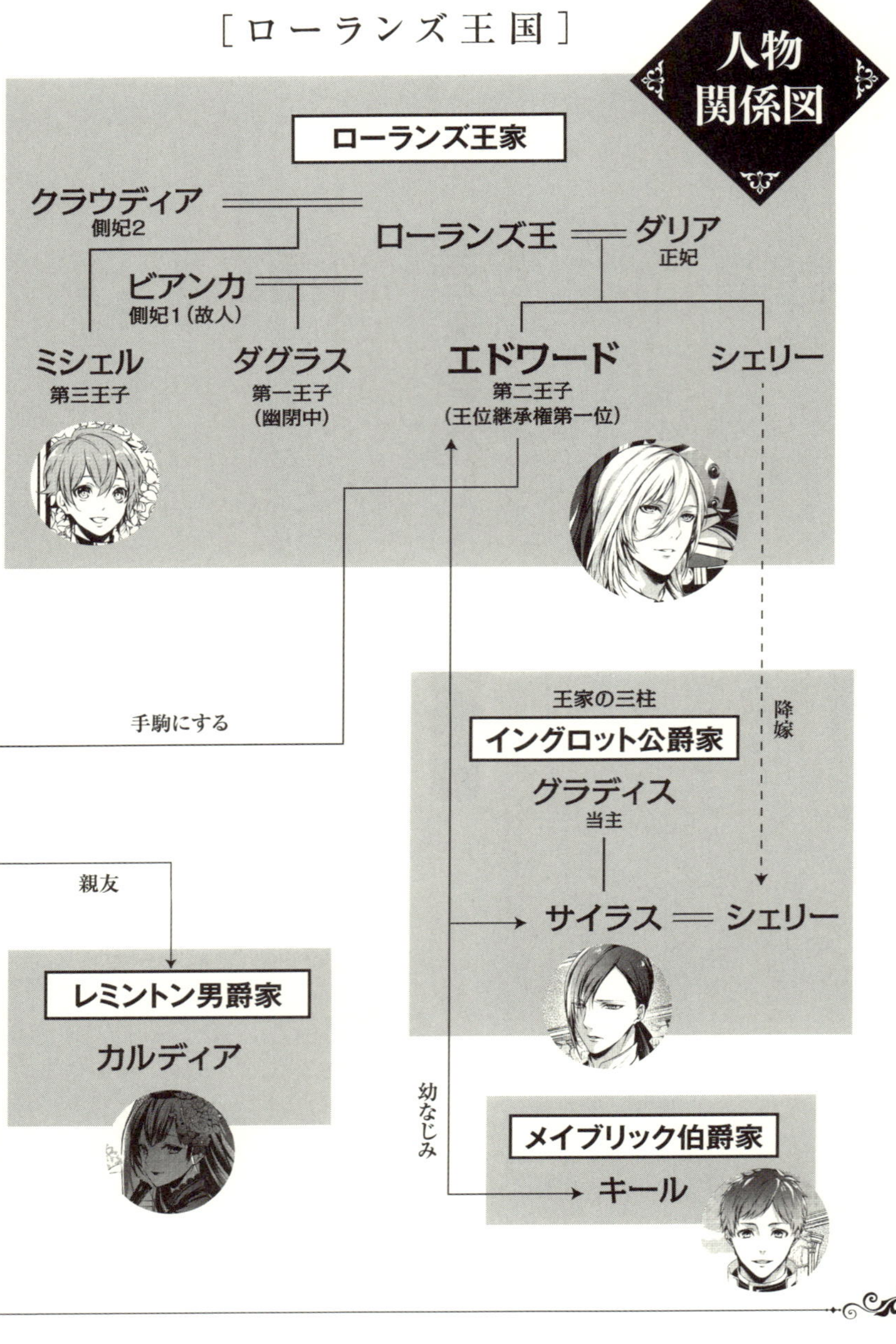

［ローランズ王国］
ローランズ王家
クラウディア
側妃2
ローランズ王
ダリア
正妃
ビアンカ
側妃1（故人）
ミシェル
第三王子
ダグラス
第一王子
（幽閉中）
エドワード
第二王子
（王位継承権第一位）
シェリー
手駒にする
王家の三柱
イングロット公爵家
降嫁
グラディス
当主
サイラス
シェリー
親友
レミントン男爵家
カルディア
幼なじみ
メイブリック伯爵家
キール

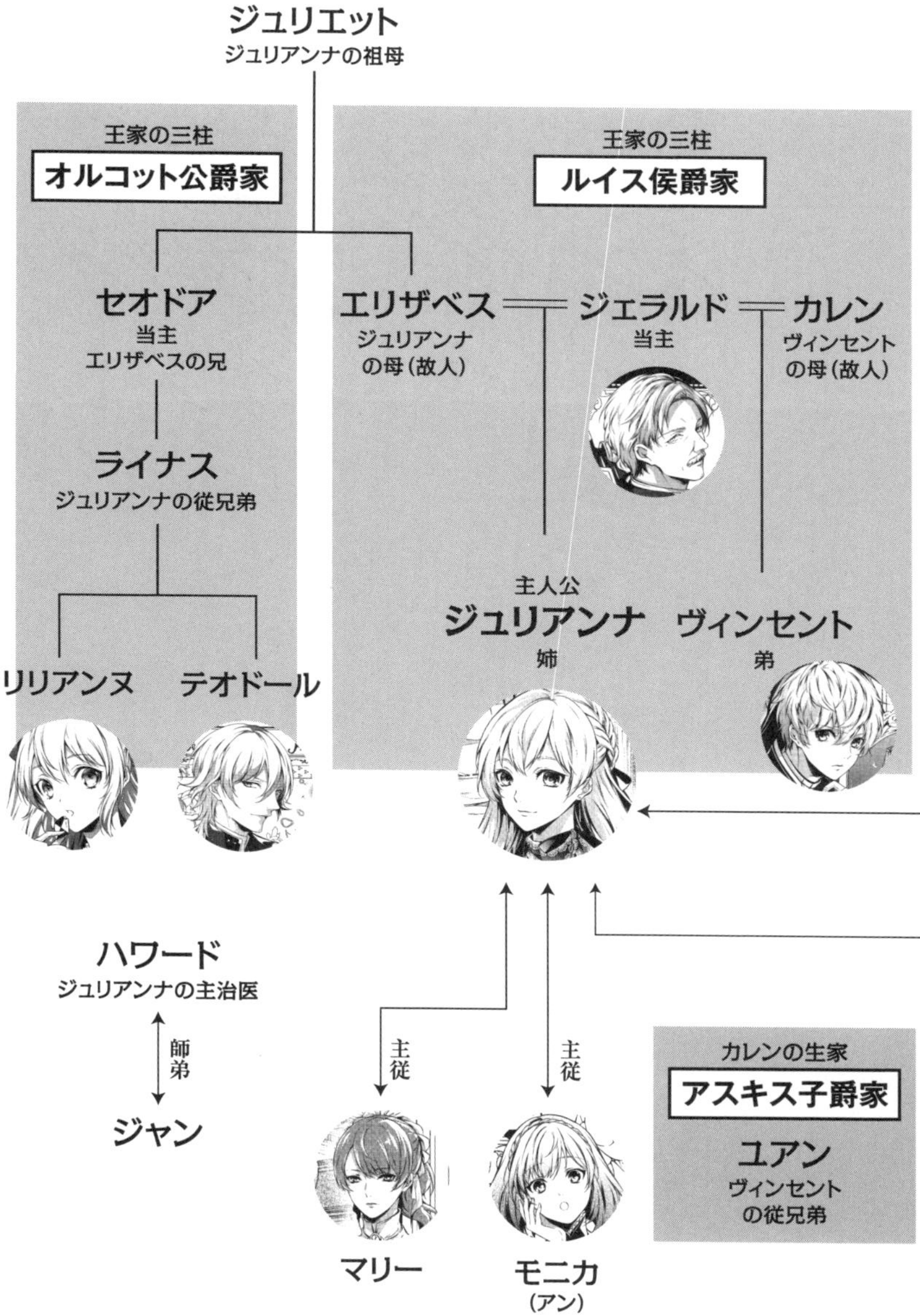
ジュリエット
ジュリアンナの祖母
王家の三柱
オルコット公爵家
王家の三柱
ルイス侯爵家
セオドア
当主
エリザベスの兄
エリザベス
ジュリアンナの母（故人）
ジェラルド
当主
カレン
ヴィンセントの母（故人）
ライナス
ジュリアンナの従兄弟
主人公
ジュリアンナ
姉
ヴィンセント
弟
リリアンヌ
テオドール
ハワード
ジュリアンナの主治医
師弟
ジャン
主従
主従
マリー
モニカ
（アン）
カレンの生家
アスキス子爵家
ユアン
ヴィンセントの従兄弟

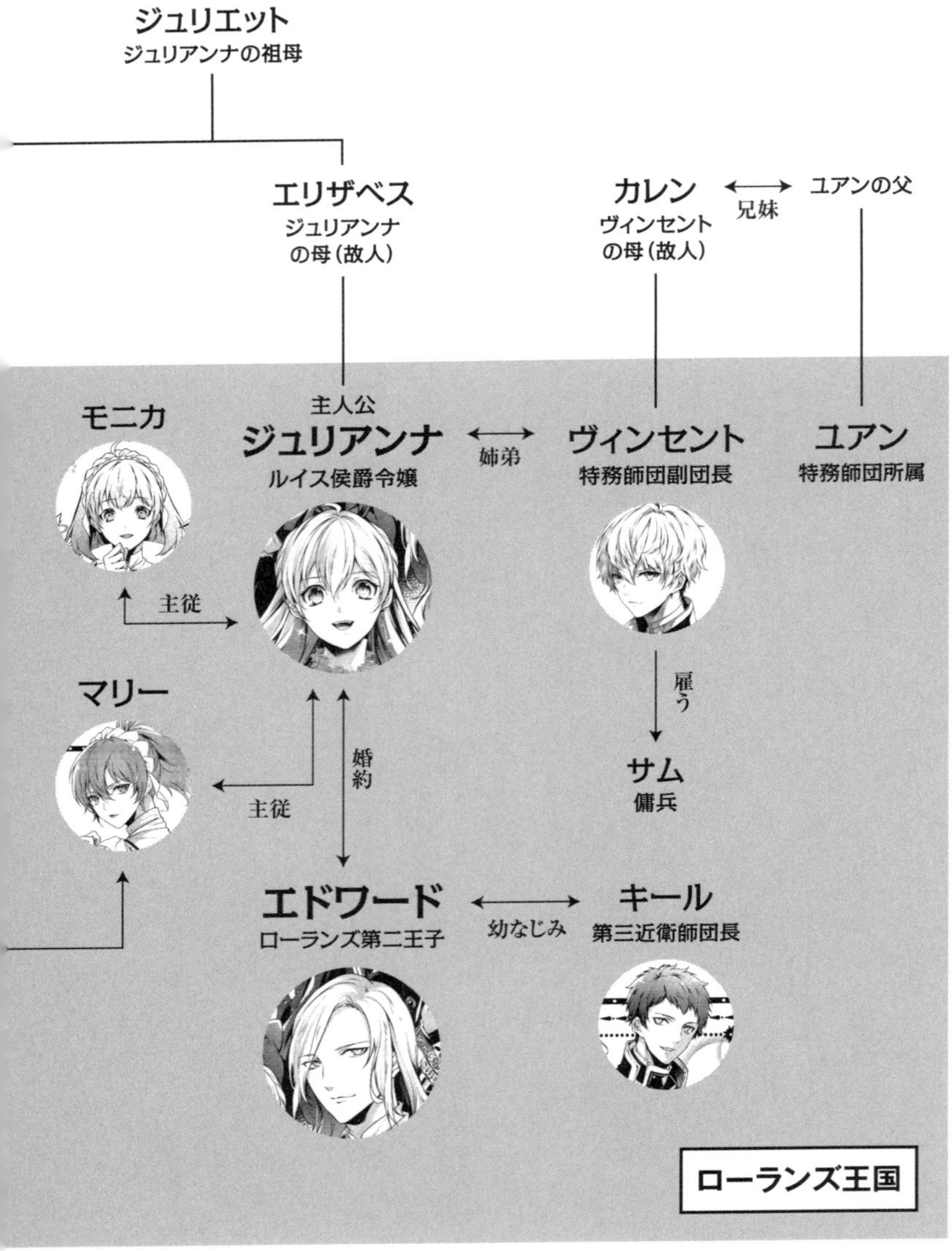
ジュリエット
ジュリアンナの祖母
エリザベス
ジュリアンナの母（故人）
カレン
ヴィンセントの母（故人）
兄妹
ユアンの父
モニカ
主人公
ジュリアンナ
ルイス侯爵令嬢
姉弟
ヴィンセント
特務師団副団長
ユアン
特務師団所属
主従
マリー
主従
婚約
雇う
サム
傭兵
エドワード
ローランズ第二王子
幼なじみ
キール
第三近衛師団長
ローランズ王国

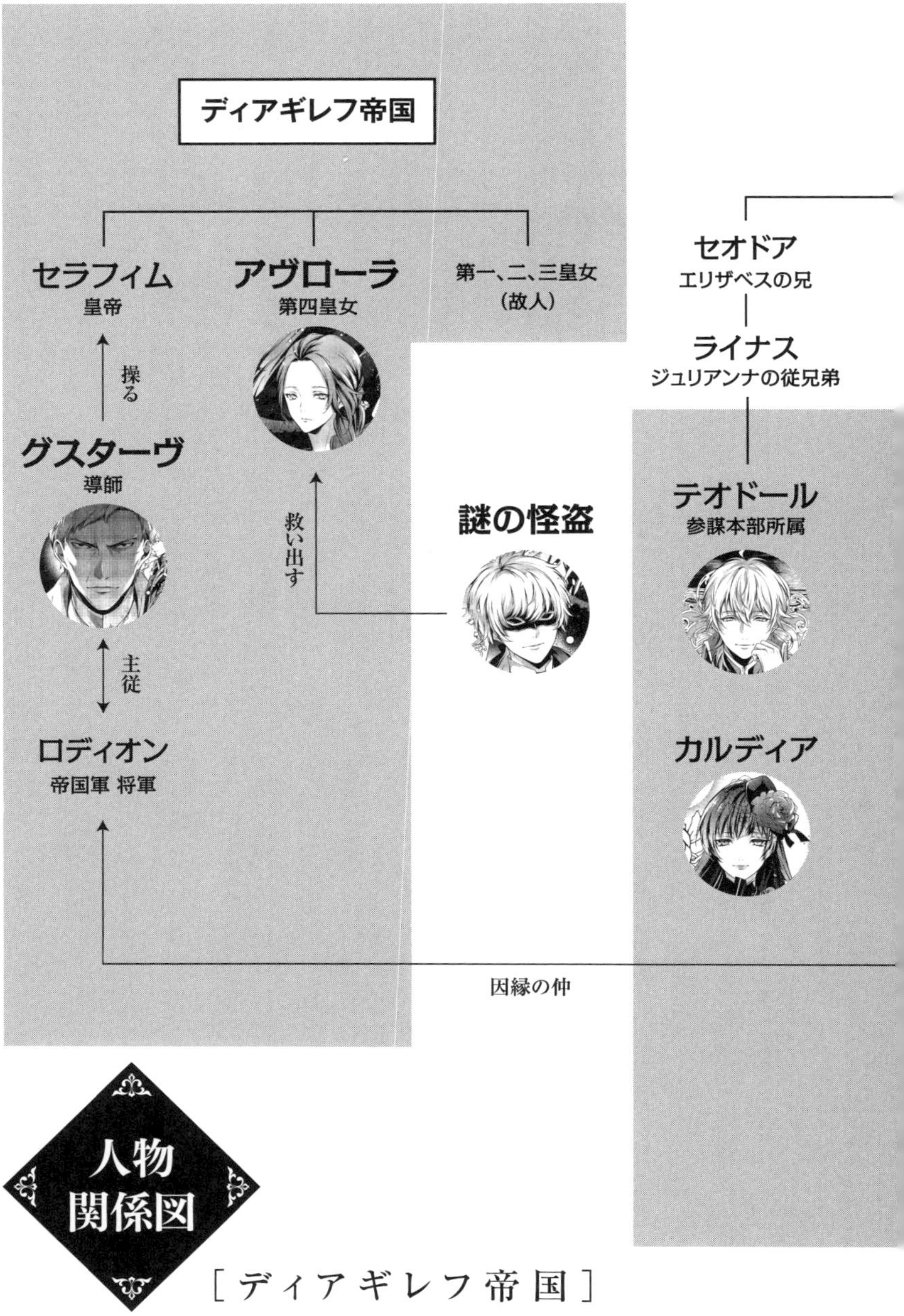

人物関係図

［ディアギレフ帝国］

侯爵令嬢は手駒を演じる　4

*本作は「小説家になろう」（http://syosetu.com/）に掲載されていた作品を、大幅に加筆修正したものとなります。
*この作品はフィクションです。実在の人物・団体・事件・地名・名称等とは一切関係ありません。

2017年10月20日　第一刷発行

著者 …… 橘 千秋
©TACHIBANA CHIAKI 2017
イラスト …… 蒼崎 律
発行者 …… 辻 政英
発行所 …… 株式会社フロンティアワークス
〒170-0013　東京都豊島区東池袋 3-22-17
東池袋セントラルプレイス 5F
営業　TEL 03-5957-1030　FAX 03-5957-1533
アリアンローズ編集部公式サイト　http://www.arianrose.jp
編集 …… 渡辺悠人・河口紘美
フォーマットデザイン …… ウエダデザイン室
装丁デザイン …… 鈴木 勉（BELL'S GRAPHICS）
印刷所 …… シナノ書籍印刷株式会社